# SIN ENSAMMA KROPP

ELSIE JOHANSSON

# Sin ensamma kropp

Roman

ALBERT BONNIERS FÖRLAG

*Av Elsie Johansson har tidigare utgivits*
Glasfåglarna 1996
Mosippan 1998
Kvinnan som mötte en hund 2000
(på annat förlag 1984)
Nancy 2001
Näckrosträdet 2004

*På annat förlag:*
Brorsan hade en vevgrammofon 1979
Potatisballader 1981
Gå i mitt gräs 1987
Mormormysteriet 1987
Tigerfrukost 1989
Kattbreven 1991
Ordens makt och maktens ord 1992
Lindansaren 1995
Guldmannen 1995

www.albertbonniersforlag.se

ISBN 978-91-0-011820-4

ScandBook AB, Smedjebacken 2008

# Oss emellan

Nu är jag. Jag är nu. Jag är jag och jag är du.

*Och vem är du? Egentligen?*

Utifrån betraktad är jag en person, inifrån sedd är jag en annan.

*Vem talar du med?*

Jag talar med mig själv i min egen huvudskål.

*Varför gör du det?*

Varför och Därför hackar på varandra. *Immerfort.*

*Vad har du för drivkraft?*

Med risk att försköna vågar jag påstå att jag har en massa överbliven kärlek som jag aldrig har haft någon användning för. Mittåt! Fel uttryckt. Som jag aldrig har gjort mig någon användning av. Så ska det heta.

*Och vart vill du komma?*

Kanske hitta en metod, men det är synnerligen oklart.

*Är det ditt uttömmande och sanningsenliga svar?*

Njaa… Jag vill nog ha förlåtelse också.

*Vems?*

Min.

Din *förlåtelse?*

Naturligtvis. De döda kan inte förlåta. Om inte Gud ger sitt heliga mandat.

*Ingenting annat?*

Jo! Men det vill jag inte gå närmare in på.

*Varför?*

Lite skam får man ändå ha i kroppen!

*Vem påstår det?*

Jag är pappas och Maminas dotter.

*Vad har det med saken att göra?*

Var snäll och ansätt mig inte! Jag är inte mer än människa.

# Bocken

Kvinnor i min ålder vaknar inte i sista minuten rufsiga och röda och högljutt svärande åt väckarklockan medan de spritt nakna tumlar in i duschen och står där och hoppar av otålighet. I morse omkring klockan sex stod jag redan vid fönstret i ett av mina *sparerooms* försänkt i tankar och såg hur himlen sakta började blekna och blåna över hustaken i öster. Om vädret fortsätter att vara klart framåt kvällen kommer jag att kunna njuta av solnedgången från fönstren på min västra gavelsida. När solskivan sakta sjunker ned under synranden kan färgspelet vara så flammande vackert nu i början av oktober...

*Men det börjar bli för kallt att sitta på balkongen. Blodet har trögnat.*

Säg inte så! Jag tycker inte om att frysa. Det vet du.

*Och jag tycker inte om att romantisera solnedgångar! För övrigt är det inte solen som sjunker, det är din sida av jorden som vrider sig bort.*

Så snart jag svinner hän i romanterier dunkar jag ner mig själv i verkligheten. Håller mig kort. Jag är mån om att behålla min värdighet. Ynklig är jag inte och inte fjollig heller!

Klockan är 8.52. Jag har ännu inte duschat och fått på mig kläderna. Mina hyresgäster är strax i antågande, det vill säga: förmodligen inte Greger än på ett tag, han brukar inte öppna fotoaffären förrän tidigast halv elva, om han inte har något inbokat besök i ateljén förstås. Men Kattis och Ebba kommer att ställa sina cyklar i stället innanför grinden om några få minuter. De har båda tovade sadelskydd som ser ut som råttnosar med morrhår, dem kränger de av och tar med sig in. Jag kommer att se dem skratta och prata med varandra när de går den korta biten från gatan fram till mitt hus. De ser ut att vara så självklara ihop. Ebba travar före och tar upp nycklarna ur väskan när de är halvvägs, Kattis följer efter med plastlådorna i en cykelkorg överlagd med en rutig duk, de har alltid lunch med sig och värmer i mikron där nere. Om de inte hann städa salongen i går kväll kommer de att göra det först, innan kunderna kommer för klippning eller färgning eller vad det nu ska vara. Utmärkta hyresgäster alla tre, även om Greger är sällsynt tillbakadragen, lite blyg skulle jag vilja säga. Och mycket korrekt. Man vet inte var man har honom. Tvärtom med Kattis och Ebba. De är båda så öppna, nästan onödigt frigjorda, de hycklar inte det minsta med att de också är ett par i annat avseende. De kallar mig Maliss medan Greger säger fru Parre, men man kan inte påstå att vi umgås på det privata planet utom att de har tagit in posten och vattnat mina krukväxter någon gång när jag har varit bortrest. Det är jag sällan numera.

Det var ett klokt drag av mig att småningom bygga om och hyra ut nedervåningen. Och jag hade tur som en tokig, aldrig något trassel. I elva år nu har jag haft samma hyresgäster, jag har till och med kostat på dem vackra, lite gammaldags smidesskyltar som hänger som sirliga kvalitetsförsäkringar på lagom höjd över trottoaren. Passar till huset – jag är noga med sådana smådetaljer. Greger har dessutom fått lov att sätta upp ett skyltskåp strax innanför grinden, han är en mycket skicklig porträttfotograf och visar varierande prov på sin konst innanför det alltid välputsade glaset

Det är roligt att ha lite människor omkring sig som kommer och går, man känner sig inte så avskuren då. Men det är skönt att det är tomt på kvällar och nätter. I varje fall nätter. Ja... i varje fall.

När Parre köpte den här ståndsmässiga gamla villan i två våningar plus en behändig liten vindslägenhet med snedtak, var hans tanke att bottenplanet skulle användas som kontor och lagerutrymme för mjukare rekvisitionsvaror såsom överdragskläder, arbetsskodon för olika säsonger, sittunderlag m.m. Ett par tre rum lät han också ställa i ordning för övernattande långtradarchaufförer. Den lilla vindsvåningen skulle hans båda tonårsdöttrar fritt få disponera, närhelst de önskade. Så var det uträknat. Resten skulle vi ha för oss själva, Parre och jag och de barn som Parre tagit med i beräkningen. Ingenting blev som planerat. Parre tänkte som så ofta mera snällt än klokt. Det skulle bli bekvämast för mig på det viset, sa han, att bara behöva gå upp och nedför trappan mellan hem och arbetsplats. Tryggt för barnen också... Men det visade sig snart alldeles ogörligt. Och onödigt, tyvärr. Kontoret måste självklart finnas ute på industriområdet vid garagen och uppställningsplatserna så att han, Parre, kunde vara mitt i smeten precis hela tiden, och även jag naturligtvis. Eländet med hans båda döttrar vill jag helst glömma, den tiden är tack och lov över. Och barnen, *våra* barn... ja, det blev ju som det blev med den saken. Och det var inte Parres fel! Det var *inte* Parres fel.

Men det där vill jag inte tänka på nu. Vill bara vara Lugn, Samlad, Realistisk. Och Ödmjuk. Att jag känner mig lite upphetsad nu på morgonen är min absoluta ensak. Jag är jag. Nu är nu. Och jag lever. I nu.

*Gårdagen är förbi.*
*Morgondagen har du icke sett.*
*I dag hjälper dig Herren.*

Så stod det på en bonad som Mamina hade sytt och nubbat upp ovanför skänken. Kvinnorna som traskade i ledet före mig broderade åt sig vackra tänkespråk till tröst och uppbyggelse, det vill säga om de hade någon garndocka gömd i byrålådan och en lagom bit tyg att kalkera av bokstäverna på. Och om de hade stunderna och orken förstås.

På en utnött remsa efter farmor, sidenfodrad och med silkig tofs, säkert tänkt som ett bibelbokmärke, kan man hjälpligt uttyda såväl uppmaningen som belöningen: *Bed och Eder skall varda gifvet.* Undrar det, jag? Det gäller möjligen specialfall. I mitt fall skulle det kännas förmätet att besvära, även om den ohörsamma under-livs-viljan i mig har hållit på i smyg hela morgonen och bönat och bett med små små små knappt erkända anrop: *Gode, gode Gud, gör så att han kommer tillbaka! Låt mig inte ha förstört alltihop!* Som om nu det skulle vara så viktigt?

Varför skulle Herren vår Gud, om han hade den makten, uppfylla en pensionerad, privilegierad lyxmänniskas egoistiska, till och med oanständiga önskningar, när det finns så många andra som bättre behöver mycket viktigare saker. Man bör veta hut! Och man bör veta vad man ber om, och helst hålla det för sig själv utan att besvära någon överjordisk trollkarl. Särskilt med sådant som bara är en struntsak att inte ta på allvar, en artig gest förmodligen.

Undrar vad Ebba och Kattis skulle tänka om de visste vilken korseld av tankar som ljungar härs och tvärs i mitt huvud just nu, där jag står bakom gardinen. De kan i alla händelser inte ha sett honom när han kom i går kväll med rosenbuketten, de brukar inte vara kvar och ta emot kunder så sent, klockan var ju över sju. Men om så vore tror jag faktiskt att människor med deras läggning, eller hur man nu ska uttrycka saken, är betydligt mer toleranta av sig, inte så... begränsande som de flesta andra, som tror att kärlek ska vara och utövas på ett enda riktigt sätt och dessutom bara inom vissa åldersgränser. "Men herregud Maliss, du är ju pensionär, sjutti plussare!" Nej, så skulle ingen av dem säga. Möjligen: "Så kul! Men varför ska du ha just en karl?" Och så skulle de titta på varandra och skratta, och jag skulle stå där och rodna förstås. Strama till masken och vifta avvärjande.

Diskutera mina privata herrbesök med hyresgästerna skulle aldrig falla mig in! Förresten, om jag undantar herr Von, har jag bara haft ett sådant. Ett enda herrbesök. Och jag vet inte ens om det var ett på riktigt. Och förresten är det ingenting att spekulera kring eftersom det inte har hänt! Jag spekulerar aldrig kring Ebbas och Kattis intima kärleksliv, även om jag nog skulle kunna gissa vem som är mannen och vem som är kvinnan. Det lär ju vara så. Att man har olika roller. Har jag läst i varje fall. Och hur det går till är väl ingen sak att räkna ut.

Trots att jag sovit riktigt bra – så vitt jag vet åtminstone – och druckit en kanna grönt te med grovt bröd och frukt därtill känner jag mig fortfarande en aning rastlös nu på morgonen. Går som i en väntan och ett lyssnande som jag inte vill befinna mig i. Kommer på mig själv med att stryka över kinderna gång på gång på ett nervöst sätt och att gnugga och gnida mig runt öronen och hakan. Ansiktshuden känns torr under handen, särskilt det lilla brunröda partiet uppomkring vänsterörat tycks mig skörare och hetare än vanligt. Jag klatschar lite på den slappa halshuden för att få den att strama upp sig och bli mer elastisk, jag vet att det varken gör till eller från men jag klatschar ändå och masserar hårt och vertikalt uppåt och nedåt med pekfingerknogen.

Visst gör jag mig löjlig? Jag vet det. Men jag har väl ändå rätt att tycka att mitt eget hakben är ganska vackert! Om jag får säga det själv. Det känns finmejslat, och så välbekant ungt att jag ler samtidigt som jag blir lite rörd, när jag sakta smeker med fingret längsefter... Och Döden har alla innanför skinnet. Där är jag inte ensam.

Undrar hur gammal han är, Bockberg? Han arbetar än, men det kan man ju å andra sidan göra så länge man vill om man har eget... Han ser kraftfull ut.

*Lägg av, Maliss!*

Jo, jo, men det är väl inte fel att tillstå att när jag stod där innanför den stängda dörren i går kväll med blommorna i famnen, ensam i onödan efter att ha serverat en idiotisk nödlögn, kände jag mig både förvirrad och arg på mig själv. Ganska upphetsad också, om sanningen ska fram, lite småpirrig i huden speciellt över skulderbladen, även om jag skämdes för känslan och hånade mig själv. Bli så till sig för en karl som kommer med en blomkvast! Var inte löjlig nu, människa, sa jag till mig. Behåll ditt förnuft! Gör inte en höna av en fjäder, blås bort det där ynka gråmjuka dunet – puuuuhhhhssj – låt det sakta singla ner från din balkong och lägga sig i rännstenen, du behöver det inte! Det existerar bara i din inbillning, fattar du det? Sträck på dig! Vinkla ut fötterna. Tänj axlarna bakåt, ro försiktigt och så näsan i vädret! Nej, inte för mycket – stopp, stopp, annars ser du högfärdig ut! Så där ja. Bra. BRA. Rulla med axlarna, rulla, rulla, cirkla, sträck vingarna ut! Slappna nu av... Låt huvudet dingla.

Andas iiiiiihhnnn... andas uuuuuutthhhhh... andas iiiiiihhhnnnn... andas uuthhhhhhhh...

Tio djupa andetag. Fyll bröstkorgen så att det stramar i mellangärdet...

Jag brukar göra sådana där övningar ganska regelbundet för formens och självkänslans skull. Hopkrumpen vill jag då inte bli. Varken i inre eller yttre bemärkelse.

Likaså predikar jag strängt för mig själv och sätter mig på plats.

Hör nu här, Maliss! Säger jag. Vad i Herrans namn begär du?

Du är din ensamma kropp. Helt självgående. Se fördelarna! Du har tid och möjlighet att sköta om dig själv. Tänk på det och var tacksam, nu när du äntligen har förstått vad Mamina och mostrarna och tanterna i stugorna där hemomkring egentligen menade när dom runkade på huvudet och sa: *om en bara hade vurre sin ensamma kropp så...* samtidigt som dom drog in andan och suckade ut, som om all världens sorger och bekymmer tyngde deras axlar. Då var du så liten och kanske föreställde du dig att det var trångt i soffan för dom. Bredvid gubben. Du visste ju vad Mamina tyckte om det där som hon måste, fast hon inte ville. Men nu tolkar du orden på ett annat sätt och har också kommit till klarhet om vad som menades med det där obegripliga som dom alltid brukade tillägga, om att *inte komma tvärt ur stickan*. Vilken sticka? Nu vet du att det betyder och beskriver *precis* det du är och det du kan, du har uppnått det som Mamina och tanterna inte ens fann det lönt att fantisera om: du är fri och oberoende, Maliss, i alla avseenden. Bestämmer ensam, gör som du vill, kommer när du vill och går när du vill. Du sitter inte i klämman. Hälsan har du som en nådegåva och du behöver inte precis vända på slantarna; innan Parre dog som han stod, knall och fall, hade han redan sett till den saken. Tacka honom! Du kan ta din sprillans nya bil ur garaget och glida iväg precis vart dig lyster om och när det behagar dig. Du är en kvinna av den nya tiden, Maliss! Var glad för det och begär inte mer.

Var det allt? Således.

*Vadå allt?*

Livet. Ska det vara så här nu? Tills jag dör.

*Men nu får du väl skärpa dig! Vad är det du är ute efter?*

Det jag saknar.

*Kärlek således? Vad är det för trams?*

Njaa... Ömhet. Värme. Närhet. Lycka –

*Stopp där! Lycka??? Nu går du väl i barndom ändå!*

Ja, ja. Jag vet. Det är ett konstruerat Benådningsord som beskriver ett tillstånd vars natur är flyktighet.

*Nu fick du allt till det. Bravo!*

Men en hand att hålla i då, om man säger så! En kropp att omsluta och omslutas av. Värma fötterna hos. Vara nära helt enkelt. Förtrolighet. Det är vad jag vill. Fattar du det?

*Nää! Gör jag inte. Du har väl aldrig varit särskilt sugen förr?*

Sugen? Måste du verkligen fula till det! Jag vill hitta ett Du. Någon att Dua med! Som är Du med mig som är Jag. På riktigt. Är det förbjudet?

*Nej, men orealistiskt.*

Dessutom har jag en kropp... Och den fryser. Jag längtar efter en kropp att värma mig hos!

Marie-Louise Jansson Parre. Hör här! Jag skulle blygas om jag vore i dina kläder. Så inbilsk och så pretentiös. Hur mycket tror du dina förmödrar fick av allt det där? Närhet må så vara. I väggluslådan. En karl mellan benen fick dom väl på köpet så länge han stod pall. Men hur roligt var *det* då? Vad tror du stackars Lovisa i Bunken eller TvååkersElin skulle ha sagt ifall dom kunnat se dig nu, så bra som du har fått det? Dom skulle ha dumpit i backen förstås, mållösa, som om dom hade mött Herren Jesus själv mitt på lingonstigen. Krångla inte till livet för dig med några fjamsigheter! *Du har allt.* Var nöjd, människa. Du är faktiskt sjuttiotvå år fyllda. Det är för sent med drömmerier. Inse det. Det är den där Bockberg som förvridit huvudet på dig...

Jag är mycket van vid mina egna predikningar och i stort sett kan jag det mesta av innehållet. Jag hörde mycket tydligt vad jag sa, tog till mig faktum med allvarsamma nickningar och undvek sorgfälligt alla mina speglar. Borstade tänderna blundande, likaså i blindo smorde jag in den garanterande antiwrinklekrämen i riklig mängd kring armar och hals. På ljusårs avstånd från mödrarnas tid med pinnsoffa, fållbänk och halmmadrass, kröp jag sedan ner i min bekväma säng med en liten vit tablett till ett kvarts glas vatten. Allting som vanligt sedan många år tillbaka. Om jag drömde, eller vad jag drömde i den händelse jag ändå gjorde det, och om drömmen i så fall handlade om något skamligt och otillåtet, till exempel ett blänkande ornamenterat metallspänne i en åtspänd livrem som knäpptes upp och drog mig in i oemotståndliga, obscena fantasier som kom mig att svullna och bli våt utan vilje och att plötsligt vakna av en knittrande rörelse inne i mitt skrev, ungefär som när en fuktig, slemmig groda rytmiskt kluckar ut och krymper ihop sig, har jag som offer för drömmens övermakt ingen som helst del i den saken och fritar mig därför från allt ansvar.

Och *om* jag nu drömde över huvud taget, vilket jag inte kan minnas och starkt betvivlar, tror jag att det i så fall handlade om någonting helt annat, sådant som gömmer sig i betydligt djupare och mörkare lager inne i mig och som inte tål att lyftas upp och bli belyst ens så länge som drömmens snabba projiceringar består.

Det är saker av den senare sorten som jag måste ta itu med. Det skulle ha gjorts för länge sedan. Vem skulle orka med att bli belastad med min sorg och min skuld, min inkapslade hårdhet och min vällande, väntande känsloförlösning? Jag måste rensa ut. Och göra rent. Först. I fall att jag nu – mot all förmodan och i strid med mitt eget förnuft – skulle våga pröva att ta ett enda framåtriktat steg... mot någon. Mot honom till exempel. Bockberg. Vilket jag *inte* kommer att göra. Det hela är ju bara ett utslag av min fantasi! En fjäder att blåsa på och sakta låta singla, ingenting annat.

Jag har i alla fall lyft in rosorna från balkongen där de haft sin plats under natten, omsorgsfullt övertäckta med en lätt sidensjal. Nu står de friska och alldeles verkliga i den höga vasen, även den som nickade lite i går kväll och som jag placerade nedsänkt i en egen glascylinder, har lyckats räta upp sig. Jag passerar bordet med buketten då och då medan jag vankar från fönster till fönster. Doppar ner näsan. Drar ett djupt andetag. Det är dagen efter det som hände och ändå inte hände, men jag kan inte hindra att andningen påverkas och att kroppen reagerar med en knappt förnimbar och ofrivillig knipning, när jag känner den frodiga doften av våta stjälkar och friskt gröna blad blandad med utandningen från de halvutvecklade blommorna. De är mörkt sammetsröda och gömmer hemligheter i sina sidenskrymslen. Hemligheterna får naturligtvis sättas på min räkning, det är jag själv som ger buketten egenskaper av för mig önskvärt slag, men lite verklighetsflykt får jag väl roa mig med om jag vill, under förutsättning att huvudet hålls kallt. Jag är faktiskt inte van vid att få rosor! Om det inte rör sig om avtackningar och liknande ceremonier förstås. Och inte är jag van vid herrbesök heller, inte av det privata slaget i varje fall.

Privata? App app app! Inte överdriva nu, fru Parre, åthutar jag mig strängt och motar raskt in mig på den smala vägen. Läs inte in något som inte finns! Låt besöket vara den artighetsvisit det utan tvekan var avsett att vara – även om en sådan gest från en hantverkare som gjort ett jobb åt dig, kan tyckas en aning överdriven!

Jag nickar åt mig och plutar betänksamt. Vill inte riktigt ge upp. Någonstans baki skallen hör jag honom säga med sin låga mjuka röst, en aning pressad av situationen: *Förlåt att jag kom olämpligt! Du kanske kan ringa någon dag när det passar bättre med ett besök... du har ju numret...*

Visst sa han så? Eller var det jag som sa det där om att

ringa? Men aldrig i livet att jag skulle våga! Det gör jag bara inte. Den risken tar jag inte. Jag tänker inte göra mig löjlig, inte en gång till. Det räckte med herr Von. Tonårsfjams är jag för gammal för.

Egentligen begriper jag inte vad det har tagit åt mig. Nu. I den här åldern? Jag har aldrig varit sådan förr. Det är sant. Det är som att jag efter alla missväxtåren äntligen vill försöka hinna med att blomma, öppnad mot solen. Innan frosten slår till i mitt enda liv. Lusten känns som Porla i blodomloppet! Eller rysk champagne, eller vad som helst som kittlar och bubblar.

Det är genant att erkänna det, men jag kunde inte låta bli att snegla på honom den där veckan när han så elegant förnyade mitt badrum. Lite då och då uppfann jag ärenden som gav mig anledning att passera den öppna dörren. Ursäkta! Sa jag då. Ibland gjorde jag mig till och frågade om saker, berömde: O, så fint det blir! och fick ett leende till svar. Men oftast kastade jag bara en blick i förbifarten, Oförmärkt, men med begärelse, som det står i Bibeln. Hans närvaro oroade. Midjan, händerna, nacken drog mig till sig, när han låg där på knä med ryggen eller sidan ut emot hallen. Jag tyckte om hans profil, jag tyckte om hans arbetsbyxor, hans vita T-shirt som under dagens lopp blev solkig över bröstet, nästa morgon lika vit. Alla verktygen eggade mig! Kanske fanns en ömsesidig spänning…? Men… nej! När han stod där med rosor och annorlunda klädd, då vågade jag inte tro att det var så.

Jag, fru Parre, är noga med stil och integritet. Och jag vill inte förödmjukas.

Återhållsamhet är en dygd och en försiktighetsåtgärd, det har livet lärt mig. Det man inte satsar kan man heller inte förlora. Och att man skulle vinna – nja, enligt statistiken är den chansen minimal. Sedan finns ju den falangen som menar att ju mer du ger ut, desto mer får du tillbaka. Det lär framför allt gälla i fråga om den gränslösa, religiöst inspirerade allmänkärleken, som går som ett leende kring jorden och kan värma upp ishav och få öknar att blomma.

*Om jag talade både människors och änglars tungomål, men icke hade kärlek så vore jag allenast en ljudande malm och en klingande cymbal.*

Visst. Kärlek är av Gud och Gud är Kärlek. Kärleken *är* Gud. Det är min grundade mening. Och nog finns det användning för överskottet och de outnyttjade resurserna, ojojoj! Men det finns många variationer på kärlekstemat och det är inte den andliga snällvällingen jag vill flyta runt i för närvarande. Salt och kryddor är vad jag vill ha och mjukhet och värme är vad jag vill ge. Jag skulle kunna annonsera om det! Banalt? Förvisso. Riskfyllt? Utan tvekan. För om man snävar till och håller sig mera fysiskt orienterad med en mera målbestämd inriktning finns alltid risken att den man vill ha och den man vill ge, *specifikt,* inte vill och inte tar emot? För att man har missförstått. Överreagerat. Och då står man ju där. Avpolletterad. Så inte är det så enkelt i de mer konkreta fallen. Jag som har åldern inne, gott och väl, och som har blivit svedd i kanterna förr, borde veta det.

Men om han ringer… Bockberg. Jag säger bara om. Ja, då får vi väl se. *Men jag ringer inte!*

# Bålverk

Även om jag är en reserverad person, och mycket ensam i mig själv, är det inte så att jag helt saknar vänner, eller låt oss säga: goda bekanta som jag värdesätter mycket. I dag till exempel ska jag ha damlunch, det är min tur den här månaden. De är bjudna till klockan två, det är den tid vi gemensamt kommit fram till passar oss bäst. Som mest brukar vi vara åtta stycken, alla i åldrarna sextiotre till sjuttionio, men vi blir bara sex den här gången. Margret, som är äldst, är utomlands och spelar golf och Anita har barnbarnspassning. Det händer ganska ofta att Anita reserverar sig redan på ett tidigt stadium, genom att säga ”om jag inte ska ha Pontus och Lina den dagen förstås... det beror på om Eva ska på sin kurs... Jag hör av mig när jag vet!

Vi har nästan börjat ta med i beräkningen att hon ska ringa återbud. Dotterns tvillingar går före allt annat i Anitas liv, där sviker hon aldrig. Visst förstår jag henne och unnar henne mormorsglädjen, men det är klart att jag innerst inne är lite avundsjuk. Eller avund? Jag vet inte. Det kan göra lite ont i alla fall, liksom sticka till. Men sådana bittersnåla känslor håller jag ifrån mig, eftersom de är både fula och ovärdiga och bara gröper ur. Dock tillåter jag mig att tycka att det är ganska tröttsamt att uthärda alla hennes blanka färgfotografier av de där barnbarnen, inklusive kommentarer. Hälften räckte och blev över. Särskilt julföreställningen kan vara lite prövande. Och det är jag nog inte ensam om att tycka.

För övrigt är det inte bara jag som är barnlös och ensamboende.

Eliza kommer att ha sin lilla Snoozy med sig, det har hon alltid, så i praktiken blir vi sju, inte vid bordet men för övrigt i allt.

”Mattes lilla gullplutteSnoozy är en mycket viktig gäst! Eller hur du, Snoozy? Du är mattes väluppfostrade vackra kavaljer, visst är du?”

Snoozy rår inte för att han såsom varande en äkta Cavalier King Charles har en stamtavla med långa led av champions som måste respekteras. Förresten tycker jag om hundar så det är inga problem. I en särskild väska medför matte ett prydligt hopvikt sitt-o-liggunderlag av finaste frotté med snoozisar på och egen vattenskål, allt är mycket hygieniskt förberett och ordnat.

Anna-Greta är änka liksom jag. Helena är skild. Hon har ett litet, grinigt ansikte, ofta lagt på sned. Hon skrattar nästan aldrig, men ögonen är stora och intensivt uppmärksamma, hon är mycket skärpt, den mest belästa av oss.

Vi försöker hålla en relativt stilfull nivå. Både ifråga om samtalsämnen och förtäring.

Tre av damerna fick jag kontakt med när vi läste konsthistoria på kvällstid. Det är Margret, Helena och Eliza. Vi har också deltagit i en konstresa tillsammans, det var till Madrid. Jag gick ett par extra fördjupningsterminer när de tre successivt hade slutat på kursen, och jag tror knappast att någon av dem har en aning om min speciella relation till herr Von. Han diskuteras visserligen ibland, han var ju mycket konstkunnig och en skicklig föreläsare som gjorde intryck på alla oss som deltog, men jag håller masken och ingår i beundrarkören med en lämplig nivå på entusiasmen, inte för mycket och inte för lite. Möjligen vet någon att herr Von och jag var i Stockholm några gånger tillsammans och gick på museer, vi åkte i min bil och det var mycket diskret, men ingen har i så fall låtsats om den saken.

Anna-Greta är f.d. kommunchef, vi har träffats på Rotary, och Anita är min tandläkare.

Karin och Viveca är systrar. Karin är bibliotekarie och Viveca är distriktssköterska. Jag har lärt känna dem inom deras respektive yrkesområde. Om Viveca måste man säga att hon är mycket rar. Jag låter mig ändå inte lockas till förtrolighet, även om hennes ögon ibland ser på mig forskande och liksom inbjudande, som om hon ville att vi skulle tala med varandra någon gång, bara hon och jag. Mellan fyra ögon. Men jag vet var jag har min gräns, jag vill inte riskera att bålverket rasar eller brinner upp. Man kanske kan säga att vi i gruppen har pinkat in reviret med ord som lagom, lämpligt, passande och trevligt. Givetvis också intellektuellt. Och kulturtillvänjt.

Vi damer äter alltså lunch hos varandra en gång i månaden och då brukar vi också komma med förslag och försöka enas om kommande aktiviteter. Om vi ska gå på teatern, se någon utställning eller skaffa biljetter till en konsert. Vi brukar också dricka julglögg hemma hos någon av oss på första advent, det finns en särskild gångordning för det.

Det fungerar bra. Jag tycker att det fungerar *riktigt* bra, det är liksom ett umgänge som försiggår utanför mig själv och ändå kräver att jag skärper till mig. Vem jag är i grund och botten angår ingen annan. Jag har inte för avsikt att belasta någon med mig själv och mitt.

Parre höll sig inte med något stort privatumgänge. Några gemensamma vänner hade vi egentligen inte, han och jag, det var sällan vi bjöd hem gäster eller själva blev bortbjudna, och det berodde väl till stor del på mig. Jag kunde inte vara förtrolig, inte spontan och oförbehållsam. För mina hemligheters skull och den instängda sorgen höll jag folk ifrån mig. Men som värdinna i övrigt var och är jag nog tämligen perfekt, jag har lärt mig genom att läsa böcker i ämnet och att iaktta hur det praktiskt ska gå till. Det var jag som fick försöka att uppfostra direktör Parre ifråga om skick och manér när den tiden kom att det blev nödvändigt, han tyckte inte att det var så kinkigt med det formella, han stoppade glatt kniven i munnen och tappade alltid servetten under bordet. Den oundvikliga representationen fann han bekvämast att sköta helt och hållet på krogen, egentligen var han inte särskilt road av det heller från början, men senare, när alkoholsuget tog över, blev det mera av den sorten. Jag följde sällan med, på sista tiden aldrig.

Vi brukar börja med en sherry i soffan när vi har damlunch och sedan dricker vi vin till maten, vitt eller rött beroende på huvudrätten. Det går åt en hel del tid inför en sådan här enkel samvaro, först ska man ringa runt och hitta en dag som passar så många som möjligt. För dem som fortfarande arbetar krävs en ledig eftermiddag och det måste vi övriga anpassa oss till. Sedan är det matsedeln, den kan vålla åtskilligt huvudbry, därefter följer inköpen. Städning och putsning bör vara gjort någon dag i förväg. Rena handdukar ska givetvis finnas på gästtoaletten och handkrämstuben som är framlagd på ett vackert glasfat får inte vara tom. På själva dagen brukar jag börja med att duka, det gör jag så snart jag har ätit frukost, det är skönt att ha det avklarat. När det är gjort enligt alla konstens regler och ordentligt avsynat, är det bara att sätta i gång med maten.

Logistiken är viktig, det gäller att ha flyt.

Den här gången tänker jag bjuda på en krämig omelett i små lerformar, den gör jag i förväg, den ska serveras rumstempererad. Ägg, grädde och riven västerbottenost, en aning flingsalt, det är det hela. Och så vattenbad! Toppar vid serveringen med små rökta räkor och finklippt dill. Körsbärstomater och physalis på assietten. Därefter blir det fisk, jag fick tag på vacker helgeflundra, en tjock fin bit, den sjuder jag i ugnen exakt åtta minuter, sedan får den mogna på en ekbräda med folie över, väl tillsluten. Jag är ganska bra på fisk. Den ska vara skivig och försiktigt saltad. Såsen är viktig, vissa moment måste göras i sista sekund, madeiran skvättas i och äggulan vispas i serveringsskålen. Potatisen ska pressas. Jag ber alltid om ursäkt när jag lämnar bordet för nödvändiga bestyr och jag brukar be Karin att servera vin. Sallad följer sedan i den stora vida skålen. Sachertårta till dessert plus ett litet glas *Chateau de Rolland*, kylskåpskall. Och kaffe förstås. Bryggt på nymalet från Bönbutiken.

Herregud och Fy faan! Kan jag tänka. Mitt i alltihop. Vilken show! Pappas jänta, vad håller du på med? Det är som när man lekte lekstuga som barn. Fyra bräder i en fyrkant och den gamla kantstötta slipstenen till spis. Öronlösa koppar... *Var så god å ta en bulle, dom är bakade av sand!* Nu spelar jag också med i en pjäs och har för tillfället rollen som värdinna.

Hur gick det till? Hur blev jag den jag är? Eller synes vara.

# Paraplyet

*Gårdagen är förbi.* Visserligen.

Det regnar. Tyst och tunt men oavbrutet. Balustraden på balkongen är glänsande våt. En clematis i kruka som står ett stycke in i hörnet har fått nya gröna skott, veka stackare som knappast har en chans att överleva vintern. Men plantan är stark, till våren kommer nya knoppar om jag lyckats skydda roten med jord och säckväv.

Min månads lunchomgång är lyckligen överstökad. Jag har plockat ur diskmaskinen, putsat glasen med linnehandduk, ställt allting på plats och dammsugit mattan under matsalsbordet. Nu sitter jag här och är i mitt nu. Händerna ligger slappa i knäet, uppåtvända som skålar. Jag måste passa dem noga så att de inte knyter sig, om jag inte håller koll vill de gärna dra ihop sig och då följer genast spänningar i armar och axlar.

Någon osynlig förståsigpåare som följde mig likt skuggan, skulle möjligen kunna få för sig att jag är på väg in i en depression eftersom jag sitter så här rakt upp och ned, sysslolös och utan teven påslagen. Vivecas ögon såg så forskande ut när hon sa adjö i går kväll, hon höll kvar min blick i sin och så kramade hon om mig på ett kroppsligare sätt än vad som är vanligt mellan oss i gruppen. Hur som helst protesterar jag bestämt mot varje tänkbar diagnos av det slaget. Jag är tvärtom full av kraft. Någonting pågår. Det känns i hela kroppen. Och det är inte negativt. Kanhända var det det som Viveca märkte.

Samvaron flöt fint utan minsta mankemang. Jag fick beröm för maten, det får man ju alltid, men också jag själv var tämligen nöjd. Rosenbuketten från Honom hade jag ställt in i det minsta gästrummet, dit gick ingen in, alla har tidigare sett hur jag har det och jag gillar inte onödiga rundvandringar, det kan bara verka skrytsamt. Så jag visade inte badrummet heller i dess eleganta förnyelse, mitt senaste och troligtvis sista renoveringsobjekt. Några praktiska skäl att öppna dörren dit existerar inte, jag har ju gästtoalett, till och med två. För övrigt ville jag på inga villkor föra på tal vem som hade utfört arbetet åt mig och släppa loss deras kommentarer och eventuella funderingar om han tog betalningen svart eller vitt, och om telefonnumret och utrop som: Snabb, sa du? Och noggrann? Dök upp som han lovat? Det brukar då hantverkare *aldrig* göra! Honom skulle man kanske anlita?

Nej, tack! Det hade varit förräderi. Då skulle han ha förminskats och blivit allmän egendom, utsatt för köpslagan. Bockberg vill jag behålla och bevara helt för mig själv, några ledtrådar till F:a Bockbergs Plattsättning & Våtrumsinredning tänkte jag *inte* stå till tjänst med. Saker och ting måste hållas isär och damgruppen har ingenting med honom att göra. Han är min egen karamell att stilla suga på… I största hemlighet. Ingen skulle väl kunna föreställa sig att jag… Marie-Louise Parre…

*Skulle inte du ta en rejäl promenad i dag förresten? I stället för att sitta här och drömma!*

Jodå, jag ska gå ut! Lite senare. När det har slutat regna. Jag vill sitta stilla nu. Jag har väl rätt att unna mig själv att bara vara till och få tänka igenom! Det är viktigt. Den cd som jag lade in i spelaren när alla spår var undanröjda och köket avtorkat, är nu inne på sin tredje repris. Jag spelar ofta samma cd upprepade gånger om den ger vad jag behöver. Den här musiken – pålitliga Mozart – lämnar mig ifred, men bär ändå mina tankar. Och drömmer gör jag väl oavsett om jag går eller sitter. Förresten, kalla det inte för drömmar, det handlar om betraktan.

Klockan närmade sig sex i går kväll när de gick härifrån i samlad tropp, det brukar vara så vid våra luncher att vi bryter upp samtidigt. Det regnade inte då, men mörkret hade djupnat, trängt in mellan buskagen av hög rhododendron och slutit sig likt byxor kring äppelträdens stammar. Gräsmattan är kortklippt nu och mulligt höstgrön, glest beströdd med löv, frosten har ännu inte hunnit nypa till på allvar. De här stora och gamla villatomterna är verkligen fredade zoner. Så fredad man nu kan vara. I dessa tider.

Vivecas man, advokaten, hade blivit tillkallad per telefon, bilen stod och väntade utanför på gatan. Eliza med Snoozy, och självklart Anna-Greta med sin onda höft, skulle få ta plats i baksätet och bli hemkörda – det var ingen större omväg! Han är mycket vänlig, Vivecas Bertil. Ställer alltid upp, trots att han fortsätter att driva sin byrå efter pensioneringen och dessutom har uppdrag i en massa styrelser.

Karin och Helena ville promenera. Prata böcker, antar jag.

När de *alle zusammen* hade vinkat i trappan och ropat tack och hej då! en sista gång med ansiktena vända snett uppåtbakåt, drog jag igen dörren och gick hastigt och ställde mig vid fönstret i burspråket. Till hälften dold bakom gardinen stod jag där och väntade på att de skulle komma ut. Hörde porten öppnas. En smal fönsterspringa stod på glänt bakom blomkrukorna och mycket vagt och osorterat nådde mig rösternas lågmälda, förtroliga kacklande när jag såg dem komma klivande ut på yttertrappan. Orden gick inte att urskilja och dem var jag inte heller intresserad av. Anna-Greta gick mycket försiktigt och stödde sig mot ledstången. Karin tog tag under hennes arm när de steg ner på den plattsatta gången, greppet höll hon kvar medan de fortsatte på rad i riktning mot grinden. Framför Gregers skyltskåp hejdade sig alla som på en given signal, som någon, förmodligen Eliza, hade sänt ut. De vände sig i sidled, tätade ihop sig och tog ett steg närmare. Blev stående framför glasskåpet en minut eller kanske inte ens så länge. Tittade och pratade. Eliza, som är den längsta och mest kommenderande, gjorde rörelser med handen och pekade på något, de övriga böjde sig framåt en aning.

Jag visste vad de tittade på: I Gregers skyltskåp hängde för tillfället några hundporträtt. Jag stod och log vid tanken på Elizas kommentarer.

Då hände något absolut oväntat och irrationellt inne i mig, och det är bland annat det jag måste få fundera lite närmare över. Från mitt fönster betraktade jag dem snett uppifrån och med ens var det som om jag tvärs igenom det jag såg också såg en uppslagen illustration i en gammal sönderläst sagobok. Jag visste vilken saga det handlade om. Det var den om förstreningen och det stora paraplyet med sitt lilla, lilla titthål. Och då, när jag plötsligt såg dem stå där i sagans förlängda perspektiv, omringade av mörker men tätt tillsammans i en liten sluten grupp: Eliza med Snoozy på armen, Anna-Greta i bredbrättad hatt hoplänkad med Karin, Helena så liten med kurande axlar och åtdraget skärp, Viveca i pälsbrämad parkas, kapuschongen uppslagen, översköljdes jag plötsligt av en sådan ömhet, inte för en och en var för sig, utan för dem alla som en grupp av barn som var på väg att bli gamla. Åldrade små barn. Känslan vällde upp ifrån magen och omslöt mina axlar som en varm vetekudde. *Jag blev så oförberett och tantaktigt rörd!* Och jag vet inte varför! Jag kan inte påstå att jag tycker särskilt mycket om dem. Ingen står mig nära. Jag tror inte att jag skulle känna någon djupare saknad ifall någon av dem skulle flytta och försvinna. Jag skulle knappast känna sorg i personlig mening ens om någon av dem dog, bara beklaga och delta i begravningen med nedböjt huvud och den konventionella kistrosen i handen. Men när jag såg dem stå där nere i ljuscirkeln under den gammaldags smideslampan, tätt tillsammans liksom barnen i sagan som kryper ihop under det stora paraplyet för att skydda sig mot jättens förstenande blick, då reagerade min kropp med oanade känslor som övermannade mitt sturska försvar och min avståndstagande självanalys. Tårar värmde upp ögongloberna, fyllde hålorna och svämmade över. Jag ville ta dem i min famn och krama dem hårt! Så här på avstånd ville jag innesluta dem alla med långa, långa armar och hålla ihop dem nära intill mig. Hela gruppen i ett enda famntag. Läpparna formade inte orden, men jag sände ut en hälsning, öm och intensiv genom fönsterglaset: Gulledumma gamla skrynkelkråkor! Jag älskar er faktiskt! Ni betyder något för mig, tro inte annat! Det var en mycket märklig känsla som kom mig att rysa.

Är det så att det är jag som börjar bli gammal? Var det mitt eget åldrande jag famnade? Eller vad handlar den här nya gråtmildheten om?

När jag nu sitter här blundande och spelar upp gårdagens sceneri bakom fällda ögonlock, kommer jag också ihåg hur den gamla sagan slutade. Barnen höll upp en bit spegelglas för det lilla, lilla hålet i det stora paraplyet och när jätten mötte sitt eget förstenande öga smälte han ihop som en vårvinterdriva, rann bort och försvann. Eller missminner jag mig? Förvandlade han inte sig själv till en sten? Rent logiskt borde det ha blivit så, men jag vill nog hellre tänka mig drivan.

# Måttbandet

*Du har ju ett måttband, Maliss?*

Ja.

*Maminas gamla?*

Ja.

*Varför har du sparat det? Du som avskyr all slags snyftig nostalgi.*

Det är ingen mening med att längta hem. Tillbaka kommer man aldrig. Varför skulle jag för övrigt begråta pappa och Mamina? Dom lever i mig hela tiden.

*Men du grät nyss, helt apropå?*

Det var en annan sak. Och det irriterar mig!

*Varför?*

Blir jag för blöt tappar jag stilen. Sentimentala tanter är det värsta jag vet.

*Ach so??*

För övrigt har jag gråtit tillräckligt. För övrigt vägrar jag att vara tant!

*Men du föredrog ändå drivan framför stenen?*

Omarbetning pågår av alla gamla sagor.

*Och Maminas gamla måttband har du behållit.*

Varför skulle jag köpa ett nytt när det gamla fungerar? Behöver jag mäta så mäter jag med det!

Vet inte varför jag kom att tänka på måttbandet just nu? Jodå, jag vet. Det är klart att jag vet! Det har med lunchen att göra naturligtvis. Med min identitet, som aldrig är riktigt entydig och självklar. Det yttre och det inre går inte ihop. Förr och nu kolliderar också. Vem vet vem jag var och vad jag drömde nu i natt? Vem vet på vilka stigar jag tog mig fram i mörkret mellan gråa stenblock och rotstjälpor hemma? Vem vet vilka jag mötte, och vilka av de mötande som såg på mig med kärlek respektive förakt? Jag minns inte själv, men nog befann jag mig någonstans där jag irrade omkring...

Jag har just druckit en kopp te och ätit ett par kex med chèvre från gårdagen. Kexen utsökt spröda och osten om möjligt ännu bättre än i går. Både Eliza och Karin har ringt och tackat för senast, de är snabba av sig på det viset, men Eliza är mycket pratglad och tiden rann iväg. Klockan har nästan blivit fyra på eftermiddan! Regnet fortsätter att strila. Ganska skönt, tycker jag. Nu har jag alla skäl i världen att inte gå ut. Jag sitter i mitt vita vardagsrum som långsamt grånar och mjuknar undan för undan. Alldeles strax – innan jag värmer lite fisk från i går och fräschar upp salladen – ska jag gå bort och tända några lampor i de innersta vrårna. Eller kanske ska jag bara ha levande ljus på bordet och i fönstren och kura skymning? Som Mamina och jag... *once upon a time.*

Balkongdörren står en aning på glänt och fladdrande lågor ger så vackra skuggor.

Jo, det är sant att jag äntligen har röjt undan rejält, det vill säga när det gäller det materiella. Jag har slängt ut mycket. Möbler och tavlor, men också tvånget att rätta mig efter vad andra tycker.

Efter mitt brådstörtade avsked från herr Von – det var

inget avsked förresten, jag bara stack iväg från bordet den där kvällen och tog mig hem via damrummet det fortaste jag kunde på snubblande fötter – och efter det att Sanna sedan kom att klampa in och ta ett rejält tag i nackskinnet på mig när jag hängde som lealös och betedde mig totalt utan kontroll, och efter det att hon också i någon mån hade fått mig att se den för mig så pinsamma historien ur hennes egen mera krassa och lättvindiga synvinkel – och dessutom ganska snabbt lyckats övertala mig att resa på en lång, lyxig kryssning runt Medelhavet med många ilandstopp för konstupplevelser – ja, då, efter hemkomsten, när lokalen i det låga reveterade huset vid åkanten där herr Vons Konst & Antikviteter hade hållit till, redan befanns utrymd och tillbommad, då kände jag en stor, stor lättnad. Jag behövde inte se honom, behövde inte riskera att möta honom på gatan och stå där med skam över något som ingen kände till utom Sanna och jag – herr Von för sin del hade nog aldrig begripit ett enda jota, för i så fall var hans beteende *grymt*! Okej, det tar jag i så fall! Trots Sannas insinuationer vägrar jag nämligen att tro att han hade dolda avsikter. Hellre genomlider jag konsekvenserna av en grymhet som kan vara oavsiktlig men uppförstorad på grund av min ensidiga förälskelse, än att jag finner mig i tanken att ha blivit manipulerad. Hur som helst tog jag mig samman. Undan för undan upplevde jag att spänsten i ryggbastet så sakteliga började återkomma och att ilningar av kraft spände i tandbettet: mig knäcker du inte! Och så satte jag i gång. Det tog drygt ett år att få tillbaka energin, men knappast mer än ett halvt för att genomföra planerna på ett slags nystart.

Jag hade överlåtit firman och det rådde ingen brist på tillgångar, det är en viktig faktor som jag inte får blunda för. Mina skuldkänslor gentemot Parre slängde jag över bord, åtminstone tillfälligt. Jag gjorde en fullständigt hänsynslös och osentimental utrensning, skåpbilarna gick i skytteltrafik mellan mitt hus och Auktionsverket, respektive Myrorna och Sopförbränningen. Därefter lät jag renovera hela mellanvåningen, rum för rum från golv till tak, med undantag av Parres gamla "direktörsrum" med skinnsoffan och Hälsingefällen, det lämnade jag orört. Jag använder det aldrig, dörren står stängd utom när jag vädrar och går runt med dammvippan en gång i veckan. Något altare har jag inte byggt där inne. Sändning pågår utan station.

I de övriga rummen har jag låtit spänna upp väv och måla alla väggar i ljusa toner, övervägande brutet vitt, men hallen är grön som frostbiten mossa och mitt eget sovrum ville jag ha ljusgult, inte som maskrosor och ringblommor utan mycket, mycket blekare, kanske som strimman över synranden tidigt i april när dagen just har börjat och är tvekande och ny. Eller som den stolta gulsporrens yttre hyllen.

Jag skydde inga kostnader. Jag levde som i rus. Nu jävlar anamma! Beställde nya möbler och gardiner. Ljusare. Lättare. Och flera tavlor än de jag redan hade inhandlat genom herr Vons kunniga vägledning och praktiska hjälp med budgivning och inrop. De allra flesta av de gamla murriga från Parretiden i breda förgyllda ramar med belysning monterad ovanpå ställde jag in i en vindsgarderob. Jag följde min egen smak och litade på den. Jag hade ändå fått lära mig en del genom konststudierna och det privata umgänget med herr Von, det erkännandet ska han ha, men nu kopplade jag loss och gjorde helt och hållet som jag ville! I förtvivlans mod.

Till och med köket har jag bytt ut.

Att jag är och var privilegierad var jag medveten om när jag höll på och beställde och betalade fakturor. Vem hade kunnat göra som jag gjorde? Och utan Parre… Ibland blev jag svettig om händerna och dagligen bad jag om absolution. Samtidigt kände jag en upprymdhet och en lättsinnig förväntan som påminde mig om den tid då jag var mycket ung och allt kunde hända. Och förväntades hända efter egna skisser. Vilket det inte gjorde och aldrig kommer att göra eftersom livet har sitt eget handlag.

Jag har bott i Parres hem sedan jag var sjutton och ända fram tills nu. Han tog mig till sig och gav mig säng och säte i sin halvtömda bostad, en stor lägenhet i den stad som också var min, och där han hade bott med sin fru och deras båda döttrar. Frun och flickorna hade tagit sitt. I övermått, har jag räknat ut. Ingenting var mitt. Ingenting kunde tillräknas mig, utom vasen vi fick av pappa och Mamina i lysningspresent. Den har gått sönder för länge, länge sedan – *och jag försäkrar på heder och samvete att det var en olyckshändelse den gången den föll ned!*

När vi flyttade hit till den här staden efter bara ett par år och Parre köpte huset där jag nu sitter, fick allting ske på hans villkor och efter hans behov och tycke. Jag varken kunde eller vågade tycka något alls. Det fick fortsätta som det var påbörjat i hans första äktenskap, det kvarvarande möblemanget byggdes på i samma stil, engelskinspirerad, mörk och lite vräkig, sammetsgardiner, guldramar kring tavlorna och skåpen fyllda med slipade kristallglas. Parre gnuggade händerna och sken. Gick runt mellan rummen med armen kring min midja och var mycket nöjd, kunde knappast stava till ordet vulgärt. *Förlåt mig nu, förlåt mig,*

*Parre!* Det kunde ju inte jag heller. Vad hade jag att jämföra med? En rucklig stuga med råtthål i hörnen och ett inrökt spisrum som luktade slaskhink. Mitt leende var blekt. Jag ville ingenting och gav mig ingen rätt. Helst ville jag packa min väska och ge mig iväg lika fattig som jag kommit. Men Parre höll mig så hårt i sin famn, hans händer var breda och starka, han släppte inte taget. Orden han viskade i örat var tafatta, närmast blyga, det var mest upprepade mmmanden i olika tonlägen, uppåtsträvande som svansstumpen på en glad och ivrig hund. Kyssarna var snabba, oviktiga duttar – han var mera rakt på sak och förspel begrep han sig inte mycket på, och inte var jag den som tog initiativet. Det föll sig inte naturligt med gosande och tossigheter eftersom jag inte älskade honom på det viset och aldrig hade gjort. Underkastelse handlade det om för min del. Plus tacksamhet. Och skuld. Jag borde ha gått. *Jag borde ha gått!* Då hade vi sluppit mycket elände. Men han gav mig ju ändå halva kungariket. Och så var det pappa... Pappastackarn. Att han var så stolt!

Så blev det som det blev. Nu sitter jag här. Allt är färdigställt för mitt nya egna liv. Min ensamma kropp. Visst är jag nöjd och tacksam, ser mig omkring och beundrar och gläds, ändå känns det tomt att det stora projektet är avslutat! Det var roligast när det pågick. Allt är som bäst när något återstår, sedan dalar energin och otåligheten börjar klia igen. Det är då det gäller att träna sig i NU.

Badrummet var mitt sista renoveringsobjekt, det som nyligen blev färdigt och så glänsande och vackert! Stort är det också, det hade visst blivit utökat en gång tidigare, vid det tillfället inkluderade man en intilliggande klädkammare, det kommer jag ihåg jag att mäklaren nämnde när Parre och jag var på visning. Det känns som om det vore hundra år sedan.

"Du har god plats för ett bubbelbad, ifall du skulle vilja!" sa han, Bockberg. Men det kändes alltför främmande för mig, jag visste inte riktigt vad det innebar och kände mig generad för att fråga närmare. Bad och nakenhet nuddar vid varandra, och under behån och blusen reagerade mina bröstvårtor på hans närhet lika isande som om jag varit naken.

Tänker man efter så är det strängt taget herr Vons förtjänst att jag mötte Bockberg! Som förresten heter Urban. Urban Bockberg, med största respekt. Om jag inte hade fått den där chocken när herr Von kom med sitt oväntade förslag – som var något helt annat än jag i min blinda infantila förälskelse hade förväntat mig – ja, då hade jag antagligen inte fått energikicken heller och aldrig satt i gång att röja ut och renovera. Till stor del är det väl också Sannas förtjänst. Allt här i livet tycks ju handla om länkar som hakas i varandra på de mest oförutsägbara och sinnrika sätt. Eller om man hellre vill tala om sammanträffanden och slump, vad vet jag? Guds finger – varför inte? Kanske är det så att mönster och möjligheter finns till reds överallt, sitter uppnålade med häftstift på allmänna planket och väntar att någon äntligen ska se. Och våga sig på.

*Och måttbandet, Maliss? Hur var det med det? Spåra inte ur nu och försjunk i drömmerier!*

Nej, nej. Förutom pappas rödbruna fackföreningsbok, som han var så stolt över, är Maminas gamla brungula måttband med de svarta markeringarna från ett till hundra, eller i det här specifika fallet från en itusliten fyra till ett knappt läsligt hundra, det enda jag har sparat från mina föräldrar. Det fanns heller inte mycket att dela på när också Mamina var borta. De fick ta vad de ville ha, bröderna mina och deras fruar. Jag stod med hängande armar, och såg jag inte ut som jag borde ha sett ut, kan jag inte göra mycket åt den saken. Varför skulle jag ha gjort mig till i ett så allvarligt sammanhang när huvudskålen var tyngd av tankar? Svägerskorna blängde på mig, tyckte förstås att jag var skitförnäm. Fru Parre – häh! Det duger väl inte åt henne. Hon som har blivit påkostad och fått ta realen. Men pojkarna då? Inte fick dom inte! Dom fick börja jobba dom. Direkt efter sjätte klass i folkskolan. Jojomensan! Vad var det för rättvisa?

Jag förhöll mig passiv. Jag var van vid avundsjukan och gitte inte förklara mig och breda ut mitt liv för att möjligen bli ursäktad. Vad hade det hjälpt? De visste inte hur jag kände och inte vem jag var. De visste ingenting om sorgen som fanns i mig. De tänkte nog att pengar är lösningen på allt. Har man bara lyckats få åt sig pengar så! Då så – då är alla behov tillfredsställda. Det spelade förresten inte den minsta roll vad de tänkte om mig! Jag hade redan så mycket skuld att bära, så det kvittade om de lade på mig lite till.

Och nu är de döda de också, utom Helny som gifte om sig när Bertil dog, och henne har jag inte sett sen dess. Och så stackars Evert förstås, som bor på det där hemmet. När jag besökte honom senast kände han inte igen mig. Det är flera år sedan, men jag ringer till expeditionen ibland så jag vet att han fortfarande lever i sin dimma. Det har ju inte blivit så att jag har åkt dit särskilt ofta, knappast alls. Inte nu sen jag blev ensam. Parre var duktig med sådana där saker, men jag blir bara så nedstämd av alltihop. Uppriktigt sagt *vill* jag inte. Jag vill inte se förfall och åldrande! Hopplösheten gör mig illamående! Och lukterna också.

Och matningen. Det känns ovärdigt. Jag vill inte, jag vill inte! Jag vill bara ut därifrån och få ruska av mig och leva i livet. Någon älskansvärd människa är jag inte. Tur att det finns vårdpersonal som inte är som jag.

*Och måttbandet? Kom till sak, Maliss! Det handlar ju om det. I grund och botten handlar det om det. Inte sant?*

Jovisst.

Måttbandet ligger hoprullat i ett fack i mitt strama och stilrena sybord – inköpt på kvalitetsauktion – som är snyggt där det står men sällan blir öppnat för sitt ändamål. Jag behöver inte öppna det nu heller, jag vet ändå hur den där stela remsan ser ut. Vaxduken, eller vad det nu är gjort av, har krackelerat, siffrorna är nästan bortnötta, det krullar sig i ändarna och vill gärna fastna ihop, har väl blivit klibbigt genom åren av hudfett och smuts.

Om jag tänker mig livsvandringen som ett sådant där måttband – och det är en bild jag ofta gör mig – återstår för min del inte så värst många centimeter. Statistiskt sett. Särskilt om man utgår från just det här exemplaret där de första centimetrarna så ofta blivit tummade och sträckta under nageln att de till sist gått av. Redan när hemma ännu var hemma också för mig såg bandet likadant ut där det låg jämte fingerborgen i en plåtask bland kritstumpar och knappnålar, man fick inte glömma att justera med fyra när man behövde hela metern för att exempelvis klippa ner och mäta upp en beställd handduksväv. Hon brukade gärna ta åt sig lite vävning på somrarna, Mamina, när det var varmt nog att sitta oppe på vindskammarn och trampa och slå. Nere var det alldeles för trångt för en vävstol.

– Lägg till fem på metern du, sa hon. För säkerhets skull. Dom ska då inte komma å säga att jag mäter för nätt, bonnkärringarna!

Hon stod alltid stolt bredvid och inspekterade sitt verk.

Mamma. Måttbandet. Pappa. Fackföreningsboken. Arbete. Stolthet. Levebrödet för dagen. Så kan det sammanfattas.

Känslorna då? Kärleken? Sångerna?

Var det så viktigt? Är det så viktigt? Eller kanske inte.

Jag har också arbetat och arbetat och arbetat. Satt näsan i vädret. Stängt till om mig och frusit. Ändå ingår Kärleken i drömmen. Ändå flöjtar det i mig som en obegriplig längtan.

Jag är nog inte riktigt funtad! Jag är både gammal och ung, kall och varm, både vettvill och klok. Jag är högfärdig och full av mindervärdeskänslor. Ingenting i mig går riktigt ihop.

Hur som helst vill jag inte ge upp. Vill inte acceptera. Trots att jag vet. Några centimeter, en decimeter kanske…

Nostalgisk är jag *inte*. Men jag har börjat gå hem allt oftare nu.

# Föregångarna

*"Neej – om en bara hade vurre sin ensamma kropp så... Nu kommer en ju inte tvärt ur stickan!"*

*Once upon a time...* det var en gång... Så brukar de gamla sagorna börja, där vad som helst kan möta bakom nästa krök och allt blir bra på slutet, hur illa det än kan te sig under vägen.

Mamina berättade gärna sagor för mig, då satt vi framför spisen, det blev samma och samma, men det gjorde ingenting. Ofta berättade hon också om sig själv. Hur hon hade haft det när hon var liten, om den håriga fläsksvålen som hon glötte opp ur ärtvällingen och smög ner i bordslådan för att hon inte förmådde att tugga den i sig, och hur hon satt på gärdsgårn och låtsades att hon åkte cykel och hur mamma hennes drog åt flätan så hårt om morgnarna att det värkte kring pannan och öronen när hon gick till skolan. Och hon var så rädd för spöken och varsel och vandrande lik och för kalabaliken när Han kom på lördagskvällarna och hade brännvinskaggen med sig. "Min så kallade far." Så sa hon. Aldrig *pappa,* när hon talade om honom med sorg och bitterhet i rösten, men också ett slags kärlek och ömkan vill jag tro.

Hur hon fick det sedan efter konfirmationen, berättade

hon också, och inte blev det värst mycket bättre. Lillpiga först – fick koka gröt i gryta som hängde på järnten över öppen eld. Bondpiga efter det. Med mjölkning och allt. Och sen var det ju dags då! När Han kom. Erik Emanuel Lundgren. Då tog barndomen slut och ungdomen med.

*Han lura mig. Sa att det inte var nån fara. Men han borde ju ha haft bättre förstånd han, som var gamlare än jag! Nästan tio år gamlare... var han...*

Jag levde mig in i alla hennes bilder och bedrövelser och tyckte så synd om henne att jag grät.

En oavslutad barndom handlade det om, det förstod jag sedan, och att ungdomen tar slut när det är så dags, det begrep jag nog direkt och nickade förnumstigt.

Men ”Ensamma kropp? Komma tvärt ur stickan?” Som tanterna sa. Och det där ”att han borde ha haft bättre förstånd...” Det förklarade hon aldrig, det fick jag tyda själv.

En gång i tiden, *once upon a time*, hände det sig allt emellanåt att jag hörde de där orden, som var lika obegripliga för mig då som utrikiska språk kom att vara för Mamina livet igenom. På den tiden var jag den lilla jäntungen som förslaget smög sig undan i vrån mellan vedlåren och tvättkommoden de enstaka gånger någon av granntanterna helt apropå, men likväl iförd ett rent gåbortsförkläde, slank in till Mamina för att få en kaffeslurk. Och en stulen stund av prat till ingen nytta alls. Men herrejesses! Man måste ju få ur sig. Mitt på blanka eftermiddan.

Utan att göra något väsen av mig hölls jag gärna där i smatten vid sådana tillfällen, till synes fullt upptagen med att dulta och dona med Gullidummadockan, som om hon hade varit det enda av betydenhet i hela vida världen. Så var det självklart inte. Dockan var bara ett alibi att ta till om det behövdes; min undanskymda vistelse rörde sig i själva verket om en betydligt känsligare verksamhet, ett självpåtaget och nödvändigt forskningsarbete som krävde min totala uppmärksamhet. Att sitta undansmugen och höra och se och försöka begripa det som blev sagt – och ännu viktigare det som inte blev sagt, men som fanns i de eftertänksamma mellanrummen när kaffeskedens rundgång hade klingat av och smulor ströks från duken ner i handen med snabba, korta tag – det var ett arbete som krävde hög koncentration. Då, i tystnadens förväntan, stack öronen ut från skallen på mig som vidöppna lurar och ur mungipan flöt måhända en tunn dregelstrimma, ifall jag glömt att svälja och hålla munnen stängd.

En sådan händelse exempelvis som att Märta i Långgärde eller tant Rut ställde ifrån sig cykeln mot gavelväggen och tittade in, fick självklart inte missas, och absolut inte de sällsynta tillfällen då den cykellösa, skinkbreda Tvååkers Elin kom pustande och sjavande längs stigen över åsen. Hennes gubbe var svartkrullig och storvuxen och trodde han var rolig när han stångade omkring sig som en tossig tjur. Mamina själv hade rosiga kinder, i mina ögon var hon ung, mycket yngre än alla andra tanter, i varje fall jämförd med Tvååkers Elin. Men vad gjorde det för skillnad ifråga om saken? Inte då och inte där, inte på den tiden och inte bland den sorten där vi hörde hemma. Utpyst eller hopkrympt, eller bara skuldmedvetet och halvvägs antytt, gick allting ändå ut på ett och detsamma kvinnfolken emellan: *Det var ett elände med karlarna, hade alltid varit*! Och det behövde man få ur sig!

Efter vad jag fick itutat i öronen på den tiden då allting för min del var oprövade sanningar, var att manfolk – såväl egna som andras, karlar likväl som gubbar, äkta eller oäkta utan åtskillnad, arbetsgivare såväl som sängkamrater och barnafäder, *överlag*... undantagandes egna omryggenhållna söner – var

skitstövlar, busar, slavdrivare, snusmumrikar, trindskallar, ynkryggar, råskinn, hycklare, girigbukar, slashasar, fyllskallar, snåljåpar, mesar, horbockar, viktigpettrar, fjantar, hängarslen, drönare, rävar!

ja, jag vet inte allt vad slags benämningar som präntades in i barndomens tavla av mjukt formbart vax. En del av manspersonerna, de mest försåtliga, var skenhelighetens smilande apostlar, oftast kallade *rävar*, de stod på egen rad med eget varningstecken, men sammantaget var karlarna ett straff som fruntimren fått för sina synders skull. Och alla hette Han. Eller möjligen Han Själv. Han som bestämde. Han som höll i plånboken. Han som inte kunde *nekas*. Och Han som man skulle passa sig för!

Där och då var budskapet tydligt, även om jag fick in det oadresserat i vrån där jag satt gömd: Man skulle akta sig för karlar i alla slags skepnader, eller ”måddesjangrer” som Tina Duva sa, hon var kommen från ett bruk. Dom ville bara *ett*, och när dom fått som dom ville och man gu'hjälpe blivit ställd på det viset, då blev det minsann ett annat ljud i skällan! Då satt man där man satt och kom inte tvärt ur stickan. Och tacksam skulle man vara till råge på allt!

”För att han *tog reda på*, ja”, pep Alma i Nybyn ifall hon var på plats. ”Nej, ett saltskott i arsele skulle dom ha haft!”

”Jo jo”, nickade Mamina, ”det är nog så det – men det var bara te å ta skeden i vacker hand det... vad hade man å välja på?”

Mamina var bra på att hålla med och stryka medhårs, på ett aningen inställsamt sätt får man nog lov att säga, det var en svaghet hon hade och som jag lade märke till långt senare i livet när jag inte längre såg henne som helt ofelbar. Nu ojade hon sig och ömkade storligen. Med handen under kinden runkade hon huvudet fram och tillbaka: "Jaa, du Klara (eller Hilda eller Svea) du har inte haft det lätt du inte... Förstår inte att du orkat!"

Samma gamla visor som jag kunde sen förr, men *ställd på det viset* – vad betydde det? Och vad var det där *ett* för något? Dom vill bara *ett*... Ofta hörde jag ord och uttryck som jag inte förstod, vissa kunde jag hjälpligt luska ut intuitivt och efter eget förstånd, andra gick att fråga Mamina om senare, men vissa stod kvar och jag visste att jag inte borde föra dem på tal.

Från smatten bakom tvättkommoden där jag hade mitt hemliga tillhåll, var synfältet synnerligen begränsat. Vedspisen vände sina svarta luckor mot mig, men murhörnet skymde så att jag bara kunde se ena dörren på skänken, avskavd och brunflammig med nyckelhålet naket utan beslag. Pinnsoffan fanns på plats framför fönstret där den alltid skulle finnas med blågrårandig dyna och kudden där Mamina slingrande broderat "Bara fem minuter" i glänsande plattsöm med rött mouliné. Trasmattor tvärade över varandra med blåbyxblå partier mellan svartgrå fält; en och annan vitflasig, rödprickig eller illgrön trasa var växelvis inlagd med jämna mellanrum. För att ljusa opp lite! Som Mamina sa. Bordet och de tre stolarna framför fönstret på gaveln kunde jag inte överblicka eftersom kommoden stod i vägen, jag såg bara de bakre stolsbenen på Maminas stol och hälarna på hennes nakna fötter i utkippade tygskor. Seendet hade i och för sig ingen avgörande betydelse, jag visste ändå de nötta vaxdukshörnen och den vita finservetten, som hon hade gjort sig till med för främmandets skull, den låg mittpå, snedlagd. Flugorna hörde jag. Kaffekopparna visste jag. Hon brukade ställa fram av de lite bättre, de *kinesiska,* mönstrade i rött, dem hade hon fem av – men en var lite kantstött. Sockerskålen, brödfatet, gräddsnäckan, skedarna, allt var mig välbekant. Inte var det så viktigt att få glo på granntanterna heller, allt som försiggick såg jag genom öronen. Orden och tonfallen, humningar, skrapningar, suckar och tystnader gav mig sin specifika dos av den sammansatta näring som undan för undan gjorde mig till mig, gjorde mig till jag.

Under åsarna i taket var stämningen tät. Jag var lite upphetsad där jag satt undansmugen i hörnet bakom tvättkommoden, det hände inte ofta att främmande kom och jag ville att stunderna skulle vara länge. Ville ha pratet. Ville ha doften. Ville sitta i spänningen som inte var farlig, bara kittlande och hemlig och lite otillåten. Men förr eller senare dalade samtalet ner i vanligt tråkprat om matkok och mjölkning och lingon och sånt, det gjorde det alltid och då visste jag också att uppbrottet var nära. Lika bra det! Mycket riktigt – alldeles strax började stolsbenen att skrapa och dras baklänges från bordet ut på korkmattsplätten. Förklädesframmarna borstades av. Bordsskivan knakade lite när kropparna hävdes, i varje fall om Tvååkers Elin var tillstädes.

”Neej, det går inte an å sitta å dra på det här viset hela eftermiddan… jag får väl ge mig hem till mitt nu jag!”

”Jamen, ska du inte ha en liten tretår då, innan du går?”

”Tack – men jag lär skynda mig nu! Jag har sutte alldeles för länge ändå, klocka är mycket. Han kommer väl från dikningen när som helst han, å då ska äta stå på bordet! Men det är lättvindigt i dag, tackochlov, jag har grönärtvälling står färdig sida på spisen så jag behöver bara svänga ihop lite pannkakssmet och grädda undan för undan. Finns det bara glöd kvar, så går det fort att få hett under pannkakspannan."

Mamina drog in luft genom näsan och dolde en gäspning, det hörde jag tydligt.

"Jo, jo, de e så de, jag ska väl på med potatisen jag å. Steker några salta fläskskiver å gör löksås, det får duga, å så blir det kräm på. Joodu... så e de. (Gäspning igen! Det hördes på rösten, den lät lite halvkvävd, hon var nog otålig på att dom skulle ge sig iväg nu!) Men nog har du rätt i att man skulle ha vare sin ensamma kropp... då hade man inte behövt stå på pass för jämnan, men det e som det e med det nu. Och det kunde ha vare värre!" Avgjorde Mamina med tillpiggnad röst medan hon vände ryggen till och fällde opp vedlårslocket och tog fram ett par pinnar. Spisluckan öppnades med kroken och sköts till med en smäll. Det sprakade i granveden och jämrade lite där innanför gallret, sedan gnistrade det till och elden sköt fart i ett enda huj.

Då upptäckte hon mig.

"Kära hjärtanes, sitter du hänne bakom du, Malissa lilla! Å inte säger du någe heller, jag trodde du var hos Inga och lekte, jag. Vill du ha en rundbulle?"

*Tvärt ur stickan, tvärt ur stickan? Ensamma kropp?* Vad betyder det? Jag frågade inte men nickade om bullen.

När pappa kom hem och ställde stövlarna i farstun och krängde av sig ryggsäcken blev hemma annorlunda. Spänningen under taket spändes ut på ett stramare sätt. Väggarna stod avvaktande. Ljuden tassade. Doften blev en annan. Mamina blev en annan. Andra tonfall, andra ord. För det mesta var det tyst.

Och lite ängsligt, så kände jag det.

Till Maminas heder måste man säga att hon sällan slängde egna vedpinnar på fruntimmersbrasan, hon höll bara med och nickade och ynkade: ojojoj, jag säger då det! Aldrig tömde hon ut sin egen sophink framför granntanter och mostrar och fan och hans mormor osorterat, hon var för misstrogen för det, ville inte ge slag på sig. Hon behövde inte heller för hon hade ju mig att anförtro sig åt! Hon hade ju mig, den äntliga flickan, kvinnobarnet som nästan föddes vuxen. Jag fick hela raddan berättad för mig om och om igen, Maminas egen historia, mormors historia, långt bort i dunklet fanns också mormors mor och en rad andra kvinnor som bar sina öden i förklädesknytet eller i flätade korgar av vide eller gran. Nåja, nåja. Summa summarum: Karlar var karlar, ett evigt bekymmer, och pappa var inte något undantag, snarare tvärtom. Så det var bra gjort av Mamina att hon inte hängde ut honom på strecket med klädnypor i byxbaken, det kunde hon ha gjort, jag satt ju där i hörnet och visste precis hur det var och hade varit ända från början.

Eller visste jag det, allvarligt talat? Såg jag sanningen själv eller var det andras ögon som såg åt mig? Generationers ögon. Jag har funderat mycket på den saken med tanke på mitt eget människoblivande och hurdan jag har varit och hurdan jag är.

Tänker att mormor Kajsa-Britas ögon också finns inplanterade i mig, grummelgrå av starr, med vitorna krackelerade och gulnade som gamla kasserade porslinskarotter. Hur mycket hade de blixtrat, hur mycket hade de svidits röda av tårar när det var som allra värst? Eller mormors

mors, Johanna Karolinas? När den dagen kom att jag krystades ut genom en blodig skreva låg hon längesedan som en uppluckrad gråknota i Allmänna varvet bland socknens obemedlade och oihågkomna; hon dog på fattigstugan med en limpa i famnen, den lär ha varit stenhård och hon hade inga tänder. Min arma gammelmoster, Lovisa i Bunken, som jag aldrig såg, men med Maminas ögon så tydligt kan se när hon kommer över dyorna till systerns gula stuga, ledande sin ko och med ett knyte över axeln. Hon har gått och återvänt varv på varv, tvingats återvända om och om igen, det är hundra år sen nu, hon är slagen gul och blå och strimmorna på benen är spåren av en svångrem. Vad skönjde hon för ljusning med så utskrikna ögon?

"Och tänk dig den där Märtastackarn, hon som var ifrån Eldsmyrn, hon vara bara sexton år, och oj, vad hon var vacker! Hon och jag gick och läste samtidigt för prästen, vi skulle vara som lite släkt på långt håll, sas det, men hur det var med det vet jag inte riktigt", berättade Mamina. Och fortsatte, med aningens aning av självbelåtenhet:

"Hursomhelst så gick det då värre för henne än för mig! Hon sänkte sig själv hon med barnungen i magen. Jag var ju med och såg när dom precis hade dragit opp'na ur ån med båtshakar. Usch, så hemskt det var! Hon låg där på gräskanten, vacker som en ängel å lika vit. Och karlsloken, han var inte så gammal han heller, bara en snorbuse, han hade förstås stuckit, när han fick reda på vad han hade ställt till med. Det var ju så vanligt det, att dom stack iväg från alltihop. På den tiden. Han gick på någe vägbygge oppåt, sa dom."

Men pappa stack inte, tänkte jag då. Och du var bara sexton du med. Snorbuse förresten, också ett ord att foga till samlingen.

Nu när jag är min ensamma kropp och har tid att sitta och tänka och dessutom försöker att vara lite rättvis, ser jag dem ofta komma gående i skymningen, det är aldrig riktigt ljust och jag ser dem inte tydligt.

De vandrar igenom mig, de här kvinnorna, de som lämnat sina spår inuti mitt jag, men som jag ser utanför mig och på ett litet avstånd. Spikrak står jag på andra sidan vägen med ett stort fång blålila syrener i famnen. De ser mig inte, men jag ser dem. När jag inte längre finns, vem har de då att vandra igenom? Nu kommer de sakta gående från vänster, rundar en kulle med småvuxna krikonträd, går vidare på stigen som viker upp mot lagårn, fördunklas och försvinner ned i en sänka, dyker upp igen till vänster om kullen och gör samma tysta vandring ett par vändor till. Jag vaggar i takt med deras sätt att gå. Långa kjolar slafsar. De rör sig målmedvetet, utan att se vare sig åt höger eller vänster. Huvudena är nedböjda, munnarna slutna, de talar inte, har ingen kontakt med varandra eller med mig. Blodsbanden och ödestrådarna som ändå binder dem lösligt samman är också spunna kring figuren som är jag. Uttunnade och klibbiga som trasiga fragment av spindelvävar, finförgrenade åt sidorna, ibland tvivelaktiga, håller de mig fast. De håller mig fast så långt som till nu.

Inget av föregångerskornas ansikten kan jag se rakt framifrån, inte Maminas heller, men likt apostlar kring ett altarskåp eller glorifierade personer på halvt utsuddade kyrkmålningar bär de alla sina särskilda symboler, så jag vet ändå på något så när vilka de är. Mormors mor bär sin limpa. Mormor håller ett besman i den ena handen och en bukett liljekonvaljer i den andra. Lovisa från Bunken kommer ledande sin ko. Moster med åderbråcksbenen passerar (oj, vad hon slet, sa Mamina, sprang opp och ner i trapperna med morrontidningen å han, han skulle bara ha oppassning, han!). Farmor är också med i raden, men hon går för sig själv parallellt med de andra. Hennes berättelse är tunn, vem skulle ha berättat när inte pappa gjorde det? Själv är hon också liten och mager med vass, spetsig haka och åtstramat hår, hon knogar med ett nyslaktat lamm över axeln, blodet droppar, kniven hon stack med håller hon fast i högerhandens grepp. Mamina går sist. Hennes klänning når bara strax över knäna och hon bär på en ros, den är doftande och röd, men inte har hon tagit emot den från pappa, om också den bjöds. Och han ska heller aldrig få den av henne. Rosen är hennes egen obegripliga livsros som tycks göda sig själv. Hur den kunde frodas och blomma så ymnigt åren igenom begriper inte jag, som bara fick knoppar som torkade bort.

I bakgrunden, där stigen kröker runt krikonlunden står de utanförhållna och oälskade grupperade – karlslokarna, ynkryggarna, flåbusarna, slashasarna, han och han själv. Knappt att de är synliga i skuggan av de knotiga små träden. Deras ansikten ser jag rakt framifrån egendomligt nog, men de flyter ihop, blir som ett och detsamma. Någon står lutad över ett spadskaft, en annan bär en bågsåg över vänster axel, en tredje håller i en plåtsax med stora fingerögon, attributen är i stort sett desamma för alla dem som har andel i mitt blod, de är redskap för händerna att hugga och gräva och selar för ryggen att slita och dra. De ser allvarsamma ut. Mörka i synen. Hattarna slokar, mustascherna slokar, och deras eviga förbannelse, kukarna, hänger. Hänger och slänger framför sina taskar. Och plånboken är slankig och brännvinskaggen tömd.

O, att vara pålagd ett liv att vara man! Tack Gud, att jag slapp vara min egen pappa. Åtminstone det.

Det är den oanvända kärleken som tränger på så hårt! Vad ska jag göra av den? Så här i sista stund.

Men att jag skulle kunna älska någon på riktigt nu, med både kropp och själ – det tvivlar jag på. Om jag någonsin har gjort det? Eller om jag gjorde det utan att förstå?

Älska retroaktivt, vad är det för mening med det? So what?

Någon av de många visa, lärda och förhoppningsvis också hedervärda männen, filosoferna bevars – vars namn jag för tillfället inte kan erinra mig – har förvisso låtit utsäga i skrift att *medlidandet är den billigaste av alla känslor.* Det ger jag fanken i! Om jag nu är en enkel själ, vem hindrar mig ifall jag vill köpa en hel container medlidande och bara vräka ut? Jag måste äntligen få göra det för Nu och för Då. För Parres skull. Och för pappas skull. Mamina har redan fått sitt, och mig ska då ingen behöva tycka synd om. Det har jag inte gjort rätt för. Nej, sannerligen inte!

Det är många som inte får vad de förtjänat. Det är också många som får vad de inte har förtjänat. Egentligen finns det ingen rättvisa alls.

# Berättelse från sidan
## N:O 1

”Dom bodde en bra bit in på skogen, det fanns nåra små åkerlappar där och dom hade ett par kor. Han var stor å stark, det minns jag, hette Ernfrid Mattson och gick på dagsverken hos Storsalabonn. Dom sa att han var snäll. Och förfärligt hjälpsam lär han ha varit! Men så blev han sjuk, inte vet jag om han hade tagit i för mycket så de var någe som sprack sönder i huve på'n – nå, vara hur det vill: han blev lam från midjan och ända ner. Fick sitta där i sängen å hon skötte väl om'en så gott hon kunde, men inte var det lätt för henne heller, stackarn. Hon beklaga sig jämt å det får man förstå. Han blev väl elak åv å sitta som en stackare förstås, han skrek å svor och slängde både bunkar å knivar å kaffekoppar å allt han kom åt ut över golvet, å han sket på sig förstås så hon måste jämt byta halm i madrassen. En dag sa han åt na att han skulle raka sig, det kunde han själv, det var ju inget fel på'n oppåt. Och så var han kliig och svettig, sa han, å ville bli ordentligt tvättad både oppe och nere och få på sig vitskjortan, han hade bara en. Tycka vad hon ville om hans stolligheter, men hon tordes inte annat än lyda förstås, så hon la fram rakdon och spegel på stolen bredvid sängen å ställde dit en kopp med varmt vatten, sen tog hon fram skjortan ur en dragkista dom hade i kammarn, men det var länge sen den hade varit använd å den hade blive gulaktig å luktade väl instängt, naftalin kan jag tro. Hon var lite noga av sig, Mattses Lina dänne, å tyckte väl att hon fick lov å ta å tvätta å stryka skjorta först, det var ju mitt i sommarn så det gick väl i en handvändning å få torrt, kan jag tro. I alla fall höll dom på å hässja på lyckan nedanför Komöte, bonn själv å drängen. Det var inte långt ifrån å dom hörde ju hur han, Ernfrid, vråla å skrek någe alldeles förskräckligt dänne borti stugan. Dom sprang dit förstås å när dom kom in satt han i sängen med vitskjorta på sig, men den var alldeles nerblodad å hon låg på golve nedanför å var död. Han hade tage stryptag på'na och skuri åv na halsen när hon höll på att sätta på'n skjorta. Den var bara halvknäppt å manschetterna var öppna. Jag var väl fem, sex år, jag såg själv när han blev hämtad då om kvällen, dom var ju tvungna å köra förbi mammas stuga, det var branog sent men det var ju den tiden på året då det var ljust dygnet om, å ingen kan föreställa sig hur förskräckligt det var! Hon låg baki på kärran med ett vitt lakan över sig å han satt på säte mellan fjärdingsman å kusken, han hade bojor på sig naturligtvis å han vråla å skrek som någe slags djur! Aldrig att jag kommer å glömma det skriket." Berättade Mamina.

# Andningspaus

*Svalka mig vind, svalka mig vatten, omslut min kropp... Låt tankarna fly...*

*Svalka* är ett av mina mantra. *Björk* är ett annat. Jag upprepar orden om och om igen när jag ligger blundande i min fårskinnsklädda långstol eller ibland på en dyna direkt på golvet, fast att ligga raklång på golvet känns lite skämmigt: tänk om någon såg mig! Jag vet att ingen kan se mig men det känns så ändå. Som om det funnes ögon och att det jag gör är något otillåtet.

Där borta, på den avlägsna stranden, var jag fri på det sättet att vi var så anonyma allihop och så långt hemifrån.

Det är länge sedan nu, men jag erinrar mig tydligt hur jag låg utsträckt på rygg i den tidiga svala morgonen och försökte lära mig fånga nuet i betydelsen *vara vilande i sig själv*, utan tankar och utan oro. Mitt läger var en tunn madrass utlagd på en betongplatta som var tänkt att småningom bli fundament för en liten strandservering. Varken tak eller väggar fanns ännu antydda, våra rationella Svenssonaktiga funderingar om en fortsättning av bygget besvarades med en axelryckning och utbredda handflator. Hur kunde man veta när? Hur kunde man veta om? Så den lilla gruppen från en obekant plats nära Nordpolen fick tills vidare, mot en obetydlig ersättning, låna det raspiga golvet för sina övningar. Det var yogalärarinnan som fixade det.

Kanske var vi ett dussintal kvinnor eller några fler, jag minns inte så noga. Inte heller minns jag namnet på någon av mina tillfälliga kamrater, deras betydelse för mitt liv upphörde i och med att vi skildes från varandra på en flygplats när veckan var slut. Men jag minns det där bruset från vågorna, suset i palmerna, jag minns de där morgnarna – så friskt annorlunda, så nära kroppen och lite, lite flummiga för en rationell person som jag, men därför så befriande ansvarslösa. Ändå långsiktigt stärkande för viljan, hade jag förstått, den egna ambitionen var för tillfället avlyst och lagd i träda för att dra till sig nya krafter till fortsatt växande. Vila och väntan handlade det om. Överlämnande. Tillvägagångssätt. Hopbitna käkar och knutna händer fick lära sig att medvetet lösgöra sig från varandra och bli öppnade och slappa. Handflatorna uppåtvända som skålar. Känn din kropp, känn alla dina celler. Öppna, ta emot, bli alldeles mjuk! Öppna – ta emot – bli alldeles mjuuuk... Rösten suggererade. Ibland kom också gråten helt apropå, först som en isande krympning i näsan, sedan kom tårarna. Ljumma små bäckar letade sig ner bakom öronsnäckorna, slingrade sig ljudlöst in under håret och vidare ner i halsrotens urgröpningar, ljudlöst, viljelöst. Det bara rann.

Märkligt att jag minns de där dagarna så väl, minns de där morgnarna! Så mycket annat har jag glömt eller tvingat mig att glömma. Vi låg utsträckta på våra tunna smala madrasser. Tysta, bara tillfälligt bekanta var vi, måna om att flyta in, måna om leenden och artig hörsamhet gentemot varandra, kontaktberedda men inte påträngande. Kyligt i luften ännu någon timme, solen milt vänlig, det fläktade svagt i bladverket till vänster om oss. Till höger sjöng havet sin eviga sång, i ro eller oro är svårt att veta.

Det har jag tänkt på nu efteråt, att havet har tvång över sig det också, hur stort och överväldigande det än kan tyckas vara. Havet är underkastat, det måste lyda vindarna och månen och den eller det som står ännu högre upp i hierarkin. Inte kan havet säga: Nu lägger jag av! Nu slutar jag att svalla och brusa och smeka och slå mot klippor och stränder, nu finner jag mig inte längre i att långsamt frysas ner till is för att sedan i smärta brytas upp igen och slås sönder till vasskantade stycken när sol och vind så vill. När solen så vill smälter mitt pansar, då upphör min tystnad och min inåtvändhet ska åter förbytas mot glitter och lek. Vare sig jag vill eller inte. Och nu är jag trött på denna eviga rundgång! Så kunde havet tänka. Men inte kan havet bestämma om den saken, det har inget val.

På så sätt har människan det bättre ställt. Hon behöver inte häva sin bröstkorg och vända och vrida sig i all evighet, hon behöver inte uthärda kasten mellan frusenhet och värme, mellan glädje och förtvivlan om och om och om igen, hon är inte dömd till det. Hon får sluta när hennes tid är ute och den tiden är kort i jämförelse med havets oändliga arbetsamma tvång. Skulle människan finna det nödvändigt kan hon till och med välja att avsluta i förtid, jag har själv haft mina tankar åt det hållet vid några tillfällen tidigare i livet, men inte nu längre. Tanken var aktuell hos mig då, den där veckan på den anonyma stranden som jag aldrig kommer att återvända till, men nu har jag morskat upp mig betydligt och tänker annorlunda. Att ingen skulle sörja mig förändrar inte saken. Mitt liv är min egen angelägenhet. Det är givet till *mig.* Även om det råkade bli ganska ensamt.

Yoga. Varför? Vad visste jag om yoga? Ingenting. Ingen kunskap och inget intresse heller. Yogan saknar betydelse i sammanhanget, den fanns inte som ett behov hos mig, det enda behov jag hade den gången för länge sedan var att komma iväg, vart som helst och till vad som helst. Bara komma bort från alltihop, från mina malande tankar och förvirrande trötthet.

Parre var död sedan drygt ett år. Jag hade inte trott att tomrummet skulle visa sig så stort som det blev. Plötsligt stod jag där ensam med alltihop. Egentligen var hela situationen omänsklig och nu, mer än tjugo år senare, begriper jag inte hur jag över huvud taget orkade... Jag bar på en krona av glödande kol och var tvungen att gå rak. Mitt bland styrelsemedlemmar, advokater, revisorer, oroliga chaufförer, kunder, leverantörer och drivor av papper var jag tvungen att sitta och vara fru Parre, lugn och kompetent och med övergripande ansvar. Ånger och skuldkänslor fick jag ta itu med på lediga stunder. Sorgen höll jag ifrån mig, skulden gjorde den närmast otillåten. Hur kan den som inte har älskat och inte givit kärlek och värme till den som behövde, få ta för sig av sorgens klädsamhet och bitterljuva njutning?

Jag klarade det praktiska, hur vet jag inte. Parres första fru och de båda döttrarna skulle med nöje ha bitit huvudet av mig om de bara kommit åt, och jag tror att deras jävligheter tvärtemot avsikt fungerade som sporre – jag skulle inte ge upp, inte låta mig knäckas! Jag skulle minsann visa att ”den där lilla kontorsråttan” också kallad ”häxan” inte var att leka med. Min enda möjlighet var att arbeta, arbeta och åter arbeta. Så hade det varit under hela äktenskapet, jag hade betalat av på en skuld genom att arbeta, och det var också det enda jag kunde göra för Parre nu – även om man kan fråga sig vad han skulle ha för glädje av det när han redan lagts till vila i Dödens kalla famn.

Vid den här tiden skulle det ännu dröja ett halvår innan Sanna kom att flytta in i min vindsvåning, jag kände henne inte och det var inte hon som puffade på mig när det gällde yogaresan, hennes insats kom senare. Jag svimmade helt enkelt nere på kontoret. Två gånger samma dag. Hamnade på sjukhuset. Akut överansträngning. Vila. Miljöombyte. Hur skulle jag kunna ta mig tid att vila? Och vart skulle jag ta vägen? Någon gav mig väl ett tips, kanske var det kuratorn på sjukhuset eller ännu troligare den milda Maria som brukade massera mina fötter, och efter mycket sonderande och bläddrande hit och dit i olika broschyrer och program fick det bli den där kursveckan vid en vik av Medelhavet. Yoga och meditation. Även om jag var den äldsta i gruppen, nära femtio var jag då och upplevde mig stel som ett gammalt gångjärn i jämförelse med de unga, smidiga kvinnorna som gjorde Solbågar hur enkelt som helst, tyckte jag ändå om det. Inte för det att jag gör några övningar nu längre, aldrig gjorde jag några över huvud taget när jag väl var hemma igen, men den gången var jag där, då var då, och jag försökte i alla fall. Försökte öppna händerna. Även om jag knöt dem igen. Försökte förtrösta. Även om jag strax sjönk tillbaka i hopplöshet, djupare än jag tyckte mig kunna stå ut med. Havet drog. Ensamma morgnar drog det mig utåt till randen av det oåterkalleliga. Men varje gång vände jag om och flydde som en jagad in emot strand.

# Huset

*Gammaldags gedigen och bekväm villa. Två och ett halvt våningsplan. Vackra detaljer. Stor balkong. Pittoreska gavelfönster. Damfrisering och Fotoateljé på nedre botten. Lagom stor tomt med gamla fruktträd och avgränsande häckar. Dubbelgarage mot gatan. Nära till affärscentrum.*

Hur många kvällar och mornar har jag inte legat och formulerat och filat på den här tänkta annonsen. Valt mellan orden. Skrockat galghumoristisk åt min egen fyndighet när jag tänkt mig att avsluta med: *Svar till Nådens Boning.*

Då skulle man väl ha trott att det gällde en lokal för sekterister!

Tja, varför inte? Här pågår ju samtal och djävulsdueller. Mellan mig och mig. Och mellan mig och Gud. Så är det väl? Det skickas böner också.

Och jag bor i Nådens boning, det kan jag inte förneka. Men nu har jag banne mig börjat göra den till min! Och jag tänker inte fly. Inte sälja heller. Parre skulle ha velat att jag bodde här. Han ville mig allt gott. Han månade om mig. Han älskade mig, det vet jag. Och det är det som gör att jag kämpar mot mitt eget minus! Ett enda jäkla minus var vad jag blev.

Där nere, på min gedigna dubbeldörr av blankbrun ek med strama sniderier sitter en vacker dörrskylt i mässing. **Jansson Parre Vån.2** är inristat på den med kraftfulla svarta bokstäver. De står för Karl Josef Paridon Jansson, aldrig kallad annat än Parre. Jo, Hälsingeåkarn lär han visst ha hetat alldeles i början, jag minns att pappa nämnde det namnet, men det var innan han och Parre och Parre och jag ens var bekanta. När den tiden kom hade företaget redan hunnit växa till sig rejält och blivit Parres Transport & Lastmaskiner AB.

Det var strax efter kriget. Många hjul hade rullat i gång.

"En jäkel på å jobba", sa pappa med beundran. "Den där Hälsingefan, han vet hur man gör pengar, han!"

Pappa var själv i grovarbetarsvängen. I ur och skur, med spade, spett och skottkärra som hjälpmedel slet han hund på byggena. Hade grova handskar. Var murarhantlangare. Matade i tombolan och spadade ur. Körde raskt uppför landgången med senorna spända och tungan rätt i mun. Såg hur lastbilar med tandade skopor ideligen körde fram och vräkte ur eller tog opp, såg hur stora maskiner under gnisslanden och vrål gröpte gropar i leran i ett enda nafs och hur pålkranarna restes och dunkade i gång. Han kände en märkvärdig stolthet över allt det där, han var klart införlivad och berättade yvigt för lantisgrannarna om allt det stora och moderna som hände ini stan. "Det ni, gubbar, ja fy faan! Det är andra grejer det än hänne på vischan." Han sa gärna ordet Vi. Skröt och tog åt sig delaktighet av det framvällande nya som rev ner och byggde opp längs de gamla gatorna, i rasande tempo. Det var så han måste göra för att upprätthålla någon sorts status, mycket eget att glänsa med hade han ju inte. Han var just egendomslös.

Inte ens jordbiten, inte ens spiskåpan i stugan rådde han om. Knappt och nätt kläderna på kroppen. Var det så att det knep fick Mamina gå till Stampen och be att få panta på den mörkblå cheviotkostymen, som var blanknött i baken men dög som borgen för en tia, i bästa fall femton... Nog var det ett slit.

Vad kunde han veta om det som skulle hända inom bara några år och som skulle få honom att plötsligt skjuta i höjden minst ett par, tre tum och liksom komma i något slags *mass-kópi* (pappas uttal) med dem han betraktade som mer eller mindre storgubbsaktiga. Dit hörde också Åkarn, Hälsingeåkarn, han som hette Parre och ingenting annat. Helt oförskyllt kom det att bli på det viset. Därför att jäntan... Hanses jänta. Hon.

Och vad visste hon på den tiden, hon som var jag? Bevare mig väl! Allt det där lördagssnacket kring halvlitern angick mig inte, det var bara ord som passerade in och ut genom öronen på mig. Huvudet ville jag använda till annat.

Men hur kan man skilja huvudet från kroppen? Förresten ville jag inte med kroppen heller, ändå blev det så. Det var tidigt på våren före min examen i Praktiska real... Och det var inte Parre som tog oskulden från mig. Men ansvaret tog han.

De flesta skulle mena att jag hade tur. Den som vetat hela sanningen skulle tveklöst säga att jag har haft en *satans* tur!

När Parre köpte det här vackra gamla huset för över femtio år sedan, såg Kobetet, som stadsdelen till mångas förargelse alltjämt heter, helt annorlunda ut. På vår sida gatan, det vill säga numera min, finns fortfarande ett antal villor kvar på stora, lummiga tomter, det rör sig kanske om ett dussin, men längs trottoaren mittemot och i de bakomliggande omgivningarna är allting så förändrat att man knappt kan känna igen sig. Där det tidigare fanns rester av det gamla bondelandskapet med åkrar och ängar, skogsdungar och steniga backar som verkligen betades av fårskockar och kor, breder den nya bebyggelsen ut sig, moderna villor omväxlar med låga radhuslängor och sjuvåningshus. Om man tar till vänster vid första rondellen i östlig riktning härifrån räknat kommer man strax till det som kallas Hagens centrum. Där finns ett torg med flera pizzerior och restauranger och jag vet inte vad för slags butiker, neonskyltarnas antal ökar hela tiden och det kommer en massa reklamblad i postlådan som jag inte har bett om.

Mellan det här gamla villareservatet – som verkligen är en nagel i ögat på många, inte minst kommunen och byggentreprenörerna – och den nya staden som successivt men obönhörligt växer fram, löper sedan någon tid också tillfarten till den nyligen anlagda motorvägen. Många protesterade hej vilt när den kom till, jag gjorde det inte. Vad skulle det ha tjänat till? Jag bryr mig inte om sådana saker, har ingen energi att slösa på sådant som inte berör mitt innersta jag, och som jag inte heller har makt att förändra. Varken makt eller kraft. Allting måste förändras, det begriper jag nog, det är en förutsättning för utveckling och fortsatt människolevande på det här klotet. Jag säger inte "mänskligt leverne", det kommer väl att visa sig hur pass mänskligt det blir, men jag lär väl knappast få möjlighet att utvärdera den saken. Så jag sveper kappan kring mig och käbblar inte, David mot Goliat är en fight som de yngre får ta.

Vad mig själv beträffar är det annat som gäller än strider om vägbyggen. Jag har en annan kamp att utkämpa, eller flera delkamper som går ut på ett och detsamma... Kampen mot skulden och uppgivenheten. Kampen mot åldrandet – som jag vet att jag inte har en chans att vinna men kanske kan skjuta upp så länge som möjligt! Och så kampen för min rätt att fortfarande vara en levande kvinna till både kropp och själ. Rätten att älska och att smeka – om jag säger så! Rent ut.

*Rätt? Vad menar du med rätt?*

Jag menar rätt till *möjligheten*. Mer än så kan ingen människa begära.

Det är ingen lätt fight. Jag vet det. Men jag tycker ändå att jag har kommit en bit på väg. Jag har slutat att titta efter kroken i taket. Och vatten och vågor suger inte längre. Som då, på den där stranden, när allt vällde över mig efter Parres död.

Nu mediterar jag här hemma i min bekväma liggstol och försöker styra mina tankar på egen hand. Utan yogaledarinnans mjuka röst och utan havets ackompanjemang försöker jag urskilja och viljemässigt utestänga alla ljud som drar mig bort från min egen mittpunkt. Det gäller att ta det hela i rätt tågordning, utgå från den yttersta cirkeln och försöka sudda ut undan för undan in mot den centrala befintligheten, där en flugas knäpp mot taket och fläktsystemets brus kan vara de enda förnimbara ljud som tränger sig på, förutom mina egna hjärtslag. Jag börjar alltid jobba med det hela tiden närvarande men ändå avlägsna bruset från trafiken ute på motorleden och de korsande gatorna strax nedanför mitt hus. Det är slirande däck, röster som ropar, plåtljud och gnissel, bussar som pyser och motorcyklar som drar i gång *och accelererar mot ett rasande klimax* medan ljuset knappt hunnit slå om till grönt. Och där! Där skär det till. Där är det som koncentrationen bryts och jag börjar irra runt, det händer ofta, och med all min kraft måste jag göra ett försök att stänga till öronen och kämpa mig bort till en sval, grön skog med mjukaste mossa att vila på och ett starkt, lugnt brusljud i tallarnas kronor högt ovanför. Jag måste hem till mig själv, göra en omväg och rasta i mossan för att få tillbaka min inre harmoni, *vrålet från motorcyklar vill jag inte höra!* Jag önskar att mina hörselnerver skulle vara helt oförmögna att uppfatta just de frekvenserna, på samma sätt som de numera inte längre förmår registrera syrsornas filande. När jag går i mina vanliga sysslor eller tittar på teve och lyssnar på radion, är jag för det mesta inte medveten om ljuden där ute över huvud taget. Man lär sig sortera bort och stänga av, vardagslevandet förutsätter det, men nu när jag skärper mina hörselorgan och vänder upp mina handskålar i försök att uppnå en mottagande och kontemplativ närvaro, sågar det övermodiga vrålet sig in och det plågar mig fortfarande. I ett överliggande ljudskikt, fast längre bort i en annan del av staden, förmodligen längs den stora motorleden, hörs kanske också, precis som på beställning, det isande tjutandet från ett eller flera utryckningsfordon. Ambulans eller brandbil eller bådadera, jag har svårt att skilja de ljuden åt.

Givetvis var det påslagna sirener den gången när Naja gick åt. I tystnaden efteråt när allting hade kraschat måtte de ha tjutit, men jag hörde dem aldrig. Visste ingenting. Förstår gör jag fortfarande inte, det är inte att begära, men det var inte Parres fel. Det var *inte* Parres fel. Ändå lät jag honom leva ensam med skulden ända tills han dog och det kom så överraskande och gick så snabbt att jag inte hann bända upp mina gistna käkar och säga de ord jag borde ha sagt femton år tidigare.

*Det var inte ditt fel! Det var en olyckshändelse, Parre, jag vet det. Jag har vetat det hela tiden. Förlåt min hårdhet.*

Förlåt min hårdhet. Det är där skon klämmer.

Han var helt förkrossad. Han hade *inte* dragit på, *inte* dragit på. Inte det minsta. Bilen bara dök fram från den lilla sidovägen till höger i skogen. Stannade inte. Bara körde ut. Saken var solklar, bevisen entydiga liksom rättens bedömning. Men jag? Men jag. Jag stängde dörren om mig.

Jag gjorde som Mamina, jag bjöd inte in. Jag vet inte varför...

*Nog vet du det, Maliss!*

# Bönskidan

Den överblivna kärleken, den oanvända, vad ska jag göra av den?

Ibland känns det som om jag svävar i ett stort mellanrum. På taket sitter Döden, inte märkbart otålig men alltid närvarande. Hur jag än sträcker mig kan jag inte nå golvet med fotspetsarna, det vickar och glider iväg hela tiden. Allt som jag har skjutit undan med hjälp av arbete, arbete och åter arbete finns kvar inunder mattan, det vet jag där jag svävar. Hade väl omedvetet räknat med att det så småningom skulle äta upp sig självt och inte finnas längre. Men det gör det, likafullt.

"Soper under matta gir lopper å löss!" Sa Mamina. Av sopor under mattan blir det loppor och löss. Jo. Sådana där gamla uttryck är sannare än man tror. Nu, när jag har för mycket tid att känna efter, nog finns det det som biter och kliar och svider. Ovanpå värken, för den finns konstant.

I den stad, som var "stan" för mig när jag var barn och mycket ung, fanns ett salutorg längs ån med en hög, svart pump och knotiga pilträd som hängde ut sin grönska som gardiner över vattnet. Där brukade jag stå jämte Mamina när hon sålde blåbär eller lingon ur en sockerlåda. Och ibland kantareller. Alla dofterna och färgerna och vimlet av folk finns ännu bevarade i huvudet på mig... Men jag romantiserar inte! Förtjänsten blev futtig och motsvarade inte på långa vägar värken i Maminas rygg och knän. "Dom där ussla kronerna kan en både ha och vara utan", sa pappa och knyckte på nacken, dom var inte helt nödvändiga längre och därför inte värda ett erkännande. Han hade kommit in i byggsvängen då, som hederlig grovarbetare, och hade för sjutton *fast knog!* Och fackföreningsbok. Det gick hans ära för när att gumman skulle behöva stå på torget och krusa för herrskapskärringarna. Sådan var han. Nog kunde han försörja henne och jäntan, det var ju bara en unge hemma nu, så för den delen så.

Mamina knyckte på nacken i doldom men sa ingenting, hon visste nog att slantarna behövdes – och så var de hennes *egna*, på egen förtjänst. Hon kunde lägga undan och köpa en ny kastrull om hon ville eller ett klänningstyg åt mig utan att behöva knikta honom om vartenda öre.

Också i den här staden, där jag bott alltsedan Parre tog det avgörande steget att etablera sig här, finns ett salutorg. Det ligger framför Rådhuset. Jag brukar gå dit på lördagar lite då och då och handla grönsaker och blommor. Nu har det inte blivit av på ett tag, hösten har tagit alla blommor och frilandstomater och bärtiden är över, men senast jag var där fanns det bondbönor till salu. Bulliga, böjda, svartfläckiga baljor i en frikostig hög.

Mamina brukade alltid peta ner ett par rader på tvärs i nedre änden av potatislandet, jag älskade den tjocka, mjuka gråaktiga bönvällingen med morotsslantar i och finklippt persilja. Det gör jag än, så jag köpte en kasse. Det var en solig förmiddag och jag satte mig på en bänk med ansiktet mot solen och slutna ögon. Sa till mig själv: *Du är, Maliss. Här. Nu. Njut av solskenet! Slappna av.*

*Låt värmen genomströmma. Var tacksam. Tacksam!*

Det går att träna sig i nu-upplevelse, det är en fråga om medvetenhet och koncentration. Det gäller att rätta in tankarna i ledet och se upp om någon vinglar till, framåt eller bakåt. Dagligen försöker jag komma ihåg att jag ska skärpa mig och inte lulla omkring i det förflutna till ingen nytta alls. Inte heller ska jag bygga några luftslott för framtida bruk. *Nu,* säger jag uppfordrande till mig själv, nu står jag här, nu sträcker jag ut min hand och känner att fönsterbrädan har blivit varm av solen. Nu kommer sopbilen. Nu dunsar tidningen ner genom brevinkastet. Nu rör sig mina ben. Nu rinner teet genom min strupe och kylskåpet surrar som om ingenting har hänt. Tiden är omkring mig och jag är i tiden. Trafiken brusar på motorvägen. Jordklotet rusar fram i sin bana med svindlande hastighet. Jag står stadigt. Jag andas. Jag *är.* Här. Nu.

Så där kan jag hålla på flera gånger om dagen om jag inte glömmer bort mina pass vill säga, ibland går det veckor när jag inte kommer mig för, inte förmår. Men när jag satt på bänken där vid torget gick jag verkligen in för att öva mig i NU.

Det doftade ur kassen, jordigt och frodigt. Jag fick en oemotståndlig lust att öppna en balja och smaka några bönor som inte hunnit få någon beska i sig än. Jag valde ut en ljusgrön som var ganska platt, lät tumnageln rispa vasst längsmed skåran, bröt isär och där låg de – plötsligt blottade under mina ögon. Jag såg uppenbarat och med andlös häpnad det jag aldrig hade sett, inte på det viset. Hyllet så fint, tätt och elastiskt. Små, små hopspunna fjun, silkesmjuka med glans av silvertråd bildade den allra som mjukaste bädd. Och där låg de alla tre i varsin fördjupning, oskyldigt sovande under sina buktiga sköra pannben. Ljusgrönt blänkande. Outvecklade, ofullständiga. Embryon till ögon, embryon till mun, mest huvudskålar ännu, överdimensionerade, med framtiden inrymd. Den som aldrig skulle bli.

Mina barn... Mina små barn.

Gråten kom över mig, jag skakade av gråt, det var som att alla gamla sorger som brötat ihop sig under år och år och år, plötsligt kom loss och forsade igenom. Jag böjde mig framåt och kurade ihop mig, tryckte hakan mot bröstet, försökte behärska axlarnas och ryggens ostyrbara konvulsioner. Måtte ingen se! Måtte ingen stå på den dammiga rådhustrappan, skynda ner och fråga i all vänlighet: ”Hur är det fatt? Mår du inte bra?” Då skulle jag tjuta och springa min väg, folk skulle stirra. Var det inte hon, den där fru Parre?

*Behärska dig, Maliss! Andas djupt... djupt... djuuuupt...*

När det värsta ebbat ut reste jag mig och gick därifrån, gick som i blindo. Kassen med bondbönor fick stå kvar vid bänken, och den öppnade skidan, vart tog den vägen? Det vet jag inte. Den föll väl mellan spjälorna, skulle jag tro.

Tre i en bönskida. Vagga, vagga. Bära i fickan. Fina mjuka bädden av hopspunna fjun. Fiberhjärtat. Men unga vackra Naja, med sin outvuxna men fulländade kropp – var i helvete förvarar jag henne?

# Hararna

När årstiden och vädret så tillåter brukar jag sitta på den långa balkongen på framsidan mot gatan med min tekopp eller en drink av något slag, vanligtvis ett glas svalt vitt vin, någon enstaka gång en gin och tonic med isbitar och citronklyfta klämd över kanten. Men de gånger jag faller för den varianten känner jag oftast otåligheten redan medan jag håller på att krossa iskuberna med mortelstöten, eller till och med ännu tidigare, och vet att min sinnesstämning befinner sig i farlig gungning mellan stilla förväntan inför en stunds ordinär förnöjelse och njutning och den kvävda desperation som alltid finns lurande och som alltid måste passas och hållas i schack. Jag har alltid betonat betydelsen av självkontroll och en oklanderlig utsida. Super gör jag inte, den trösten vet jag allt för mycket om.

Räcket kring min långsträckta balkong är snarast en balustrad av gråvit sandsten med bred, lite välvd överkant och korta stabbiga pelare. Det finns slingerväxter i hörnen och stora krukor med blommor och grönt. Jag brukar byta ut dem allt efter årstiden och nu, sent i oktober, är det nästan enbart barrväxter som gäller plus några krukor med bollkrysantemer i olika färger. Ja, och så hortensior förstås, jag brukar alltid ha hortensior.

Jag har infravärme installerad och också ett par roterande

element, som är inställda så att de kompletterar varandra. Så länge det passar mig och så länge solskenet eller den konstgjorda värmen känns tillräckligt behagligt tycker jag om att sitta här i min avskildhet någon stund per dag med en pläd över knäna, och iaktta människor som rör sig fram och tillbaka på trottoaren mittemot. Jag kan fritt fantisera och spinna historier kring dem och också de händelser som utspelas på den stora parkeringsplatsen utanför stormarknaden med butiker och gallerior, som har funnits och förökat sig under decennier nu. Man rev ner ett missionshus eller två för att den skulle få plats. Eller vid närmare eftertanke var det kanske ett missionshus och en gammal lokal för Frälsningsarméns aktiviteter, en av rödgult tegel med mörkare ornamenteringar runt fönstren? Jag är osäker på den punkten. Båda två var i alla fall prydda med kors, sådana saker lägger jag märke till. Liksom jag nu, när jag har tid att tänka och iaktta – alltför mycket tid skulle jag vilja säga – och också på grund av min ofta nyckfulla nattsömn, självklart har lagt märke till hur olika gatubilden och parkeringsplatsen ter sig under dygnets rullande timmar. Det är som ebb och flod med tidsbundna intervaller av varierande längd. På natten råder den långa, låga ebben, då allt och alla har dragit sig tillbaka.

Om jag har en sådan natt då insomningstabletten inte vill fungera och det är svårt att sova, händer det att jag står vid ett av gavelfönstren iförd mitt långa nattlinne, och retar mig, fullständigt *in vain* på de hiskeliga neonskyltarnas vulgära förolämpning mot himlens bleka skönhet, så späd att det gör ont. Sällan syns någon vandrare om natten, men jag ser vaktbolagets bilar köra sina slörundor lite då och då. Några ensamma personbilar brukar stå kvarlämnade på Stormarknadens parkering, samma fordon natt efter natt veckor i sträck, jag undrar över dem. Av vilket skäl har de övergivits där? Brottslighet? Förtvivlan? Eller är det så att motorn helt enkelt har pajat, bilens eller människans?

En natt för några veckor sedan, strax före gryningen, såg jag ett par högbenta tyskharar leka tafatt på den ödsliga plattan. Det var fint och sagoaktigt, precis som i en barnbok. Men ibland, ganska ofta, händer det att testosteronstinna ynglingar roar sig runt midnatt på sina hänsynslöst vrålande motorcyklar, varv efter varv, gasande och stegrande i cirklar och i åttor. *Det tycker jag inte om!* Det ljudet plågar mig verkligen. Men aldrig att jag skulle ringa polisen! Nej, nej, det är inte petitesser som buskörning och störande av hemfrid det handlar om för min del. Om det vore så väl. Och alla har sitt. De här vrålande galningarna har förmodligen också sina dimmiga och undangömda skäl att stegra sig mot livet.

Stegra sig mot livet? Och mot sin natur? I går kväll – Gud sig förbarme! – råkade jag se någonting helt annat som verkligen bekymrar mig. Men det var på motsatt sida av huset i förhållande till köpcentret och klockan var bara lite över elva. Vid den här årstiden är det längesedan kolmörkt då, men mina båda smideslyktor lyste över plattgången med ett varmt behagligt sken. Jag befann mig framför ett av de fönster som har utsikt mot grinden, jag stod i rummets mörker, osedd utifrån. Som vanligt var jag försänkt i mina tankar. Då såg jag plötsligt en figur smita in på gården, men inte genom grinden, utan han eller hon tog sig in genom att tränga sig mellan garageväggen och häcken och sedan följa den längs tomtens ytterkant. Där försvann varelsen ur sikte, skymd av huset.

Naturligtvis fick jag hjärtklappning – vem är det som smyger omkring här, en inbrottstjuv eller vad? Ska jag ringa polisen, eller...? Jag hann inte längre än till tanken. Ljuset från lampan ovanför entrén föll rakt på hennes ansikte när hon dök fram igen och slank uppför de fyra trappstegen mot ytterdörren och jag tänkte: Vad gör hon här nu? Har hon glömt någonting? Men inget ljussken föll ut från frisersalongens fönster, ingen hade tryckt på någon knapp där inne. Däremot lyste det märkvärdigt nog i fotoateljén, en tunn strimma ljus som från en fönsterlampa nästlade sig in i buskaget nedanför. Konstigt... Jag stod kvar vid fönstret och bet på naglarna. Vad är det som pågår här egentligen?

När klockan var kvart i tolv kom de ut båda två. Med hans arm runt sin rygg blev hon sakta eskorterad i samma krok längs häcken. Nere vid garageväggen blev de sedan stående någon minut. Jag hade släckt lamporna i rummet bakom mig, mina ögon var inställda på mörkerseende och jag såg att de stod där och kysstes länge och klängande innan hon försvann.

Kattis och Greger. Hur är det möjligt? Kan det vara både och – och på samma gång? Stackars Ebba, var det första jag tänkte. Samtidigt erinrade jag mig att Kattis sagt att hon skulle börja gå en kvällskurs på torsdagarna. I tovning tror jag att det var. I går var det torsdag.

Hur ska det gå med salongen nu, tro? Ska jag mista mina skötsamma hyresgäster? Det var min andra tanke.

Intermezzot kändes riktigt störande och obehagligt. Jag märkte att jag hade börjat frysa där jag stod trots min varma morgonrock, benen var iskalla och för säkerhets skull drog jag på mig ett par bomullssockor innan jag kröp ner i sängen. Räknade med att sömnen skulle låta vänta på sig. Jag kände mig olustig och orolig. Det var som att hela huset satts i gungning av knepiga passioner.

Skönt att vara sin ensamma kropp. Lugnast och bäst. Minsta bekymret. Inget trassel. Duntäcket mjukt.

Bäst som det är. Bäst som det är.

Dinge – linge – dångdång, dinge – linge – dångdång, bäst som *är*, bäst som *är*...

Jag tycker i alla fall inte om att Kattis och Greger håller på på det där viset! Jag begriper det inte. Stackars Ebba...

## Cv

Det finns mycket mellan himmel och jord som man inte vet och inte kan begripa. Ens om sig själv.

Det man kan se av en människas egentliga jag är, som jag tror, bara det lilla hon klarar av att visa. En del vågar mer, andra vågar mindre. Inte ens den närmaste öppnar dörrarna till alla sina rum. Utom möjligen för Gud.

Tur är väl det. Hur skulle vi annars stå ut med varandra? Jag vill inte att människor kletar på mig! Och jag vill inte kleta ner någon annan. Prydlig och behärskad, sådan är min image. Lagom. I huvudskålen pågår något helt annat, men det är min ensak. Ibland känner jag en lust att fnissa bakom handen, sätta tummen mot näsan och viska till mig själv: *Hej på dej, gamla Malissan! Folk skulle bara veta vad du tänker och tycker och hur jävlig du kan vara!*

Men oftare är det väl så att jag helst vill gråta för att jag tuggar sorg och annat sådant segt.

Under mina senare år som operativ chef och sedermera vd för Parres Transport & Lastmaskiner AB, läste jag många cv:n. Tidigare, i min ungdom exempelvis, handlade det om att visa upp betyg och eventuella rekommendationer när man sökte jobb, men senare tillkom det här med en egenhändigt författad person- och levnadsbeskrivning. Som om en kortfattad och för situationen anpassad cv skulle kunna säga något väsentligt om en människa – denna irrationella, mångfacetterade och i grunden obegripliga varelse? Min cv till exempel, skulle förkortad och förenklad kunna se ut ungefär så här:

Namn: *Anna Marie-Louise Parre, född Lundgren.*
Födelsedatum: *350109*
Kön och nationalitet: *Kvinna. Svensk.*
Civilstånd: *Änka.*
Barn: *Saknar barn (undrar om de skulle märka att ordet "saknar" är dubbeltydigt?).*
Utbildning: *Praktisk realskola + handelsutbildning via kvällskurser. Se bilagor.*
Yrkeserfarenhet: *50 år inom åkerinäringen på olika befattningar, främst administrativa.*
Hälsostatus: *God.*
Fritidsintressen: *Konst, litteratur, långpromenader. (Halvsanning! Jag är själv mitt främsta intresse.)*
Ambitioner: *Fortgående utveckling.*
Löneanspråk: *Som ni behagar! Tack.*

Och vad skulle det här säga om mig och mitt liv? Platt intet. Utom att jag har hört talas om Shakespeare.

Men redan det är en märklig omständighet.

# Stilleben

I morse placerade jag två stiliga bananer med brunfläckiga skal och rester av svartnade fästen på den massiva skivan av rödbrunt körsbärsträ som avslutar min diskbänk. Jag vände och vred på dem till dess att de med sin varma men glanslösa gulhet kom att befinna sig i den mest fördelaktiga vinkeln i förhållande till den torrblå keramikskålen med blänkande röda tomater, som står strax bakom. Solen flödade in från alla håll och skuggan av det lilla utsökt knypplade motivet med hus och träd, som hänger i ett av de smala burspråksfönstren, avtecknade sig något förstorat och med sneda vinklar mot den äggskalsvita väggen. Gungade svagt i ett vinddrag från balkongen strax intill.

Sedan satte jag mig ner i en av mina danska fåtöljer med tillhörande fotpall, och lät ögonen följa solljusets vandring medan fläckar av färg fokuserades undan för undan i tavla efter tavla och aldrig hade tyckts mig så klara som då. Färgspelet vandrade runt väggarna i absolut tysthet men födde ändå klanger inne i mitt huvud, de steg i ett crescendo och klingade av innan de långsamt förtonade i skugga. Och vemodet kom. Skuggorna kan drabba på förmiddagen också. På förmiddagarna känns ensamheten som kallast och värst.

Skönhet är väsentligt för mig. Det vill säga det som just

för mig, Maliss, är liktydigt med skönhet. Som ger mig harmoni och sinnenas njutning. Det behöver inte nödvändigtvis röra sig om dyrbara signerade konstföremål, det kan likaväl vara några kvistar snöbär i en gammal stenkruka, ett sädesfält i vinden eller innerörat hos en katt som sover på sitt huvud hoprullad i solen – jag såg en liten siameshona nu i somras som låg just så och örats utåtvända skålning var som ett pärlemorskimrande blåmusselskal inramat av den smala svarta kanten – jag stod och såg och log, med huvudet på sned.

Kanhända är ögonens njutning den för mig mest omistliga, den som bjuds mig överallt och i allt, det största som det minsta i färger, linjer, former. Men örats fulla njutning vill jag också bibehålla – tack i förväg gode, gode Gud! Tänk, att blundande få hetsas och lyftas, rasa ut och föras bort att vaggas och lullas nära till musik. Trummors raseri och flöjtens mjuka lockton, orgelverkets dån, allt öppnar dörrar till olika spelrum inne i mig själv.

Och mina hudcellers lustfyllda *input*, den vill jag inte avstå från: händernas längtan att beröra finns oförändrad, ja, starkare nu när den till vissa delar tvingas vara tillbakahållen. Jag vill omsluta och smeka, krama och knåda, med fingrarna följa linjernas spel, lägga min kind mot den sidenmatta ytan hos en rundad skål av stengods eller fint slipat alträ, eller –gu'nåde mig! – mot varma, pulserande delar av en manskropp. Jag vill slicka ljummen bihonung ur en navelgrop och insupa doften av unga kantareller och ljung och syrlig mossa med frusna lingon i, jag vill känna dem saftas och sötma mot min gom... O, vad jag vill röra, beröra och smaka! Uppfylld vill jag bli, djupast in i knipans glupskaste gömma. Explodera i ett skrik. Det har jag aldrig känt av så tydligt som nu, när allt är passerat och skamset undangömt. Jag är fru Parre, den respektabla, som inte går mot rött och aldrig missar förfallodagar. Men under ytan är jag en annan.

Hur blev jag den jag är? *Och varför har jag inte tillstått mig själv?*

På kammarväggen hemma i stugan, ovanför schaggsoffan, fanns en tygbonad uppsatt med häftstift på tapeten. Den röda ramremsan var bleknad efter många tvättar, på det vita underlaget hade plåtbaljans fogar avsatt fläckar av rost. En storbjörk med hängande grenar och svartfläckig stam stod uppsydd till vänster, och halvt skymd bakom den gröna kedjesömmen som bildade en kulle stack tak och skorsten upp från ett litet hus. Röken ringlade. Dörr syntes inte men ett gavelfönster. Himlen var markerad av vågiga strimmor, en gång broderade i klaraste blått. Undertill i kanten stod orden, som jag låg där om morgnarna och stavade på.

*Ingen plats är mig så kär som den gamla gården är.*

Ovanför symaskinen, på den motsatta väggen, satt ett inramat porträtt av Hans Kunglige Höghet Oskar den andre. Bilden var gulbrun och hade vattenfläckar. Pappa sa: ”Släng ut den där skiten eller sätt'n på dass!” Mamina tyckte att ramen var fin. Den var svart med avskavd guldkant och enligt hennes mening prydde den sin plats! Kala väggar och nakna fönster var ett fattigdomsbevis.

Själv målar jag inte, vare sig landskap eller stilleben, men ibland upplever jag att jag lever i ett. Min noggrant utformade hemmiljö kan understundom kännas som en tvångströja som jag inte kan vrida mig ut ur. Det är som om föremålen och deras placering i förhållande till varandra med hänsyn till färg, form och infallande ljus har bildat en okränkbar komposition som inte tål den minsta förändring. Ibland har jag drabbats av en vild och förtvivlad impuls att röra om i alltihop, slänga kuddarna på golvet, skvätta vin på mattorna, strö ut tidningar och fat med halvätna smörgåsar och äppelskrottar, strunta i att lägga på sängöverkastet och låta tamburen belamras med tio par skodon som inte ens har rengjorts. Skaffa två katter och en kanin som biter sönder sladdar. Låta fullt utslagna tulpaner stå kvar i unket vatten medan de sidenmatta bladen sakta faller av och skräpar ner bordet med sin skamlösa skönhet. Jag skulle vilja ha det så och jag skulle inte vilja ha det så! Jag längtar efter kaos men klarar inte av det.

Stilleben. Vad var det för ett ord? Stelnat liv. Arrangerade föremål, oftast frukter eller andra naturalia. Jag förstod inte vad ordet stod för när jag första gången råkade fastna på det, förmodligen under en vacker blomsterbild i någon gammal veckotidning som låg sparad i en papperskasse hemma i stugan. Stilleben av, stod det, och så namnet på konstnären, förmodligen någon som var berömd och död för över hundra år sedan. Jag stavade ihop ordet och ljudade på det – s t i l l e b e n – men kunde inte räkna ut vad det betydde. Att fråga Mamina eller pappa visste jag var meningslöst, min barnsliga intuition hade redan sagt mig att de inte visste bättre, inte ifråga om sådana där ordsaker och boksaker. Säkert skulle vi ha läst och uttalat det på samma sätt, stille ben. Mamina skulle ha sagt: Det måste vara felskrivet, ska väl vara a i stället för e? Stilla ben, tror du inte? Men oj, så vackra blommer! Du kan väl sätta dig och rita av dom, Maliss!

Pappa skulle förmodligen ha kastat en blick i hasten och skjutit undan tidningen, inte direkt irriterat men snabbt avfärdande: Inte sir jag då nåra ben inte!

Jag skulle hur som helst inte ha frågat honom. Det gjorde jag aldrig utom när det gällde rent praktiska nödvändigheter och då var det ofta med skickebud från Mamina. På vedbacken stod jag på kommando med händerna på ryggen. Eller i givakt framför potatislandet. Någon gång fick jag väl löpa till något skogsskifte på åsen strax ovanför, ifall han hade fått beting på att röja upp ett fälle.

"Skulle bara hälsa å fråga om du tänkte hålla på länge till – eller om hon kan sätta på potatisen snart?"

Vi småpratade inte. Jag vidrörde honom aldrig heller, inte i barnslig glädje och för att jag inte kunde låta bli att slå armarna om som jag gjorde med Mamina. Han höll mig väl i handen när det var mörkt och vi gick genom skogen, och han bar mig på ryggen när snön var alltför djup för mina korta ben. Inte mer än så. Det var inte så. Inte med pappa.

*En enda gång* smekte jag honom. Då var jag redan fru Parre sedan många år. Skyggt och försiktigt drog mina fingrar fram över hans panna, lyftes och svepte tillbaka igen. Det är väl inte omöjligt att handens lillfingersida också kom att runda tinningen och kinden, kanske kupa sig en aning till en grund skål av ömhet, men att jag skulle ha vidrört honom med mina läppar förefaller osannolikt, även om jag någon gång vill inbilla mig att jag gjorde det. Vill tro att också munnen kände den kalla strama huden över hans pannben. Men nej. Nej. Naturligtvis är det högerhandens fingertoppar som i sig har bevarat minnet av hans hud, inte mina läppar, så långt var det inte möjligt att gå ens i det stora allvarets stund. Jag stod böjd över honom där han låg i sjukhussängen. Plötsligt och mycket motsträvigt hade han hamnat där, eftersom det inte fanns mycket att välja på när hjärtat kramades ihop så hårt av en obeveklig hand att han tvingades omkull, låg där i gräset och stönade och vred. Han var blek i den halvöppna, vita skrynkelskjortan som de hade dragit på honom, gråhåret glest och tillbakastruket, jag minns hans lukt, en blandning av kallnad svett, skäggstubb och utspottat snus, den inbitna lukten av pappa genom alla år.

"Vila dig nu", sa jag. "Så är du snart hemma igen!"

"Näej du jänta", sa han, och visste själv. "Den här resan går nog åt andra hållet den."

När sjukhussängen drogs iväg vinkade han lite med fingrarna, handen rörde sig en gång eller två. Tavlan vändes mot väggen. Snart skulle färgerna stelna, krackelera och med åren överlagras. Jag skulle stå och undra ut mot tomma intet: Vad fanns det inunder...? Vad finns det inunder, om jag skrapar försiktigt, så försiktigt på ytan?

Under annonsen som tillkännagav *Erik Emanuel Lundgrens* bortgång stod det:

*Sörjd och saknad*
*men i ljust och tacksamt minne bevarad*

**Signe**
*Erik och Birgit*
*Birger och Helny*
*Evert och Karin*
*Marie-Louise och Parre*
*Barnbarn*
*Övrig släkt och vänner*

# Varghona

Jag gör inte några anspråk på att vara älskad. I min dödsannons – vilken jag för övrigt har avböjt i Vita arkivet – skulle det inte kunna stå "Outsägligt älskad" eftersom jag inte ens har några barn. Och om jag hade haft – vem vet om de i så fall hade älskat mig?

Å andra sidan är jag tackochlov ingens kärring – stavat eller i varje fall uttalat med de utdragna dubbel-r:en föraktfullt studsande mot gommen, som i satkärring, skurkärring, fyllkärring osv – och inte heller, absolut inte, med tonvikten lagd på första stavelsen och mjukt smekande: Kääräring... Som i *daarling*. Jag är inte någons älskling vad det anbelangar. Inte nu längre, om jag ens har varit det efter att jag lämnade barnstadiet, förresten sa Mamina aldrig älskling och darling är ju utrikiska. Vad återstår? Kääräring är jag alltså inte. Kärring vägrar jag att vara. Likaså tant. För att inte tala om gumma. De kategoriserande omtalen godtar jag inte! Jag är jag. En tämligen väl bibehållen, stolt och oåtkomlig kvinna. En *kvinna* är vad jag är, det räcker som begrepp.

Förresten är det som jag nu tänker och försöker intala mig själv inte alldeles sant. Nog var jag Parres älskling. Jag tror till och med att jag var Outsägligt älskad. Om inte allting hade blivit så fel. Så fel, så fel, så fel! Och det berodde på mig.

Beklagansvärd är jag hur som helst inte! Många finner

mig säkert avundsvärd och inte utan skäl. Jag går omkring och har det BRA. Varje dag går jag från fönster till fönster och nynnar min tackolov-visa. Jag gör det därför att jag är uppriktigt och skuldmedvetet tacksam mot de redan döda. Jag gör det också som ett slags besvärjande ritual inför den eller det som enligt min formlösa trosuppfattning står för och *är* Kärleken, Sanningen och Ögat – dock icke Rättvisan. Frågan om Förlåtelse får tills vidare stå öppen, men allt tillhopataget kan, om man så vill, sammanfattas med det onödigt omstridda namnet Gud.

*Gå bort och sälj allt vad du äger och ge åt de fattiga. Kom sedan och följ mig.*

Jodå, det där bibelstället känner jag mycket väl till från den förträngda perioden för länge, länge sedan, då jag var en flitig deltagare i Kyrkliga Ungdomsförbundets bibelstudier i min gamla hemstad. Det var förresten då och där, i bibelstudiesammanhanget, som mitt liv för feghets skull kom att bli en lögn. Dubbel feghet handlade det om, både min egen och den där ynkryggens, som jag inte ens vill minnas. Det hela har ingenting direkt med bibelcitatet att göra, associationerna flyger ju lite som de vill, men när jag nyligen hörde orden utlagda i en gudstjänst på teve länkades jag över till den trosvissa tiden då jag skulle ha kunnat ta det där uppfordrande rådet från Herren Jesus Kristus på fullaste allvar. Bokstavligt talat. Men å andra sidan hade jag ingenting att sälja då. Det jag ägde av värde, om man säger så, slumpade jag bort.

Frälsning lär ju alltid kvarstå som ett sista minutenerbjudande. Och varför inte? Det skulle onekligen lösa många problem, man skulle bli välkomnad, omsluten och mottagen, förhoppningsvis med värme, o, kära syster! Men frågan är: blir man skuldfri då? Och får man ha köttslig begärelse och fyllas av hetta? Och får man vara elak och bitsk och fantisera om folk? Fromhet är ingenting som riktigt passar mig. En annan undran är: får man längta så förtvivlat efter något annat än det där himmelriket? Eller är det samma sak, kärleken och himlen?

Ett tag funderade jag på att upprätta mitt testamente till förmån för Sanna. Men nu vet jag inte riktigt... Hon har det ju bra förspänt ändå, nu när hon själv är färdig läkare precis som sina föräldrar. Hon kan knappast kallas fattig. Och mina fyra brorsbarn som själva är gamla nu och som jag nätt och jämnt har träffat, varför skulle det plötsligt regna manna över dem? Nej, jag vet sannerligen inte! Organisationer för välgörenhet finns det gott om förstås, och en massa vällovliga projekt som går ut på att rädda jorden och alla dess tvåfota, fyrfota och ofota varelser från död och undergång, men det händer ganska ofta att pengarna försnillas. Efter vad jag hört. Det skulle kännas bättre med något eller någon som vore liksom *närmare...*

Så jag får väl se. Hur jag gör. Så småningom.

*Men hör du inte dig själv, Maliss? Hur jävla insnörd du är. Hur det ska gå med pengarna är väl också ett bekymmer att gå omkring och älta! När halva världen svälter.*

Jag är insnörd. Det är sant. Jag är nog en hagga till och med, många ser mig säkert så. Jag är inte den som går omkring och fjäskar och försöker smila in mig för att bli omtyckt, jag är fru Parre, betraktad med respekt, det vet jag. Ett visst mått av beundran tycks även förekomma på sina håll – även om jag inte kan se någon större anledning just till det – mera självklart är att en rejäl skopa avund ingår i omgivningens åsikter om mig, det senare med all rätt. Jag fick det ju så BRA! Mycket bättre än jag förtjänat, skulle jag vilja tillägga. Vem får förresten utdelning efter förtjänst? Och vad betyder i själva verket *bra,* detta kameleontiska ytlighetsord?

Hur som helst upprepar jag att det är ingen synd om mig. Och jag vill absolut inte bli ömkad! Det tål jag inte, det förminskar min person och får mig automatiskt att knycka på nacken och knipa ihop. Pappa var likadan. Vad jag är för en varelse innanför fodralet är min ensak. Ingen har till fullo fått insyn och eftersom jag inte längre vågar tro på under kommer den fulla hängivelsens ljuvliga vila aldrig att bli min. Inte ens Sanna fick tillgång till nycklarna, även om hon helt oförhappandes vid ett olycksaligt tillfälle kom att få kika in genom en glipa. Det är bara jag som vet sanningarna om mig själv, de är inte särskilt smickrande. Det är bara jag som känner min ensamma kropp. Det är bara jag som vet hur rasande jag längtar efter en människa, en näramänniska, *någon att ta på och som vill ta på mig.* Och som vaggar mig lite och som jag kan vagga. Och skratta och gråta med. Våga både och. Våga älska också, och ha hos mig i sängen. Oförbehållsamt.

Det anses skamligt att erkänna sådana saker i min ålder. Fy på sig, fru Parre! Att du inte skäms. Skaffa katt och se mild ut! Gärna en raskatt. En Birma med blå ögon? Eller en Ragdoll! Det har du råd med. Det finns till och med de som har teddybjörnar eller andra kramdjur hos sig i sängen, för att inte tala om dockor, det har jag läst om i en veckotidning här nere på frisersalongen. Det är ingenting för mig men jag förstår dem – även om jag aldrig skulle kunna tänka mig att hänga ut mig själv i en kolorerad veckoblaska! Det angår ingen hur många kvävande kvällar jag har *föreställt mig* att jag skulle ta bilen ur garaget och bara sticka iväg åt vilket håll som helst, köra tills mörkret stod blåsvart bortom byarna, hitta ett berg eller en större kulle, ta mig upp på den och bara stå och yla mot molnen eller månen eller stjärnhimlens svindlande, skrämmande sagoparaply! Jag har ännu inte gjort det, men möjligheten finns.

Det angår heller ingen annan hur många frusna nätter jag har legat i min säng kvidande av ensamhet, hopkrupen i fosterställning med uppdragna knän och kudden hoptryckt mot min egen varma mage mellan lår och bröst. Vaggande mig själv, famnande mig själv så långt armarna har räckt. Visserligen bär jag inte vita vantar, men de svaga, självframkallade urladdningarna i underlivet, som lätt kan åstadkommas mellan pekfinger och tumme med hjälp av lite ohämmad frodig fantasi, har aldrig haft någon större betydelse, snabba som små nysningar har de bara lämnat mig i ett ännu större tomrum och till en sjaskig, drömlös sömn. Numera ids jag inte ens. Värmen och närheten kan jag ändå inte framkalla, ingen hud och ingen andning, ingen ryggtavla för kinden, ingen handkupa runt bröstet, ingen trygghet, ingen doft. Och det är det jag vill ha, alltid velat ha. Det allra mest elementära. På den tiden när det bjöds mig kunde jag inte ta emot och inte heller ge. Stackars Parre! Han fick ta det han behövde på annat håll.

Och inte har han ringt heller, den där Bockberg... Och vad kan jag förresten vänta mig av honom? Urban Bockberg, F:a UB Plattsättning & Våtrumsinredning. Min badrumsförtrollare. Varför skulle han vara rätt?

Men kanske var det jag som skulle ringa? Var det så det blev sagt? Jag minns ju inte, för jag var så förvirrad när han stod där oanmäld. Och med ett knippe rosor! Hur som helst så gör jag inte det. Ringer inte. Att framstå som en kåtkärring passar inte mig.

## Berättelse från sidan
## N:O 2

I mörkningen om aftonen den 11 februari år 1746 kom Malin Hansdotter tillsammans med sin make Lars Johansson, med vilken hon sammanlevat i trettiotvå år, åkandes i vagn längs den smala och knöliga körvägen från det lilla fiskeläget, där hon och hennes make hade sin utkomst, och i riktning in mot landet. Det vid den tiden redan överväldigande brukssamhället torde ha varit deras slutliga mål. Malin var vid tillfället sextiosex år gammal. Vad makarna hade för ärende till bruket, som tvingade dem ut så sent om kvällen, är obekant. Huruvida Lars Johansson var nykter eller ej kan man heller inte veta något om. Vad som däremot finns skäl att anta är att föret var synnerligen olägligt för järnskodda vagnshjul, förmodligen rådde ishalka, kanske med pudersnö över kokorna. Dessutom blev det mörkt. Ungefär halvvägs kommet körde ekipaget ner i en längs med vägen svartflytande å.

*"... därav hennes man drunknade och som det var en gruvlig kall vinter, då hon allt över våt kom utifrån vattnet, och med stelfrusna kläder måste stanna kvar intill morgongryningen då en man kom förbi och bar henne därifrån till sin gård, och som tårna på bägge fötterna voro kylda så kom och någon tid senare kallbrand i bägge fötterna, men hon tog en lie, hackade den helt lätt i eggen och sedan själv sågade*

*ifrån foten alla tårna bakför tålederna och sedan accuserade sig själv."*

I kyrkboken för berörd församling står om Malin Hansdotter att hon haft fyra barn, fört ett kristerligt leverne, och att hon efter det att hon huggit av sig sina tår, fortsatte att leva och linka sig fram i ytterligare sjutton år.

*"... blev hon av ett olyckligt fall sängliggande då en svullnad kom i kroppen varav hon dödde den 12 mars i en ålder av 82 år".*

Enligt tillhandahållen forskning på pappas sida.

Jojomensan. Herregud! Då var det annat som gällde. Malin, Malin! Här står jag med mina futtigheter, 250 år senare. Vänder handflatorna utåt. Ändå finns väl små, små stänk, bara några bleka, utspädda droppar av ditt krutstarka blod också i mig.

Jag undrar bara: Stannade du kvar i vattnet hos gubben din eftersom du älskade honom? Eller satt du fast i dyn? Hästen dog väl den också.

# Rekonstruktion

”I varje fall består alltså för oss den stora nödvändigheten i att uppehålla våra kroppars organiska värme.”

Så skriver amerikanen Henry David Thoreau apropå *de oundgängliga livsbehoven*. Naturligtvis har han rätt, och det hjälper inte med centralvärme och inte ens kuvös, skulle jag vilja tillägga. Men det är inte heller nödvändigt att dra upp kapuschongen och låta sig förfrysa!

*Ursäkta ett ögonblick! Behöver du en man? Är det så enkelt, Maliss? Är du en ko som ska ledas till tjuren? Men du är gall, Maliss, du är en gammal gallko. Glöm inte det!*

Måste du vara så grov och så grym? Begriper du inte? Det är värmen jag söker. Förstår du inte att jag är en som lever! Jag vill inte leva som om jag vore död. Vem sätter mina gränser? Det gör jag själv!

Vem som ger mig modet är en annan sak

Som barn och mycket ung var jag en mästare på att fantisera. Längs diken och stigar byggde jag luftslott medan jag sökte efter fyrklöver i nyvället på åkern eller lät prästkragens smala vita kronblad sia om mina kärleksmöten och mitt framtida öde. Men det där tramset varade inte länge på grund av att verkligheten trängde sig emellan.

Nu har jag accepterat att ett av mognadens privilegier är att man kan ta sig friheten att fantisera hur flygande och fräckt som helst, utan att tro och utan att förtvivla. Det är inte förbjudet för en kvinna i min ålder att iaktta män – särskilt deras sätt att gå fascinerar mig mycket! Det är inte straffbart att låta blicken cirkulera kring ställen där den helst inte borde uppehålla sig. Men leendet ska ligga i mungipan hela tiden! Krökt eller förstulet. Och fnisset i näsan, glöm inte det!

Nu blev det Bockberg som fick mig att rodna och som fick min fantasi att börja tumla runt. Det kunde lika gärna ha varit någon annan. Det kan det väl alltid. Frågan är: Hade jag, mig själv ovetande, sänt ut något slags signaler? Jag menar... jag som inte ens vet hur man riktigt gör! Eftersom han ändå kom. Menar jag.

Arbetet med badrummet var avslutat. Jag var inte förberedd på att han skulle dyka upp den där kvällen och jag blev mycket överraskad och mycket förvirrad. Jag spanade in honom genom titthålet i dörren, kände igen ansiktet även om det var optiskt förvrängt, och öppnade utan minsta tvekan, under en hel vecka hade han dagligen besökt mig i högst legitima ärenden. Nu stod han där oväntad med ett uppslitet paket från blomsterhandeln och fumlade med papperet.

”Men oj – kommer *du*? Och med blommor...? Till *mig*?”

Han stod där och log lite generat, och jag blev ännu mer förvirrad. En av rosorna hade redan börjat nicka med huvudet och min enda hanterbara tanke var att jag måste skaffa fram en vas och få buketten i vatten.

”Men så snällt – det borde väl ha varit jag som skulle ha givit dig blommor! I så fall. Du har ju hjälpt mig och gjort ett så fantastiskt jobb – jag är så nöjd med badrummet så det kan du inte tro, det kunde inte ha blivit vackrare! Jag blir glad varenda gång jag öppnar dörren..."

Jag pratade för ivrigt och svalde emellan för att försöka få hejd på mitt flöde. Jag var så nervös.

"Tack för det, det var snällt, men det har jag ju fått betalt för! Det var roligt att vara här och du var ju så vänlig och generös och bjöd på lunch flera gånger också, så jag tänkte att..."

Betalt. Naturligtvis. Det handlade inte om mig som kvinna, hur kunde jag vara så dum! Där blev det total kortslutning i mitt huvud, jag virrade omkring i mörker och visste inte vad det hela handlade om, ett ovanligt artigt affärssamtal eller fanns det något annat skäl? Ett kvitto på maten?

Affärsmässiga samtal är ju mitt område, där är jag proffs. På det personliga, låt säga känslomässiga området är jag tyvärr otränad och tillbakahållen, även om kapaciteten finns. Så jag, mitt dumma fån, drog in huvudet i skalet och sa i välmodulerad fru Parre-ton:

"Jag skulle gärna ha velat bjuda på något nu också – men tyvärr har jag besök just nu... Du kanske kan komma tillbaka en annan gång och besiktiga ditt verk? Du vet ju adressen och telefonnumret har du. Ring gärna först så jag säkert är hemma!"

Avfärdade alltså. Betedde mig tvärtemot vad jag egentligen ville.

Det hördes musik inifrån min bostad, som omfattar hela våningsplanet och är ganska stor, inte överblickbar från tamburen. Någon kunde mycket väl sitta där inne i något av rummen och komma utklivande när som helst. Jag doppade näsan i buketten och drog in den starka doften av frodighet och ljuvhet. Hjärtat bultade så det kändes i tinningarna.

”Men tack snälla du för rosorna, det var alldeles för mycket!”

Han lade handen på dörrhandtaget bakom sig.

”Nej... jag... (ett par sekunders tvekan) det var roligt att se dig, men då ska jag inte störa längre. Ha det så bra!”

Vi såg på varandra. Visst såg jag väl undran och besvikelse i hans ögon och kanske lite skamsenhet och självilska också: vafaan, komma med blommor som en annan tönt! Eller inbillade jag mig bara? Och vad såg han i mina? Hur kunde jag begära att han skulle se vad jag egentligen ville men inte vågade göra eller säga. Jag borde självklart ha tillåtit glädjen att strömma rakt igenom mig utan några hämningar och förbehåll, jag skulle ha lagt buketten på byrån och låtit den bli liggande där bortglömd i värsta fall, slagit armarna om honom och sagt: O, så glad jag blir! Välkommen! Stig in!

Men hur kunde jag, fru Parre, gamla människan, ta en sådan risk? Jag är inte ett lättfärdigt fruntimmer. Att kanske göra bort sig, menar jag, som en inbillningssjuk och omdömeslös klängkäring, nej aldrig! Det har jag gjort en gång och aldrig mer.

När jag vridit om låskolven på dörren gick jag långsamt ut i köket, nästan som i blindo. Någon påhittad besökare satt inte vid bordet. Beslutsamt snittade jag stjälkarna med min vassaste kniv, tog fram en hög vacker stengodsvas med vid mynning och fyllde den med kokhett vatten, den tionde rosen fick en egen glastub och blev nedsänkt så djupt att huvudet låg vilande mot kanten. Sedan höjde jag musiken på cd:n till högsta volym. Jag brukar göra så för att hjälpa mina känslor att riktigt brista ut.

Rosor förresten – brist på eget tänkande eller fanns där en djärvhet, född ur en tanke?

Så var det den kvällen för snart en vecka sedan. Det var ingen fantasi. Han, Urban Bockberg, stod verkligen här ett steg innanför tröskeln. Med blommor i handen. Som nu hänger på tork i ett av rummen. En annan man än gamla vanliga Bocken. Och han fick vända och gå. För att jag blev så rädd. För att jag inte visste hur jag skulle bete mig med denne andre man. Som bara var *man* – och inte Badrumsmannen.

Fantasier är en sak, verklighet en annan. Att drömma om Bocken, som är hans jobbarnamn, att föreställa mig honom i mina vakendrömmar som ett buffande handjur, hårdhornad och stark med grått krulligt hår, eller mjäll som ett dilamm vilande vid bröstet, det låter sig göra, det kostar ingenting och är inte minsta farligt. Men att våga på riktigt, det är en annan sak. Och nu kanske han aldrig kommer tillbaka…

Han sa ”Maliss”. Det gjorde han. Han kallade mig aldrig någonsin fru Parre. Och naturligtvis inte Marie-Louise, det vet han väl knappast att jag heter. Redan från början sa han bara Maliss! Det fick mig att känna mig… ja… nästan lite ung. Och liksom jämbördig. På jämställd fot.

Eller av samma sort? Kanske var det det?

## Namnen

I tultaruntstadiet, som ligger så långt bakom mig att det bara visar sig glimtvis någon gång ibland och då i flackande ljusrundlar som från en gammal ficklampa med dåligt batteri, kunde min oviga tunga inte formulera det krångliga namn som de hade satt på mig, pappa och Mamina.

Marie-Louise. MariE-LoUisE. Alldeles för svårt. Jag namnade om mig och blev Maliss.

Det namnet blev godtaget, åtminstone till vardags och hemma i det vanliga. Inför främmande folk, skollärare, doktorer, sjuksystrar och dylika överheter liksom släktingar av det lite märkvärdigare slaget på pappas sida, var både pappa och Mamina, men i synnerhet pappa, noga med att uttala mitt namn med alla bokstäver fullt hörbara. MariE LoUisE, fast u:et lyckligtvis blev liksom överhalkat; även hans så gärna stoltserande tunga hade svårt med den där ou-akrobatiken. Men både pappa och Mamina trodde på allvar att det skulle vara så, att uttalet med dess respekt för varje bokstav var höjden av finhet och hedrande för flickan och därmed dem själva.

”Joodå, flickan heter MariE-LoisE – och hon är så duktig i skolan hon så!”

Jag skämdes för mitt namn när jag började småskolan. Ingen annan hette ju så. Och med bindestreck! Det som var tänkt som stolthet gjorde jag till skam. Jag begrep inte bättre.

Nu har det blivit fullt förståeligt för mig att ur en djupt rotad känsla av underlägsenhet kan uppstå behov av att ändå ha *något* som manifesterar. Något lite nobelt att imponera med, om det så bara skulle vara ett eller flera svåruttalade namn. Vad hade de att glänsa med, pappa och Mamina? Inte var det mycket. Jag unnar dem namnet de gav mig. Förresten kan det ju också vara så att de tyckte det lät vackert! "MariE-LoUisE, vad säger du om det, morsan?"

Nej, nej, nej! Tok heller! Att de hade viskat och samrått om nätterna när Mamina låg där med magen i vädret och på det sättet enats i frågan om min namngivning tror jag inte ett dyft på. En veckotidning kanske? En bild av någon kunglig? Betydelsen är noll. Förresten kunde de inte veta i förväg att det skulle bli en flicka... Det var nog bara en slump att jag fick det namn jag fick. Och det kunde för all del ha varit värre.

Här nere i centrum, i gallerian, finns en vacker mörkhyad kvinna som heter Hortensia. Det finns ju en sådan blandning av människor här nu för tiden, det bara vimlar. Och så många tungomål man hör och så många slags namn, som man inte ens kan uttala. Men ingen tycker att det är någonting märkvärdigt med det – folk kan till och med heta Jesus, fast det uttalas inte som Jesus här hos oss, Sjesúss tror jag, men det stavas lika. Den här mörka kvinnan med den stora röda munnen säljer faktiskt blommor. Hortensior bland annat. Jag är inte särskilt förtjust i den sortens krukväxter, jag tycker de är lite pompösa och stelnade, ser nästan konstgjorda ut, men jag brukar köpa ett par stycken av henne ändå. Att ha på balkongen. Jag gör det för pappas skull. Det är sådana där småsaker som jag försöker göra. Jag köper också gula rosor. För Maminas skull.

Pappa tyckte att hortensior var stiliga blommor, det är det ingen tvekan om. Men inte skära, de skulle vara blå! Till Farsdag, de åren pappa ännu fanns i livet och Parre och jag åkte hem på den obligatoriska uppvaktningen, skulle det alltid köpas och medföras en blå hortensia. Den största som fanns att få i butiken, det bestämde Parre.

"Klart att svärfar ska ha!"

Parre var snäll, mycket snällare än jag. Men jag försöker som sagt ändå göra vissa små saker som hedersbetygelse. Och för att hålla levande.

Något som jag tycker att jag kan räkna mig till godo som viktigt för min självrening är, att även om jag skämdes när jag hade blivit den som inom vissa områden, och nota bene på pappas och Maminas bekostnad, lärt mig veta bäst, och verkligen tyckte att det tillgjorda och felaktiga uttalet av mitt dopnamn lät erbarmligt löjligt, *rättade jag dem aldrig,* hur skulle jag kunnat ha hjärta till det? Eller rättighet. Namnet de givit mig var deras val och vilja. Det gör ont i mig när jag tänker på deras oskuldsfulla stolthet både över MariE-LoUisE och mycken annan glans som de hängde på mig. För sin egen upprättelses skull? Men det är väl också ett uttryck för kärlek. Kärlek är ju något så outforskat och oöverskådligt att man får akta sig för att hålla på med någon första, andra och tredje sortering. Det är bara Gud som vet. Och Sjesúss, om man säger så, men han lär inte ha ägnat sig åt klassificering.

För övrigt känns det fortfarande främmande att använda ord som *dom* och *deras* när jag tänker på mina föräldrar och ser dom framför mig. Dom var pappa och Mamina. Var för sig. Alltid var för sig. Det var det som var det svåra.

Mina äldre syskon fick minsann heta Erik, Birger, Evert och Sven. Inga krusiduller där inte. De är alla borta nu, de var födda med knappt två års mellanrum. Jag kom till världen drygt fjorton år efter Sven som var sist i ordningen före mig och som rimligtvis borde ha varit den sista; han hade lagt sig på tvären i moderlivet och dog vid förlossningen. Då var Mamina tjugotre år. Säkert trodde hon med både lättnad och tacksamhet att hon skulle slippa undan efter den pärsen. Nog sörjde hon barnet som inte överlevde, hon ville inte gärna tala om det, men när jag som blev jag – eftersom jag ändå råkade komma till – tjatade och frågade om den där lilla brodern som hade fått sitt namn inskrivet på det gulnade försättsbladet i byrålådsbibeln som ingen läste, sa hon att nog var det väl svårt så klart, men tillade genast: ”Han slapp undan mycket han, lillstackarn... Han fick det nog bäst åv oss, han!”

Som om det att vara olevande skulle vara bättre än att leva? Hur kunde jag förstå det när jag stod mellan Maminas varma lår och fick livstycksknapparna knäppta i ryggen? Hur skulle jag kunna fatta sådana ord när sommaren stod bugande och sjungande utanför den blåa farstudörren eller när snön låg i luvor på gärdsgårdsstörarna?

Då var Mamina i sin blommande ålder, rundmagad, rödblommig, mjuk som nybakta vetebullar. Och jag var i hennes värme, den som jag aldrig återfunnit någon annanstans.

Jag var väl vad man kallar ett välskapt barn. Finlemmad. Gråögd. Hörande och seende. Det var inget fel på mig utom det att jag föddes med ett par konstiga missfärgade flasor i skinnet, en som börjar strax under det högra örat och breder ut sig under hakan och ner på halsen, själva kindens rundning har den lyckligtvis lämnat i fred, men högt upp på tinningen nära hårfästet finns en avläggare som ser ut som en liten ö, som ett smalt litet Öland ungefär, fastän lagt på tvären. Flasorna känns avvikande när jag rör vid dem, på samma gång sträva och glatta, och de kan skifta i färg från blekaste brunrosa till flammande rött, den på tinningen är stabilare, den är alltid mera brun och lättare att dölja. För övrigt är det ingen idé att försöka kleta över och pudra ovanpå, då syns det bara värre.

De där fläckarna gav mig mycket bekymmer på den tiden när ingenting ännu var prövat och vägt och små förargligheter blev stora som berg. Eldsmärken var det. Födelsemärken. Inte nog med mitt namn som fröken Berg i skolan alltid uttalade Mari-Lois, jag var dessutom märkt och jag märktes också för att jag hade så lätt för mig, till exempel med psalmverser och multiplikationstabellen.

*Häxa,* skrek pojkarna och slirade i gruset. *Stick till Blåkulla med dig! Häxor ska brännas, så gjorde dom förr!* Flickorna stod ömsom förskräckta, ömsom fnissande med handen för munnen. Tänkte nog: Där fick hon för att hon är så mallig! Mallgrodan dänne, som tror att hon *är* nånting.

På ensamvägen hem till Mamina gick jag ofta och grät. Hon tröstade mig alltid, visste alltid råd. Delade upp mitt på den tiden mörkblonda hår så att två tjocka slingor blev framåtkammade och nästan möttes under hakan, hon värmde upp locktången på spisen och gjorde krokar på båda sidor, att det heter *page* visste vi inte. Överhåret samlade hon ihop så behändigt som bara hon kunde och fäste upp det med rosett högst upp på skulten. Drog ut lite till lugg. Bara en liten spets av Öland syntes och hon sa att jag var då den allra, allra finaste flickan som fanns och dom där flasorna, dom skulle växa bort när jag blev stor! Säkert som amen i kyrkan sa hon. Fast där hade hon fel.

Jag blev hennes prinsessa och nära förtrogna. Inte för det att jag tror att hon var det minsta glad den stunden hon förstod att hon var "på det viset" igen. Med mig. Ett sånt elände, tror jag hon tänkte, jag har väl nog ändå. Men när jag väl kom till världen blev jag ändå Marie-Louise med alla bokstäverna lika högt värderade. Sedan satte jag andra namn på både mamma och mig. Maliss och Mamina. Det var så det blev. Min mamma. Mamma min. Mamina. Och så jag.

Med pappa var det en helt annan sak.

Så vitt jag vet tilltalade de aldrig varandra med förnamn. Inför gubbarna på bygget var hon bara Gumman, inom hemmakretsen gällde från hans sida i tilltal som i omtal alltid ordet Morsan. Någon enstaka gång också Kärringjävel! Sådana gånger var väggarna nära och det var lågt i tak.

Vad kallade hon honom? Pappa, sa hon då hon talade om honom med mig och mina bröder, annars sa hon Han, Han själv, eller bara efternamnet. Lundgren. Lung-gren, sa hon förresten, om nu rätt ska vara rätt. Den där sortens opersonliga namneri var allmänt förekommande och jag tänkte inte särskilt på det. Det var likadant hos grannas. Och hos grannarna till grannas.

Inte heller tyckte jag att det var något konstigt i det faktum att jag aldrig såg dem röra vid varandra med kärleksfullhet. Jag tror jag skulle ha skämts om det hade varit tvärtom. En och annan helgdagskväll, när han var lite på kanelen och satt och orerade vitt och brett för någon klädsamt imponerad och brännvinssugen lyssnare, förekom det väl att han med en munter min av demonstrativ äganderätt klatschade till henne över klänningsbaken då hon gick runt bordet med pannan och fyllde kaffekopparna till lagom kasknivå.

”Jodå, morsan, hon är ett jädrans fruntimmer hon!”

Men hålla om varann och krama, o nej, nej! Smeka och kyssa, hur skulle det ha sett ut? Så rakt bort i tok kan väl inte folk bete sig! Knappast att jag såg dem utväxla ett leende sinsemellan, utom möjligen med kattungen som centralfigur. Men knarrandet i soffan, flåsningarna, den illaluktande röken från den efteråt alltid pånyttända cigarettfimpen som låg till reds och väntade i askfatet på stolen, minns jag mycket väl. Med täcket överhylt och fingrarna i öronen låg jag hopkrupen och våndades bakom den tunna kammarväggen, jag led med Mamina, jag visste ju hur hon –

Under en viss period när jag ännu var halvliten sa hon ofta till mig: Säg nu att du ska ligga med mig i soffan, glöm inte det när det blir dags å gå i säng! I värsta fall får du grina å skrika om det inte hjälper med någe annat. Envisas – bry dig inte om vad han säger, för du ska ligga med mig, kom ihåg det och *ge dig inte*!

Men inte kan jag påstå att det var pappas och Maminas fel att jag blev så outvecklad och så återhållsam och *rädd* när det gäller kärlek.

Inte heller var det eldsmärkenas fel. Och absolut inte namnets.

# Tribut

Jag, Marie-Louise Parre, vill vara obarmhärtig och kärleksfull.

Jag vill att salt ska vara salt, hårt ska vara hårt, kallt ska vara kallt. Och likadant med motsatserna. Det jolmiga och påbättrade gillar jag inte.

Och inte plastblommor, särskilt inte på gravar.

*Stor i orden som vanligt?*

Jo, men jag är inte sämre människa än att jag kan ändra mig längre fram. Livet förändrar mig hela tiden. Också jag kan komma därhän att jag sänker anspråken och avlägger tribut.

Men nu, som jag ser saken i nuläget, är det ganska patetiskt med folk som målar om verkligheten i efterhand. Änkor till exempel gör ofta det – änklingar också för den delen, möjligen med lite murrigare färger – likaså fäder och mödrar, bröder och systrar, fästmän och kärestor, ja, alla som har älskat. Eller inte älskat. Inte tillräckligt mycket i varje fall. Inte på rätt sätt! Och, nota bene, inte känt sig älskade heller.

Målmedvetet – eller räddhågset– skapar de åt sig retuscherade små bilder som passar så bra att ha på nattduksbordet eller i medaljonger dinglande kring halsen, lämpliga att visa upp för släkt och bekanta, och inte minst för sig själva. Som ett intyg på att allting minsann hade varit så bra.

"Jodå. Han var snäll, det var han! Han ville väl."

"Vi hade det bra, det får man lov å säga – det är tomt efter'n..."

De ruvande änkornas tårögda, nickande tribut. Är det utsagt blir det också sant. Även om det inte hade varit så roligt alla gånger... nej, det hade det väl inte! Direkt.

*Men kära Maliss! Hur skulle man göra då, menar du? Väsa ur mungipan att han var en jävel?Eller att hon var ett riktigt syndastraff? Snål. Skitaktig. Otrogen. Elak. Osv. Är det så du menar?*

Det vet du att jag inte gör. Ett samhälle kräver en viss polityr. Om det ska vara trevligt.

Okej! *Men fattar du inte att det i grund och botten handlar om önsketänkande och inte om lögner? Man samlar ihop de färger man hade velat ha, det lilla som fanns. Och så målar man om livet och samlivet så vackert som man önskar att det skulle ha varit. Och suddar ut allt det andra. Är det inte ganska sunt?*

Jo. Jag förgick mig! Du har alldeles rätt. Och vem är jag att gradera eller ifrågasätta en annan människas sorg och saknad? Vem är jag att betvivla andras ärlighet och uppriktiga kärlek? Jag vet bara om mig själv att jag inte ruvar sorgen. Inte saknaden efter Parre heller, inte så bedrövligt som det blev innan det tog slut. Det jag ruvar är min skuld.

Ensamheten fick jag som ett gökägg i boet, ungen väntar ständigt på att knacka sig ut och börja växa utan rim och reson.

*Förlåt oss våra skulder så som ock vi förlåta dem oss skyldiga äro.*

Hur mycket rädsla för döden och de döda och det eventuella som finns på andra sidan kan vara inlagt i den bönen som en liten brasklapp? För säkerhets skull. Det undrar jag.

Mamina var inte ynklig på det retuscherande viset och vad hon hade för föreställningar om döden och det kommande eller ickekommande livet vet jag inte, samtalsämnen av det slaget skyggade vi för. Hur som helst målade hon aldrig upp någon vackert färglagd bild av pappa, varken före eller efteråt. Medan han levde var det snarare tvärtom, bilden var fläckig och raspig med tvärhuggna kanter, respektingivande utan respekt och också lite ängslande, kanske rentav hotfull.

”Plocka unnan färgkriterna från bordet nu, Maliss, snart kommer pappa hem!”

”Säg ingenting åt pappa!”

”Tala inte om det här för pappa om han frågar, säg att du inte vet!”

”Vi får lov å skynda oss nu, innan han kommer! Sätt fram tallrikarna du, å brödkorgen. Så lugnar han ner sig tills potatisen har kokat.”

Några andra signaler eller något annat signalement fick jag aldrig genom hennes ögon. Möjligen sa hon att han var givmild, kunde skänka bort skjortan om så var. Men å andra sidan – vad har den att snåla med som ingenting äger?

Ibland gav hon också uttryck för en viss beundran. Sa att han var en mästare på att skriva välskrivning. Det krävdes mycket övning på allehanda papperslappar innan hon kunde efterhärma hans namnteckning i motboken – Emanuel Lundgren med alla snirkelslängar kring E och L och g – när hon hade order att gå till Spritbolaget och ta ut hans lördagsbrännvin.

”Skriv på du”, sa han. ”Så behöver du inte stå på bygge med boken å vänta.”

Hon påstod bestämt att duktigheten i skolan, den hade jag då ärvt efter pappa, men det är jag inte så övertygad om. Mamina var klipsk och kunde räkna ut saker och ting väl så bra, om inte bättre. Hon var mer förslagen och inte så noga med sanningen som han.

Men pappa hade sångröst, det hade inte hon. På lördagskvällarna när han var lite på snusen kunde han sjunga både starkt och känslosamt. Helgdagskväll i timmerkojan, Drömmen om Elin och Havsörnsvalsen ingick i den stadiga repertoaren. Han köpte grammofonskivor av märket Sonora och vevade upp och satte sig och njöt. Ofta blev han gråtmild och var tvungen att knipa hop ordentligt för att inte brista, jag såg att det drog i mungiporna och att han strök sig kring ögonen med baksidan av handen. Om det berodde på rusets förlösande inverkan eller om det fanns en förborgad längtan som aldrig nådde fram till vad det nu var, det kan jag inte yttra mig om, men jag vet att jag skämdes och blev illa berörd. Jag har alltid haft svårt för det sentimentala.

Efter hans död var Maminas omdöme klart sammanfattat och proklamerat utåt för den som kom och ville visa sitt beklagande intresse:

”Han var då duktig på å jobba, ingen kan då komma å säja någe annat. Han var seg, Lung-gren!” Ibland med tilllägget: ”Och så var han rättvis!”

Det är sant. Han arbetade. In i det sista. Också efter pensioneringen. Sysslorna blev ringare, statusen blev lägre, han fick gå som bodknekt på byggena. Men penningen behövdes och han hörde likväl till. Att vara duktig och arbetsam ingår i det proletära kulturarvet. Ingenting märkvärdigt med det. Man ska ligga i och göra rätt för sig. Och vad fanns det att välja på i det utsiktslösa?

*Du ska tjäna ditt bröd i ditt anletes svett.*
*Den som inte arbetar ska heller inte äta.*

Denna infernaliska blandning av cyniskt utnyttjande och religiös manipulation har dunkats in i generationer av underställda och tagits emot i en ödmjukhet som regelmässigt och uträknat lät sig omvandlas till stolthet. Kanske den enda stoltheten. Det fick väl vara som det ville med mycket annat bara man jobbade och skötte sig på det viset åtminstone

Ibland tänker jag att pappa kanske inte var så missgynnad ändå. Och kanske inte så missnöjd heller, trots att han hade ett eländigt liv i många stycken och var svältfödd på vad jag menar med kärlek. Han var stolt över sitt arbete, stolt över det bruna avlöningskuvertet. Stolt över att jobba under själva Storbyggmästarn. Kanske begärde han inte så mycket mer? Att det bara är jag, Maliss, i min tid och mina omständigheter och med mitt tjatande om ömhet och närhet, som tänker annorlunda. Och som önskar annorlunda, också retroaktivt.

Men rättvis? Det är stort. Rättvisa förutsätter något slags makt. Jag skulle nog hellre välja ordet rättrådig. För pappas del.

Efter hans död blev det tyst om allt som tidigare ältats. Hon förfulade inte och förskönade inte, men hon var noga med graven. Efter änkeflyttningen till staden, då hon för första gången i sitt liv fick badrum och värmeelement och dessutom kunde köpa sig en splitterny säng som bara var hennes, berättade hon för mig om drömmen hon hade, den som återkom gång på gång den första tiden hon bodde i det nya. Hon drömde, sa hon, att han låg hopkrupen på några usla granriskvistar på golvet nedanför hennes säng. I bara långkalsonger och undertröja. Och att han frös så förskräckligt... Symboliken blir motbjudande, alltför tydlig, som en dålig dikt. Men det hon sa var på allvar, drömmen plågade henne.

## Kråkorna

Det satt två stora kråkor på balustraden i morse, uppruggade och vända inåt, mot mig. Ögonen som glastunnlar. Näbbarna glänste. De bara satt där, tigande, orörliga. Jag ryste ofrivilligt till och jag begriper inte varför. Jag har alltid varit en stor djurvän och har absolut ingenting emot kråkor, de har säkert sitt berättigande och är vackra skapelser om man ger sig tid att betrakta dem lite närmare, det grå och svarta i klädedräkten utgör en mycket stilsäker kombination. Ändå blev jag rädd. Rädd för rädslan, den som kom mig att rysa.

Ibland får jag en olustig förnimmelse av att jag kanske har börjat bli en aning skör. I vissa lägen. Och det kan jag inte tillåta mig! För vem skulle limma ihop mig ifall jag gick sönder? Ingen.

Det finns inga enkla lösningar. Och inga enkla definitioner.

Alltså travar jag på. Jag tog bilen och körde några mil ut till ett skogsområde som jag känner väl till. Stigarna är barrbruna. Man tänker bra när man promenerar, särskilt om man inte lyfter på huvudet i onödan. Av nödvändighet koncentrerar jag mig numera på fötterna de gånger jag befinner mig i ojämn terräng.

Det börjar onekligen bli höst. Det brusar höst i tallarna

ovanför mig, det prasslar höst i de utglesade buskarna längs sidan av vägen. Brungula löv. Och svartgrönfläckiga. Isgröna långstrån spretar upp ur de grågula trasseltuvorna, nyponen lyser ännu klart smällröda, triumferar i kontrast, och det piper lite svagt från några småfåglar som hoppar upp och ner mellan tallgrenarna. Namnlösa för mig och märkligt orädda. Det är frid i skogen, jag upplever det som frid.

Nu närmar sig tiden då det hysteriska gravpysslandet ska sätta i gång och försöka ge mig dåligt samvete! Kanske ville kråkorna påminna mig om det? Behövs inte! Gravplatser betyder ingenting för mig, allra minst min egen men ingen annans heller.

Det står jag för. De som betyder något finns sammansmälta i mig och med mig. Alltid närvarande. Är beståndsdelar av mitt liv. I yttre mening kan jag ingenting göra och ingenting förändra. Bara sådana där småleende, ja okej, *nostalgiska* saker, som att ställa ett par blå hortensior i gråvita stenkrukor hemma på balkongen – för min egen skull naturligtvis. Vad skulle de kunna förmedla till pappa? Ingenting, så vitt jag vet. Men jag vet inte allt, och lyckligt är det. Vad vore det annars för mening med att leva?

Till föräldragraven åker jag en gång om året. På försommaren. Då står vi där en stund tillsammans, pappa, Mamina och jag. Pappa muttrar bakom min vänstra axel: ”Lika bra å så igen skiten!” Men Mamina vill gärna ha kvar sin gula ros. På skylten står det *Kyrkan vårdar graven.*

Parre har ingen gravplats. Hans aska ströddes ut. De tre små genomskinliga har bönskidan tillsammans. Och Naja var inte min. Inte Parres heller. Hennes grav... nej, den vet jag ingenting om. Hennes mamma ville inte att vi skulle vara med. Varken Parre eller jag.

# Smultronskålar

Hundar hoppar glatt upp ur pölarna och ruskar på pälsen så att smutsvattnet stänker. Det är en metod som tilltalar mig. Det är nödvändigt att gå vidare.

Jag har hört många i min ålder tala om att de tänker börja döstäda. Nej, nej! Det är inte vad det handlar om för mig. Jag vill städa för att leva!

Så där låg jag och tänkte nu i morse och kände mig faktiskt riktigt obstinat och beslutsam. Hög på något vis – jag vet ju inte riktigt vad som menas med just det tvivelaktiga begreppet som man hör så ofta nuförtiden, men jag antar att det är något slags genomströmning som lyfter och som får en att bli modig och liksom sväva. Jag log för mig själv i morgonmörkret. Tänkte på Urban Bockberg, hörde hans röst i huvudet, och kände ögonblickligen att mitt underliv stimulerades, slemkuddarna svällde. Det är jag tacksam för! Det är ändå tecken på att jag lever.

Men sedan erinrade jag mig förstås att det har gått en dryg vecka sedan han stod utanför dörren. Med rosorna. Och inte har han ringt. Naturligtvis inte. När jag tänkte så sjönk jag snabbt ner till min mentala normalnivå, som brukar ligga strax ovanför nollstrecket. Repeterade en massa faktiska omständigheter som inte går att ruska av sig lika lätt som lortvatten. Jag tände lampan ovanför sängen. Höll upp båda mina händer framför ögonen, vände och vred på dem, spretade ut och knöt ihop. Gång på gång. Undersidorna är skära och mjuka, okej. Översidorna har fortfarande inte fått några bruna åldersfläckar sånär som på enstaka prickar, men ådrorna tvärar över senorna som ormar, blåa och tydliga, och ingen kan förneka att det jag ser – och som tillhör mig – är en gammal kvinnas händer. Mina händer! Mina älskade händer. Mina fina smultronskålar... Min barndoms händer, som än i denna dag är delar av mig.

Jag kysste tacksamt deras insidor och lät dem hålla mig runt kinderna, vagga mig lite och samtidigt greppa tag om iskanten omkring mig. Inte sjunka nu! Jag är Jag. *Hör han inte av sig något mer så gör det alldeles detsamma!* Vad ska jag ha en karl till? Naturligtvis klarar jag mig utmärkt ändå! Min sinnesfrid måste vara oavhängig.

Ekot svarade ur bergväggen som ligger fantiserad tvärs över en sjö, också sjön är imaginär:

*Min sinnesfrid måste vara oavhängig.*
*Min sinnesfrid måste...*
*Min sinnesfrid måste... oavhängig.*

Sedan vek jag undan det varma duntäcket och såg på mina ben. Granskade motvilligt.

Formen bra. Men blåaktiga knutor och ådernät. Gud sig förbarme!

Fötterna också. Stackars små fötterna! Hallux valgus.

*Maliss, Maliss! Ta dig samman! Inte tänka på cykelpedaler. Inte tänka på vita sandaletter. Inte tänka på rödklöverdoften, honungshummeldoften och släta bruna benen. Inte tänka smultron på ett strå...*

Jo, tänka smultron, tänka smultron, det kan jag göra!

*Och sedan stiga upp.*

Ligga länge i badkaret. Omsluten av värme. Värmeslingor, doftljus och glänsande kakel. Sådant kan man unna sig.

När jag ligger nedsänkt i vattnet och tar spjärn med tårna mot badkarskanten flyter brösten upp, lyfter sig. Kullar att le åt. Blommande och skära. Som om slappheten och tyngden inte längre fanns.

# Efterdyningar

Således står det mellan att acceptera och att streta emot.

Mycket har hänt de senaste åren, det har bara rullat på, men jag har märkt att det tenderar att bli lite för många obevakade luckor nu, för många gapande tomrum i agendan – detta stressrelaterade skrytord, som jag innerligen avskyr. Varför inte säga som det är, om det nu är så det *är*: Jag känner mig rastlös, telefonen är tyst, jag är mycket sällan ivrig, jag börjar bli gammal, ingen behöver mig, jag har för mycket tid och vad är det för idé över huvud taget? Har man hamnat i det läget ska man akta sig noga för att domna av – vips tar demonerna chansen att åla sig in! Depressioner ska man passa sig för – det tunga, svarta grytlocket har jag legat inunder. Så jag vet.

Det blir bättre framåt sommaren. Nu är det höst och jag håller mig mest inomhus. Läser och lyssnar på musik. Mediterar. Tränar mig mentalt. Varje dag försöker jag ta en ordentlig promenad runt området, men det händer att jag smiter från den nyttiga motionen om jag kan hitta något laga förfall. Ösregn till exempel. Till affärscentret går jag givetvis då och då och handlar mat och annat som jag kan behöva, men det går inte åt mycket, jag äter sparsamt och är noga med min kost. Egentligen avskyr jag min livsföring och mitt pedanteri! Jag skulle vilja vara slarvig och trivsam och frodig och glad med en massa folk rantande i farstun – vilken karl vill väl ha en tråkmaja som jag? Jag skulle vilja ha lite bråttom igen, känna mig behövd! Få rasa i säng efter en god arbetsdag och sedan stupa på min post med glasögon på näsan. Precis som Parre gjorde.

Så var det när jag var i gång på åkeriet, det vill säga jag stupade inte, men det fanns inga sysselsättningsproblem precis. Folk surrade och rörde sig hela tiden, in och ut och ut och in från tidiga morgonen till sena kvällen. Chaufförernas jargong, deras mustiga repliker studsade omkring mig som pingpongbollar, jag lärde mig att behärska den perfekt och kan fortfarande svära som en borstbindare om nöden så kräver. Kontorspersonalens ständiga smågnäll om stress och övertid tärde hårt på tålamodet, deras personliga problem med barnpassning, migrän, mensvärk och relationssvårigheter, allt skulle handhas och tårar måste torkas. Kunderna krävde, myndigheterna krävde, facket krävde naturligtvis. Telefon stup i kvarten och personliga besök. Varje dag var jag tvungen att ta ställning till olika saker, fatta beslut. Ständigt ha ett öga på ekonomin. Konferenser, sammanträden och aktiviteter tillsammans med personalen.

*Måste du dra upp alla dina förtjänster? Du skryter, Maliss.*

Ja! Tänk att det måste jag! Faktiskt. Jag måste erkänna mig och min kapacitet. Det är inte skryt. Det är ett golv att stå på. Bredbent kan jag stå, med händerna i sidorna. Rent tankemässigt alltså, i praktiken körde jag aldrig med den stilen.

Personalvård var också en arbetsuppgift. Det var en del i driften av Parres Transport & Lastmaskiner AB och ingick i mitt stora försoningsuppdrag. Där gällde det att hålla den känsliga distansen. Åh, dessa resor till Helsingfors och Tallinn, hur stod jag ut? Så tänker jag nu. Det söps en hel del. Parre trivdes, han sken av välvilja. Jag höll masken. Stod vid hans sida de korta stunder han var stationär. Jag höll ihop, jag log, jag var vänlig på ett professionellt sätt och lugnt övervakande. Med blicken uppmärksamt riktad in i de skamsna eller tårfyllda ögonen hos en eller flera sluddrande biktare tog jag emot förtroenden jag aldrig hade bett om och inte ville ha. Nickade medkännande. Jag behövde egentligen inte förställa mig, i deras mer eller mindre skitiga förtvivlan såg jag min egen, men ömsesidighet hade varit otänkbar.

Nu förstår jag inte hur jag orkade, men hur det än var var det liv! Det var rusch, det var arbetsordning, kamratskap och konflikter. Det rörde på sig. Hjärnan hölls i gång, kroppen hölls i gång. Nu har pendeln stannat, visarna står stilla. Allt det jag flydde från har hunnit ifatt mig.

Jag ångrar inte att jag sålde företaget. Jag hade bestämt mig för att kämpa på tills jag fyllde sjuttio, det gjorde jag och det kändes rätt och riktigt att sluta då, även om det blev en stor omställning. Jag kunde ha behållit en del, till exempel taxirörelsen, för att ändå ha något att syssla med, men nej! Man ska inte hänga sig fast. Jag märkte ju själv på min tid, hur kontorsteamets leenden, mitt eget inkluderat, blev mer och mer ansträngda och hur samtalen gick i stå, när gamla pensionerade medarbetare, Larsson till exempel och fru Petrén i kassan, fortsatte att komma in på det öppna torsdagsfikat vecka efter vecka, månad efter månad, och bli sittande alldeles för länge. Ville bara snacka lite och höra efter ”hur är det här då, nuförtiden?” Och värst av allt: uppliva gamla minnen. Till sist blir sådant patetiskt, irritationen börjar klåda, leendet vibrerar och känns som vore det påklistrat med tejp. Man reser sig, abrupt.

”Nää du! Kul att se dig! Men nu måste jag nog återgå till handlingarna... Vi hörs!”

Dörren stängs.

Den som inte är inne är ute. Bättre att sätta streck ordentligt och inte ha någon förbindelse alls med det gamla jobbet och ingen skvallerspringa i något litet hörn.

Slut är slut, det är bara att inse det.

För min del finns det fortfarande en del papper att ordna med, och vissa ofrånkomliga telefonkontakter. Det mesta tar revisionsbyrån och advokaten hand om – i stort sett är det bara deklarationerna som släpar efter ett tag till, men dem behöver jag bara ögna igenom och skriva under. Snart är den saken ur världen också. Lokalerna som tillhör nuvarande Parres Transport & Lastmaskiner AB besöker jag i stort sett aldrig. Vad har jag där att göra? Det är ju ny ledning nu, även om kontorspersonalen till stor del är densamma. Och många av chaufförerna förstås. Alla är trevliga, men ändå. *Vad springer gumman här för? Stup i kvarten.* Nej, nej, det vill jag inte ha på ryggen! Hänger mig på gör jag inte.

Var och en har ansvar för sig själv.

Förresten tror jag knappast att någon där nere tänker på mig längre. Eller saknar mig. Jag är inte en sådan som blir saknad. Ingen kom ju nära mig då så varför nu? Ingen vet vem jag egentligen är och hur det har varit.

(”Såg Maliss häromdagen... Menar du fru Parre? Ja, vem annars? Hon kom susande förbi vid OKQ8-macken, strax före infarten du vet, i en splitter ny bil, silverfärgad, hon har visst bytt nu igen. Till en sån där liten ärtig sportmodell, som kostar skjortan! Ja, det finns vissa som kan! Undrar hur hon har det. Egentligen. Tja... vem bryr sig?

Nej, men hon var schysst i alla fall, det måste man säga. Ordning och reda. Men inte kan man säga att man kände henne... Nej, nej, men jag gillade henne i alla fall! Det gjorde *inte* jag. Jag tyckte hon var kall på något vis, hon var noga med att visa att det var skillnad. På henne och oss. Hon hade väl inte varit så märkvärdig hon heller? Från början. Efter vad jag hört.")

Så där kan jag tänka mig att visorna går. Och axelryckningarna ser jag: okej, vem bryr sig? Hur mycket bryr sig folk om varandra förresten? Jag kan bara gå till mig själv... vem bryr jag mig om?

Men en sak är klar och det står jag för: jag viker inte ut mina inälvor till allmänt beskådande. Jag har en inre säkerhetsspärr, den kopplade jag in redan från början när jag valde väg och lät Parre ta hand om mig. Jag har aldrig vågat öppna mina inre slussar, särskilt inte i jobbet men inte i privatlivet heller, det lilla jag har haft. Hade jag öppnat för trycket inifrån hade jag själv sköljts med och varit oduglig som chef och medarbetare. Då får man väl tycka att jag är kall och högfärdig då. Jag vet ju själv hur det ligger till.

Ibland kan jag känna *respekten* som en ogenomtränglig luftmur omkring mig. Jag vet att många ser upp till mig, tycker att jag har varit en stark kvinna och en jäkel till företagsledare. Trots mitt kön, det ingår väl i bedömningen, åkerinäringen är ju starkt mansdominerad, "man kör med kuken" är ett uttryck som det väl för all del kan ligga något i. Men det utesluter inte empati och känslighet, snarare tvärtom. En del, sådana som har en viss kännedom om Parres och mitt privatliv, har tyckt synd om mig för att Parre söp ner sig och för de tragiska händelser vi tidigare haft att genomlida. "Ni hade det inte så lätt ni inte. Du har haft mycket att bära du, Maliss! Fru Parre är värd all beundran!" Osv. Sådana vänligheter har jag svårt att ta. Jag ler tacksamt och avvärjande, men ibland har jag känt en nästan obetvinglig lust att ställa mig rätt upp och ner mitt i gallerian eller i ett gathörn eller var som helst, varför inte på den jättelika uppställningsplatsen nere på firman bland alla kranbilarna, grävmaskinerna och långtradarna. Mitt i dammet och dieseldoften skulle jag stå och bara skrika rakt ut åt alla som eventuellt gav sig tid att vända sig runt ett halvvarv med körordern i handen och höra efter vad fan det var fråga om.

"Ni vet inte ett skit – hör ni det? Inte ett skit vet ni. Tyck inte synd om *mig*! Det var Parre det var synd om."

Det är sant att jag har bytt till en lite smidigare bil. Ganska nyligen. Förr tog jag rent slentrianmässigt den nya årsmodellen av samma sort och samma färg som bilfirman vi alltid anlitade hade levererat under många år, där höll man reda på när det var dags att byta och allting var som så enkelt och självklart. Ända fram till nu. Nu förändrar jag saker! Nu är jag min ensamma kropp och någon firmabil har jag förstås inte längre. Det känns bra. Den här bilen är inte så pretentiös heller, och liksom *onödig* som den andra.

*Onödig? Sjutton också, Maliss! Tänk, att du alltid måste försvara dig! Mera praktisk, okej, men onödig, nej. Du gjorde rätt för dig i firman, glöm inte det! Det var du som höll ihop det hela under många år.*

Visst. Jag förnekar inte den saken. Och det är ganska häftigt att byta bil. Den där nydoften är som... exalterande. Förväntansfull. Man blir upprymd av den! På något sätt. En tid. Efter ett antal mil och tvättar är det bara som vanligt. Men det är klart att jag måste försvara mig, det fattar du väl!

Pappastackarn hade också sin bildröm.

"Joodå! Bara jag vinner nu den femtonde, ska jag tamejfanken ta å köpa mig en bil!"

"Päh", sa Mamina, "vad skulle du me en bil till? Du som inte ens har täjje någe körkort!"

"Var väl fan det! Jag kan väl ha en bil stå hänne utanför på gårn om jag vill – jag som andra?"

Parre var svag för starka motorer och vackra chassin. Och för motorcyklar. Inte för att glida omkring och skryta med, nej, han var som ett barn på julafton ifråga om motorer, pojkaktigt förtjust, han njöt av att höra motorn spinna och att känna den mjuka men vrålstarka kraftansamlingen greppa tag kring låren och så skjuta iväg. Det var väl en dröm från den tiden, antar jag, när han satt bredvid sin slaktarpappa och körde omkring i byarna uppe i Hälsingland med sidfläsk och korv baki det där urgamla charkuteriskåpet. En hög, gråbeige skåpbil med skitiga fälgar och utan minsta spår av glans i lacken vill jag minnas att det var. Och när han med tiden kunde kosta på sig att uppfylla drömmen... när glansdagarna kom... då körde han alltid sin stora Mercedes.

Och en motorcykel för sitt höga nöjes skull. Och för frihetens skull. Den sista i raden var en BMW R90 SF. Den cykeln vill jag aldrig, aldrig tänka på mer!

Men jag är tacksam mot dig, Parre. Hör du det? Inte minst för pappas skull. Du vet ju hur han sken, han mådde som en prins när han fick sitta där på det läderklädda sätet bredvid dig, mågen sin... Sitta i fram. Lätt tillbakalutad.

*Gör du avbön nu, Maliss? Urskuldar dig? Det är äckligt att höra dig bräka! Faktum är att du är så bortskämd och högfärdig att det liknar ingenting. Ändå går du där och suddar och tuggar om rättvisa och skuld. Hur ska du ha det? Du vill ju vara sann. Påstår du. Men gör nånting då, för helvete!*

Bråka inte nu! Jag vet inte. Jag vet inte! Jag vet ingenting! Och jag är inte tränad till att veta hur man gör när man gör ingenting.

Jag har aldrig klarat av de stora sakerna. Jag har aldrig varit engagerad i Saken, om du begriper vad jag menar? Inte i någon enda jävla SAK! Varken politiskt, religiöst eller i Bris eller nykterhetsrörelsen. Inte i Röda korset ens. Jag har arbetat och arbetat och arbetat och arbetat – det har varit min metod att rättfärdiga mig själv. Och nu sitter jag här på en skaplig drös av pengar och arbetar inte. Det är därför det går i stå.

*Börja spela boule!*

Dra åt helsike med dig!

# Uppkäftig

Eftersom jag redogör för mig själv i enrum och talar med mig själv i min egen huvudskål utan att besvära någon annan, behöver jag inte heller riskera att någon ska bli sårad. Ingen behöver känna sig föraktad om jag säger som det är, däremot skulle jag förakta mig själv om jag låtsades något som jag inte menar:

Jag gillar inte pensionärsföreningar. Inte syjuntor, bridgeklubbar och sminkpartyn heller. Jag vill inte åka på bussresor och vallas runt i grupp. Inte gå på motionsgympa för äldre. Jag vill inte köpa lotter med erbarmliga vinster och inte tvingas lyssna till darriga körer som gör sitt allra bästa till den grad att man vill gråta. Jag är högfärdig, elak och pretentiös, jag får skylla mig själv att jag har blivit avsläppt och står där jag står ensam på perrongen. Jag, fru Parre, vägrar följa med på pensionärståget även om biljetterna är kraftigt rabatterade! Livet är för stort och för svårt och för djupt för att klara sig på näring från en massa surrogat, det jag söker är allvar och en innerlig närhet.

*Nu skäms jag för dig, Maliss! Tror du att du står i en klass för sig, va? Har du glömt ditt ursprung, har du glömt vem du är? Hur vågar du ens tänka så föraktfulla tankar?*

*Och har du gjort rätt för någon innerlig närhet?*

Fel, fel, fel! Det du insinuerar är inte sant, och det vet

du. Jag föraktar inte och nedvärderar inte. Jag talar bara för mig själv. Och gjort rätt för, undrar du? Vilken fråga! Självklart inte. Vem har egentligen gjort rätt för vad, ont eller gott? Rättvisa ska vi nog alla tala tyst om, jag tror inte att någon sådan existerar, i varje fall inte i den mening som våra mänskliga hjärnor har tänkt sig begreppet. Men det där överlämnar jag åt filosoferna, det är för svårt för mig! Det ger jag mig inte in på. Jag är jag och lever nu, och jag måste också respektera mig själv! Så enkelt är det. Punkt och slut.

Och förresten – vad menar du att jag skulle ha kunnat göra för att rättfärdiga mig själv annat än arbeta? Arbetet blev ok och räddningsplanka på en och samma gång. Jag bet ihop och slet. Nu när jag inte arbetar längre är det problem! Allt är något i stället för.

*Du kunde ha älskat! Det gjorde du inte.*

Jodå, jag älskade! Jag har älskat förtvivlat genom hela livet, men kärleken förmådde aldrig tränga sig igenom. Jag hade den där spärren. Och skulden.

*Om en människa blir sjuttio år eller mer, då är hon gammal vorden.* Så står det i Bibeln.

*Och nu inbillar du dig att nu – ska du...*

Jag inbillar mig ingenting! Jag är inte dum. För övrigt ska jag bekänna en annan sak, när jag ändå är i gång och säger sådant som skulle reta upp folk om de bara visste. Möjligen att damerna i lunchgänget skulle kunna tänkas tåla, men jag är inte säker, inte på Eliza och Margret i varje fall. Och Ebba och Kattis skulle nog hesitera, milt uttryckt: Jag är mycket skeptisk mot feminister som feminister. Kvinnor kan vara för jävliga! Jag ömkar mig om männen. Inte alla. Nej, långt därifrån. Men jag vågar tycka ganska synd om karlar!

*Men herregud – det är ju det värsta dom vet!*

Just därför.

# Hälsingelamm

Parre blev aldrig invald i Rotary. Jag blev. Några år efter Parres bortgång fick jag frågan. Och jag accepterade.

*Varför?*

Tja... Förmodligen blev jag väl lite smickrad. Jo, det blev jag nog, det måste jag erkänna.

*Högfärd, alltså?*

Ett slags förtroende handlar det ju om. Eller hur? Man blir utvald som representant för en viss bransch. Det stärkte mig, det gjorde det. Ädlare människa än så är jag inte.

*Trivdes du i sällskapet?*

Vad har det med saken att göra? Jag fick en förstärkt identitet. En viss status. När jag går på Rotarymötena eller blir inbjuden till någon sammankomst eller festlighet inom åkeriägarbranschen – vilket förekommer då och då även numera när jag har överlåtit företaget och bara har en mindre aktiepost kvar – ja, då vet de flesta redan vem jag är. De kallar mig Maliss eller möjligen fru Parre, det senare har faktiskt blivit mera vanligt med tiden, men det tror jag inte beror på ett uppsving för gammaldags artighet, det är väl bara så att många nya har tillkommit, och de flesta är så unga jämfört med mig.

Jag är en kvinna som inger respekt, det har jag klart för mig, det kommer jag inte undan. Det beror väl främst på att jag stod som ägare till åkeriet i femton år innan jag drog mig tillbaka, men långt dessförinnan var jag den som i praktiken drev företaget. På det sättet, och enbart av den orsaken, kan man säga att Parre trots allt drog en vinstlott när han gifte sig med mig. Och min ambition har varit att leva upp till det värdet, det är det enda jag har dugt till. Det vet du ju.

*Fortsätt du! Dra på bara!*

För all del! I första hand bar jag ansvaret för ekonomin och hade även sista ordet när det gällde anställningar och personalfrågor. Jag har en möjligen medfödd men senare utvecklad förmåga att ställa frågor som är väsentliga i sammanhanget och att också göra en objektiv utvärdering av svaren. Med distans och lite kyla. Det var nyttiga egenskaper när företaget småningom växte, filialen tillkom och behovet av administrativ personal blev större. Chaufförerna däremot, de som gjorde det egentliga jobbet, var Parres oinskränkta område. Jag tror de älskade honom – om nu ett sådant ord hade varit tänkbart i den miljön och "oss karlar emellan". I grund och botten förblev han själv en lastbilschaufför med stora händer och breda axlar och alldeles för mycket hjärta. Blåögd var han i dubbel bemärkelse, men när det gällde kontakter och social kompetens, som man säger nu för tiden, var han suverän.

*Men hallå där! Ursäkta mig... vad är det du håller på med? Förminskar du Parre Jansson? Klappar honom på axeln. Fan ta dig! Rotary – päh! Någon borde rycka av dig ditt jävla tunna, silverfärgade hänghår som slinker som en gardin framför ögonen på dig! Du såg honom som ingen och ändå var han allt som du inte ens kom i närheten av. Du såg ner på honom, när det var han som borde ha föraktat dig. Du var obarmhärtig. Och dum. Vet du det?*

Ja! Det är ju det jag vet. Men snälla – slå mig inte mer! Vad tycker du att jag ska göra åt den saken nu? Jag måste ju för helsike hålla masken!

Ibland blir det uppror i huvudskålen och då måste man faktiskt fräsa ifrån. Också åt sig själv. Konstatera och gå vidare. Jag vill gå vidare, det är därför jag är tvungen att bita hop tänderna och jobba mig igenom. Jag måste upprätta mig själv. Så att jag blir fri! Skuldfri blir jag inte men fri *med* min skuld. Försonad kanske det heter.

Vi kompletterade varandra alldeles utmärkt Parre och jag, när det gällde firman, men annars: nej! Innanför dörrarna och väggarna här hemma levde vi som i ett väl fungerande och prydligt ordnat isskåp. Hans värme blev nedfryst undan för undan. Gud vet att jag såg det, jag förstod anledningen också, men förmådde inte vrida på knappen till temperaturreglaget.

Ett äktenskap, vad är det? Två älskandes förening, en lämplig lösning på ett problem, ett ödesdigert misstag, en klok affärsuppgörelse? Det finns många varianter att välja mellan. Det var inte min uträkning och avsikt – det svär jag på – men för mig, fru Parre, blev det vad man aningslöst kan kalla en mycket god affär. Vad blev det för honom? Ett helvete, tror jag.

De sista åren sov han ofta nere på firman, i något av chaufförsrummen. Ibland kom han hem så dyngrak att jag inte klarade av att baxa honom till sängen och få av honom kläderna. Då placerade jag en kudde under hans huvud, drog av honom skorna och lade en filt över. Så fick han sova på hallgolvet. Och det gick väl an, det angick ingen. Men i takt med att klyftan oss emellan blev allt djupare och bredare och inga broar räckte fram till den andra kanten, släppte alla hämningar, för vad tjänade det till att låtsas det normala som inte längre fanns?

Efter en utdragen och blöt representationsmiddag – det vill säga om han vid det laget var så pass nykter att kurvan fortfarande höll sig uppe på en kaxig ”Vafan då-nivå” – hände det inte sällan att han kom hemrumlande med ett eller ett par så kallade fnask. Utifrån hallen hördes dämpade skratt blandade med fnitter och dunsar från avsparkade skor som kanade iväg över ekparketten. Under misslyckade försök till hyssjningar som bara resulterade i skrattexplosioner stängdes dörren till hans sällan använda ”direktörsrum” med jätteskrivbordet och den breda italienska lädersoffan, översländg med en väldig gråmjuk fäll. Den var hopsydd av skinnen från åtta lockiga Hälsingelamm.

På den tiden det begav sig hade han tyckt om att slänga ner kuddarna ur soffhörnen och släpa in den där fällen i vårt gemensamma sovrum. Bädda och ligga på golvet med mig. Om han inte somnade som en klubbad säl när saken var avklarad kunde det hända att han ville ha mig vilande på sin vänstra arm, och inspirerad av skinnens mjuka hemdoft ta med mig på en vända till barndomens dagar i Ljusnans breda dalgång. Hans fars slakteri och charkuteriaffär gick bra och gubben var välbeställd har jag förstått – men en äkta snåljåp! Någon mor fanns inte till. När Parre var fyra tog hon tåget söderut med en snyggt uniformerad spårvagnskonduktör. For på fribiljett och kom aldrig tillbaka. Men strax under en bergsklätt låg en gammal fäbod som hörde till gården, där bodde han på somrarna med farmor och en ogift faster. Där fanns kor och får och tunnbröd med nykokad mese, det var där lammen föddes… Mycket skrömt i hörnen och Skogsfrun satt vid bäcken och kammade sitt hår…

Man var rädd för björn.

"Och björnrädd är jag än", sa Parre och vände sig emot mig, "men jag håller dom stången! Eller vad tror du?" Och så ville han att jag skulle greppa kring hans stång och känna att den höll och att den skulle stå sig för en andra omgång.

"Bröla nu", väste han i örat på mig, "bröööööla som en ilsken björnhona! Så ska du nog få känna på en som kan kämpa ner dig – och slänga opp dig som en vante!"

Men inte kunde jag bröla på befallning. Jag hade ingen leklust. Kände ingen lust över huvud taget. Fast nog försökte jag väl ändå gå honom till mötes, ännu vid den tiden gjorde jag det. Jag hade ju avbetalningar att sköta.

Ja, det var då det, under den jämförelsevis goda men korta period, när vi ändå låg med varandra på fårskinnsfällen någon gång ibland. Jag säger inte att vi "älskade" och knulla är inte ett ord i min vokabulär, men vi låg ihop, under eller över, det fick han som han ville. Det var de snabba åren, de obeslutsamma, när Naja kom och gick och möjligheten vägdes. Innan hon gick åt.

Nu ligger jag här ensam i min egenägda säng 120 cm bred, och kan minnas hur det kändes de där nätterna när jag visste hur han tumlade runt på lammunderlaget med halvfulla fnask. Som jag fick städa upp efter morgonen därpå. Inte för att just den saken betyder det ringaste nu, men jag vet att då reagerade jag exakt likadant som när jag låg i stugan bakom den tunna kammarväggen och hörde pappa flåsa och kökssoffan knarra taktfast under stötarna, allt fortare och fortare tills alltihop var över. Under Parres allt mindre diskreta eskapader återkom mitt gamla försvarsbeteende som ett brev på posten: Jag stängde helt enkelt av mina sinnen. Upphörde att vara. Vände ryggen till och drog täcket över huvudet, sköt knäna upp mot magen, stack fingrarna i öronen, på samma sätt som då, när jag ännu var ett barn. Även om "direktörsrummet" låg på andra sidan hallen och ljuden knappast genomträngde den väl inpassade dörren, dessutom med sammetsdraperi direkt innanför, var det lika avskyvärt. Jag hade alltihop bevarat inne i mitt huvud, till och med röken från den osande fimpen, som i Parres fall borde ha varit en exklusiv cigarr – han hade många presentlådor stående i hyllan, men rökte nästan aldrig. Från den tomma halvan av den breda dubbelsängen som vi hade på den tiden, Parre och jag, steg en isig kyla, frostig och glindrig av skrikande förtvivlan, och den utgick ifrån mig. Det var jag som frös ner. Det var isklumpen i mig som utestängde Parre.

# Berättelse från sidan
N:O 3

"Han var snäll med", sa Mamina. "Mot mig var han snäll. En gång fick jag en emaljerad mugg åv'en med en liten tomtegubbe på, den var så vacker minns jag, men inte vet jag vart den tog vägen sen? Å en gång fick jag en hel tjufemöring som jag knöt in i näsduken. Det var ju en förmögenhet det, på den tiden. Men mamma var inte nådig mot'en! Det var hon inte. Och det får man förstå. Han kom ju och han gick. Min så kallade far. Han bruka komma sent på fredagskvällarna eller tidigt på lördan, det berodde väl på var han var å jobba nånstans. Bäst om han kom på lördagsmorron för då var han för det mesta nykter, men om han kom sent om kvällen kunde det bli ett riktigt rabalder för då kunde han hunne fått i sig branog å rångla runt i farstun innan han hitta dörrn. Och då skällde hon på'n. Ojojoj! Då gick det efter noter! Och det får man ju förstå. För det mesta hade han ingenting med sig heller, kanske nån gång att han hade en limpa eller en liten rökt fläskbit, men mat skulle han ju ha å brännvinskaggen, den hade han med sig! Den var nödvändig den. Han bruka luta kaggen mot grindstolpen utanför stuga, men vad hjälpte det? Det märktes ju ändå hur det var ställt. Förresten slank han väl ut mellan varven å tog sig en slurk. Om det fanns någe kvar, vill säga.

Nej, inte var det då roligt, det var det inte. Man var rädd många gånger. Mamma hade humör hon, å inte ville hon ha'n heller, fast det hade blive ställt på det viset att hon fick mig. Å då var hon fyrtiofem år, mormor din, å änka. Inte hade hon mycke å leva åv, det var väl så pass att hon drog sig fram, mera var det inte. Men stuga var hennes å det gjorde hon klart för'n! Det var inte lönt han gav sig på'na heller, för då tog hon ner besmanne från väggen å svängde med klumpen över skallen på'n. Det var bara å ge sig iväg det, om det inte passa. Hon hade ett rysligt humör, det hade hon, höll man sig inte unnan fick man sig en hurril! Så det så. Det visste man.

En gång var det alldeles för svårt, jag var väl en fyra, fem år då, hade inte börja skolan. Hon hade väl kasta ut'n å han skulle ge sig iväg, men han skulle ha mig med sig. Mig skulle han ta hand om. Å mamma lät oss väl gå, inte vet jag hur hon tänkte att det skulle bli. Det var på sommarn i alla fall, för det fanns en gulrosbuske dänne på station, å den blomma, det minns jag. Den var så himmelskt vacker, så det glömmer jag då aldrig! Det hade börja regna den där dan å han hade täjje åv sig rocken å hängt på mig, den var ju lång åt mig den så ärmarna släpa i backen förstås. Men vi knalla väl på. När vi kom till järnvägsstation så inte skulle det gå någe mer tåg den dan, så vad skulle vi göra? Å vart skulle vi ha täjje vägen förresten, om vi hade komme med på tåge? Det vet inte jag. Hur som helst blev det ju ingen annan råd än att han fick vända å gå tillbaks igen. Slokörad. Sen minns jag inge mer, jag var väl trött kan jag tro, det var åtminstone tre fjärdingsväg till den där station. Å så fram å tillbaka, det blev långt det! Inte minns jag om han bar mig på ryggen, men det gjorde han kanske sista biten. Jag tyckte riktigt synn om en, det gjorde jag. Han var ju snäll mot mig, det var han! Å hon var inte god å tas med, mormor din."

# Dasstrappan

”Min så kallade far”, sa Mamina. Det låg sorg i de orden, besvikelse också men ändå en tveklös försvarsvilja och något slags kärlek, som skulle ha kunnat få chansen att blomma, men som aldrig fick möjlighet att växa sig rotfast och få utrymme, eller ens *tillstånd* att gå ifrån anlag till utslagen knopp. En längtan fick det bli, en önskan och en vilja att tyda minsta tecken på allra bästa sätt. Förstora upp betydelsen och ständigt återkomma till muggen med tomtegubben på, plus tjufemöringen förvarad i näsduksknuten och de långa våta rockärmarna som slafsade och hängde.

”Jag var i alla fall in å hälsa på'n när han låg på sjukhuse. Han hade kräfta å jag hade inte sett'n på många, många år. Han vinka åt mig när jag gick, det var sista gången det. Men erkänt mig hade han ju, jag var då inte förnekad å jag fick ärva tretti kronor! Gumma hans var rättvis. Jag skicka efter en klocka genom Allas Veckotidning, den var av gulddoublé. Hon finns kvar än, klocka dänne, men går gör hon ju inte.”

* * *

Min pappa var pappa och inte en så kallad. Han var en stolt och skarpögd man, behäftad med en viss vidlyftighet som i vardagsslitet förvisso måste tyglas, men som gärna kom till uttryck i samband med förtäring av en flaska Renat eller vid festligare tillfällen trestjärnig Eau de Vie, uttalat bokstav för bokstav precis som en gång MariE-LoUisE. Förutsättningen för utspelet var att det fanns någon eller några att skåla med som samtidigt stod ut med hans behov av att bravera utan att för den skull resa egen tuppkam och gala emot. För då kunde det bli rena kalabaliken, stubinen var kort, det behövdes inte mycket förrän det small! Vid sådana tillfällen, särskilt om det hände på ställen utanför stugans fyra väggar och det fanns folk som glodde, vid Hembygdsgården, till exempel, eller någon enstaka gång vid dansbanan om Harry Brandelius eller någon annan av hans idoler var där och sjöng, ja, då ville jag helst förneka all bekantskap. Jag krympte ihop mig, höll avstånd om det gick, mitt ansiktsuttryck ställde jag på noll så länge det var möjligt. Jag avskydde hans skryt och hans ömkliga försök att förgylla verkligheten. Rädd för bråk var jag alltid när han var i tagen.

Ibland på lördagskvällarna när en eller ett par prat- och brännvinssugna bybor dök upp i farstun och fyllesnacket i takt med kaffekaskarna blev allt hetsigare oavsett om det gällde politik eller bönder eller bara någon skitsak vilken som helst, satt jag som på nålar och ängslades att nu – nu pang! skulle näven slås i bordet med signalen att *nu jävlar!* Det kunde bara blixtra till – *vad säger du, din fan?* – och så var slagsmålet i gång med knytnävar förstås, ibland försåtligen förstärkta med snusdosor av stål. Stolarna vältes, katten for opp och försvann som ett skott in under kammarsoffan med raggen upprest. Maminas gälla skrik gjorde saken bara värre.

”Håll käften, kärring, lägg dig inte i!” Ibland blänkte ett knivblad, då illtjöt Mamina:

”Nej!!! Sluta!!! Sluta nu, hör ni! Tänk på flicka åtminstone!”

Det var så hemskt, så hemskt när det pågick och så skambelagt och ynkligt när morgondagen kom att man bara ville gråta.

Då hölls han för sig själv ute på vedbacken från bittida till sent så länge ljuset tillät, kom bara in och åt efter att jag hade varit ut och sagt till. Med huvudet nedsänkt satt han och tuggade i tystnad vid sin sida av bordet. Jag försökte vara så försiktig som möjligt med både ljud och rörelser för att inte störa vad det nu var, men besticken skrapade och väsnades alldeles förskräckligt och potatisen krånglade när jag skulle skala. För att lätta på trycket försökte Mamina med några snälla och fjäskiga ord som hon riktade till mig, givetvis till mig som hade rollen som överbringare – överbryggare kan man också säga. Rösten lät onaturligt glättig och uppiggande, demonstrativ skulle jag ha sagt om det ordet hade funnits i mitt förråd: ”Ät duktigt nu, Maliss! Du behöver äta så du växer och blir stor du med. Ska jag hjälpa dig skala potatisen? Du får krusbärskräm och mjölk på!”

Hon talade till *mig* med tydlig adress, han fanns inte till, hade inte förtjänat att få finnas till. Och det där att jag skulle bli stor *jag med*, hade sin understuckna mening. ”Bara du blir stor du med, då går jag! Får väl ta en hushållsplats. Alltid blir det väl nån råd.” Så där hade hon sagt många, många gånger, så nog visste jag vad ”stor du med” betydde.

Pappa var väl inte heller döv för innebörden. Han avstod från krämen, sköt ifrån sig tallriken, tog dosan ur bröstfickan och lade in en pris, drog tillbaka stolen, reste sig och gick. Utan ett ord.

Sådana där gånger kunde det bli så att han inte kom in

och drack eftermiddagskaffe heller, trots att jag stod ute på vingelverandan och gapade: Det är kaffedags nu! Kom in å drick kaffe! Tystnad följde med undantag av yxan eller sågens jämna gång. Då fick jag ta ut koppen och ett par bullskivor och ställa på trappsteget framför dasset, det var bara ett par meter från huggkubben.

Så nog vet jag hur det känns när hjärtat värker i bokstavlig mening och man önskar och man *vill* av alla sina krafter att allting skulle vara och förbli annorlunda. Jag kände sådan ledsnad och sådan ömkan, mer för honom än för älskade Mamina, nog är det väl märkligt? Ändå var det så.

Pappas omständigheter, såväl de ekonomiska som de sociala, var alldeles för smått tilltagna för att inrymma en laddning och en stolthet som kan spränga bröstkorgar inifrån. Han ville gärna ge sken av att det var annorlunda, och att han minsann var en annan, en människa med makt att slå näven i bordet och säga ifrån och bestämma sina villkor: en riktig storkarl med andra ord. Svenska Penninglotteriet var hans falska men trösterika hopp. Månad efter månad väntade han envetet på den stora vinsten som skulle möjliggöra det som än så länge bara var en dröm. Den här gången är det dags! Det kände han på sig. Den femtonde så... då slår det till! För att få ytterligare bekräftelse vände han på kaffekoppen, slog snabbt ut sumpen på fatet och läste av vägförgreningar och fingervisningar. Joodå, nog var det pengar på gång alltid, det syntes ju tydligt. Vänta bara! Nu vankas det andra tider. Snart nu så. Och då, jädrar anoda, då ska dom få si på fan!

Mamina fnyste.

Femtio kronor var det mesta han vann, så vitt jag kan erinra mig.

Till hans oförställda glädje kom dock jag, MariE-LoUisE, jäntan, att sanngöra en viss del av hans storhetsdrömmar genom att gifta mig (bli gift) med direktör Parre i Parres Transport & Lastmaskiner AB. Innanför pappas horisontlinje kunde det inte ha blivit storslagnare. Hans beundran för Parre, ”mågen”, visste inga gränser. O, pappa, pappa – gu'förlåte mig, men jag tror nästan att du kunde ha sålt mig till honom om det hade visat sig nödvändigt. Det behövde du nu inte, jag sålde mig själv. Och du fick leva och dö med den stora illusionen, uppkommen ur en så kallad olycklig omständighet om vilken du ingenting, ingenting visste. Det gjorde inte Mamina heller.

# Tuggor

Livet – vart tog det vägen?

Det är som om jag hade sovit mycket, mycket länge djupt försänkt i drömmar, och medan jag sov hände mig livet och förändrade allt, knappt att jag märkte vad det var som pågick.

Nu sitter jag här. Yrvaken. Ser mig omkring. Jag är fru Parre, det blev så. Änkefru är jag. Singel är också ett användbart ord, det låter mera inbjudande. Öppnar liksom framåt.

Tills vidare bor jag i en fredad idyll. Ett slags reservat, reserverat för sådana som har lyckats att få lite grädde på moset. Jag är medveten om det. Varje dag är jag också till fullo klar över att jag visserligen är privilegierad men alltmer dödlig, och att allting är förgängligt. Medvetenheten inkluderar ävenså det faktum att har man pengar har man vissa fördelar. Sådant kan ge upphov till samvetskval och ambivalens. Inte för att man kan köpa sig ungdom och hälsa, än mindre sinnesro och lycka. Men ändå. Man kan onekligen göra det bekvämare för sig. Behålla stoltheten längre och kanske integriteten. Och hur rättvist är det då?

Om insikten i sig kommer att räknas mig till godo när jag

står inför Sankte Per eller vem det nu blir, så att jag enligt det gamla betygssystemet rentav kan få ett Ba eller Ba+ därför att jag ändå har *tänkt, värderat* och haft vett att vara *tacksam,* vet jag inte och bryr mig inte om heller eftersom det inte är syftet med mina aktiviteter. Det är mig själv jag förbereder genom att försöka lägga upp ett slags inre *osynligt* kapital att ta av när allt det andra blir betydelselöst. Självklart fattar jag att den dagen kan komma fortare än kvickt då jag får lov att uppträda med ödmjuk servilitet och tacka och tacka – tack snälla, tack, tack! – om någon fortfarande finns som accepterar den usla lön det genererar att byta blöjor på mig och torka mig i rumpan och mata mig med kallnad, vit läskpappersfisk i små, små urbenade bitar. Någon som inte vet ett dugg om mig och inte imponeras det minsta av att jag är fru Parre. MariE-LoUisE Parre med bindestreck emellan och alla bokstäver lika värdefulla. Då är det väl bra om jag redan vant mig av med fjäderdräkten och kan vara jag invärtes, även om jag står där eländigt naken som en skärknorpig rugghöna med ett gammalt id-kort som har gått ut för längesedan.

*Men måla inte fan på väggen nu, Maliss! Ta en dag i taget. Du är du och du lever NU.*

Okej! Jag är inte där än, men tankarna och insikterna har mer och mer börjat spöka i huvudet på mig nu när jag är sjutti plus – plusset är förresten ett nymodigt påfund tillskapat för att dölja det som inte är nån skam! I januari fyller jag sjuttiotre, så är det med den saken. Men hur obstinat jag än är, kvarstår det faktum att jag rimligtvis inte kan ha så värst många centimeter kvar på det utnötta måttbandet. Det skrämmer mig förskräckligt. Inte tanken på döden, den klarar jag nog, men att bli gammal och förlora sig själv och bli beroende av andra, det vill jag inte!

*Jag vill inte!* Jag vill inte, jag vill inte, jag vill inte ÄN! Jag vill inte ens bli påmind om saken.

*Men vem i helsike skulle vilja det då? Nämn mig en enda!*

Nej, ingen. Det vet jag. Men särskilt inte jag! Och hur kan jag vara någon annan än mitt särskilda jag? Jag vill vara lika ung i kroppen som jag känner mig i själen, och i skallen för den delen, jag vill uppleva och leva, jag är inte förbrukad! Jag har kvar en massa värme och fuktighet och lust – jag vill till och med ha en kraftfull man att smeka och att blanda fötter med inunder täcket. Så är det. Och ändå blir jag påmind precis hela tiden. Men jag stretar emot!

*Den sanna ödmjukheten, fru Parre, vart tog den vägen? Mognaden och klokskapen?*

Håna mig inte! Var snäll och låt mig ärligen klargöra att det inte är högfärd och absolut inte förakt som gör att jag tar avstånd från bingo och boule och andra pensionärsaktiviteter och helst inte vill besöka äldreboenden och sjukvårdsinrättningar över huvud taget. Jag åker ju inte ens och besöker min gamla bror som lever i dimma på det där hemmet, så förskräcklig är jag. Jag tål inte lukten! Förresten har jag aldrig gillat honom och han inte mig heller, så det kan väl kvitta. Men det är inte hårdheten som styr mig, inte högfärden heller, det är *rädslan*! Fattar du det? Jag är rädd för att se det jag inte vill se och bli det jag inte vill bli. Korridorerna och rummen fungerar som speglar och på spegelglaset står det skrivet med spetsiga bokstäver: Beskåda din framtid. Krax, krax, krax!

Därför vägrar jag att inrangera mig så länge jag kan. Jag vill inte ingå i en segregerad grupp. Jag håller mig ifrån. Åldersnoja smittar.

*Det är för väl, Maliss, att inte alla är som du! Inser du*

*förresten, att du löper risk att göra dig löjlig? Och väldigt illa omtyckt.*

Det ger jag katten i! Jag har aldrig varit omtyckt. Men att jag skulle göra mig till åtlöje, är det det du menar? Knappast. Jag är mycket mån om stil och fason. Det har jag alltid varit. Om jag skulle förgå mig och börja uppträda opassande eller vulgärt – vilket jag inte räknar med att göra – hoppas jag att Kattis eller Ebba tar in mig på salongen för ett enskilt samtal. Jag tänker inte börja klä mig i kortkort och leopardmönstrade tights och lyfta rynkorna och vecken lite hittan och dittan och spackla mig och måla tjockt med läppstiftet utanför konturerna, så att det hamnar på tänderna som små skvallerkluttar om sakernas egentliga tillstånd. Det är inte det det handlar om. Man ser sådant också – och det gör mig beklämd.

Värdighet är ett mycket väsentligt begrepp.

Och jag är inte så styv i korken som du vill måla ut mig och bannar mig för. Det borde du väl veta om någon? Du som är jag och har varit med från början.

En gång för länge sedan... *once upon a time*... i en försvunnen tid och värld, blev jag matad med tuggor. De egna tänderna hade ännu inte spruckit fram ur käkbenen, jag var mycket liten. Det finns forskare runtom i världen som är specialister på minnet och dess funktioner och som menar att det är omöjligt att ha några klara minnesbilder från en så tidig ålder som den jag då befann mig i, och att det jag minns inte kan existera som en i dået upplevd och registrerad företeelse utan måste röra sig om något slag av efterkonstruktion. Ja, ja. Det är möjligt att det förhåller sig på det viset rent generellt, men jag vet ju vad jag minns. Jag minns vad mina sinnen förde till mig och har låtit mig behålla.

Jag sitter i Maminas knä vid bordet under fotogenlampan. Enbart bordsskivan med den gråblårutiga vaxduken är belyst, bakom är det mörker men varmt och immigt; nu efteråt förstår jag att vi sitter på stolen vid bordshörnet till vänster och har spisvärmen i ryggen. Jag ser ansikten skymta omkring mig, hör ljud, men det huvudsakliga är Maminas tallrik och handens och gaffelns förehavanden på den. Jag följer ivrigt med blicken, vrider mitt huvud vartefter mot tallriken på bordet, vartefter mot hennes ansikte och mun. Vägen däremellan har min oupphörliga uppmärksamhet.

Med gaffeln sönderdelar Mamina den kokta potatisen och det jag senare har identifierat som glödstekt sill, mosar ihop, stoppar in maten i sin egen mun och småtuggar noga och hackande framtill mellan tänderna, plockar ut något enstaka sillben eller något svartbränt skav som hon kletar av mot tallrikskanten. Jag kan tydligt känna min iver och otålighet, jag *kräver,* jag känner sprittningar i benen, armarnas fäktande, när jag i minnet försätter mig dit, tillbaka till bordet, tillbaka till hennes knä. Mamina tar ut den fintuggade massan med hjälp av tungan och för över den till spetsen på en svartskaftad bordskniv. Den varma salivblandade tuggan stoppar hon varsamt in i min gapande mun. Hon matar mig med tuggor på en svartskaftad kniv, ingen tvekan om det! Plåtbladet är grått och rundat i spetsen. Mellan varven får jag dricka mjölk ur hennes glas. Ingen åtskillnad finns mellan oss två. Jag är som djurets unge, det naturliga barnet som intar kroppsvärmd föda ur sin moders mun.

Något kramande och sugande på Maminas bröst minns jag däremot inte och vill inte heller minnas! Där stöter jag ifrån mig med en känsla av obehag och avståndstagande.

Varför? När ändå smaken av tuggan fortfarande finns kvar, saltsöt i mitt minne? Och inte äcklar mig det minsta.

Kvinnokroppens nakenhet har jag svårt för. Har alltid haft. Det gäller också min egen. Herregud! Hur skulle jag kunna klä av mig och visa mig naken tillsammans med Bockberg? Nej... o, nej! Men jag vill se *honom*! Det vill jag. Se på och röra. Tassa med fingrarna, sniffa och snufsa i grårufset på hans bröst som jag såg skymta fram ur linningen på den bländvita T-shirten. Längs alla linjer och in i alla skrymslen vill jag söka mig fram med munnen fläppjande som en fuktig hundnos.

Det kommer aldrig att ske. Naturligtvis inte. Men fantisera får jag. Den rätten är min.

Skämmer ut mig gör jag inte! Ringer upp gör jag inte!

# Rullatorparaden

Mittemot, på andra sidan gatan, stod ännu när vi kom hit en viss träbebyggelse kvar, sneda ruckliga kåkar, inte ens pittoreska. De flesta var redan utrymda och till viss del vandaliserade. Det stod inte heller på förrän hela rasket var rivet, hela området sjöd ju av nybyggnation. Eftersom jag har egna erfarenheter av den där sortens gamla pisskåkar, så kan jag inte påstå att jag sörjde dem precis. Nu står i stället ett par fyravåningshus med bostadsrätter rakt framför mig, från balkongen sett. Det är HSB-hus, inte särskilt originella men snygga och prydliga med smala, gröna avgränsningar från gatan och balkonger inåt gården. Det är trevligt att se de upplysta fönstren, särskilt på vintern när träden på min tomt är genomsläppliga och jag kan se alla adventsstjärnor och ljusstakar när det närmar sig jul. Allt är lite på avstånd och det passar mig bra.

På samma sida gatan, före gatukorsningen ett par hundra meter till vänster finns ett ganska stort servicehus för äldreboende, 55 plus, som man säger. Det heter Violen. Där finns enskilda lägenheter som lär vara mycket rymliga och fina och där hyresgästerna har ett helt självständigt boende, men det finns också en huskropp i vinkel mot Hässjegatan som är mera av typen ålderdomshem. Gemensamma lokaler finns för aktiviteter av olika slag och en trevlig restaurang för dem som inte vill eller orkar syssla med matlagning. Och så finns det tillgång till personal, egen sköterska till och med. Jag vet för jag har fått broschyr. Jag säger inte att jag skulle ha något emot att bo där om det skulle visa sig nödvändigt, men det kunde kanske bli lite jobbigt att gå förbi sin egen trädgård vareviga dag... Och än så länge är det inte aktuellt!

Till höger om HSB-husen finns ett glasmästeri och en kemtvätt i en enskild liten byggnad som har trotsat stadsplanerarnas hot och inviter och envist håller sig kvar. Få se hur länge det går! Den stora parkeringsplatsen framför affärscentret gränsar ju direkt intill, en av infarterna går bara cirka tjugo meter från gaveln på det lilla halsstarriga huset, som till yttermera visso är täckt av upprättstående träpanel och rödmålat. Det ska bli spännande att se hur striden avlöper och även om utgången är given hejar jag på glasmästarn! Greger brukar beställa mycket av honom, skyltskåpet till exempel har han glasat in.

Den här stadsbildningen med sin funktionella nybebyggelse innebär för min del att jag när som helst kan titta ut från mina fönster, och särskilt över balkongbalustraden om det är den årstiden vill säga, och kan varje gång utom på sena kvällen och natten vara övertygad om att få se rullatorparaden marschera förbi, fram och tillbaka, fram och tillbaka.

*Rullatorparaden? Men Maliss, vad i helvete? Passa dig! Hur kan du använda ett sådant ord?*

Lugn, lugn, lugn! Sluta vara ängslig för hur jag/du tänker och hur jag/du känner. Inför sig själv måste man väl våga säga som det är, eller hur? Jag gör mig inte lustig och rynkar inte på näsan, det vet du. Jag funderar mig bara in i alla dessa *ensamma,* krökta och trötta som jag ser dra förbi och som jag möter i affärscentret eller här på gatan. De tycks vara hopsamlade på det här området som på ett slags luxuös uppehållsstation och jag ber Gud bevare mig. Alla är inte ensamma för all del, och inte nödvändigtvis gamla heller, många har en långsamt ledsagande make eller maka vid sidan av sig. Andra har barn och barnbarn. Det är inte dem jag ömmar om även om de också kan ha det nog så svårt. Det är de ensamma kropparna med frågande själar bakom ögon och öron jag ser. Det är med dem jag identifierar mig, när jag i rask takt klapprar förbi i mina Palmrothstövlar, rak i ryggen och stridslystet medveten om att allt är en tidsfråga och att någonting så löjligt som en liten isfläck dold under kornsnön kan vara helt avgörande. Hoppsan, madame! Ingen anledning finns för överlägsenhet. Också jag är gammal, på väg att bli i varje fall. Och förfärligt frusen är jag. Förfärligt ensam och oändligt överlägsen enbart för den starka ryggens skull. Och allt det där andra du vet... Parres pengar.

*Dina pengar, Maliss!*

Ja, ja. Men ändå...

Jag är ingen god människa. Jag hyser inte kärlek till alla, långt därifrån! Jag har en ganska utvecklad självbevarelsedrift. Som typ tillhör jag den vanligast förekommande, det vill säga den som möjligen kan offra lite grann av rågen men aldrig gröpa så djupt att bottnen skymtar fram. Därvidlag hycklar jag inte. Jag skulle inte ha mage till att säga att jag gör så gott jag kan, för det gör jag inte! Egentligen gör jag ingenting gott alls, om man bortser från min roll som skattebetalare. Å andra sidan gör jag väl ingenting direkt ont heller. Inte nu längre, när inte Parre...

Förresten är det möjligt att jag befinner mig i kris.

*Pensionärskrisen? Alltså?*

Låt mig hellre få kalla det ensamhetskris! Överflödskris? Överflödighetskrisen! Det finns så många ord. Hinkvis med ord. Ändå räcker de inte för att göra sig förstådd.

*Och det är nödvändigt, menar du?*

Nej. Inte nu längre.

I största hemlighet har jag utvalt en rullatorkvinna åt mig. Jag ser henne ofta, men jag har aldrig talat med henne och har inte för avsikt att göra det heller. Hon är i min ålder, kanske några år äldre, hon kan rentav vara åttio men hyn är slät. Hon går aldrig klädd i långbyxor. På sommaren brukar hon ha klänning eller kjol och kortärmad jumper, ibland med en kofta eller en halvlång vindtygsjacka över, en ljusblå. Nu, i de här dagarna, har hon på sig en gråbeige kappa av typ fodrad regnrock och till den bär hon en rosa basker. Hon är ganska kort och stabbig och en liten aning hjulbent. Den beiga passar henne inte! Regnrocken är ful. Bäst tycker jag om henne i den mörkröda yllekappan som hon kommer att ta fram ur garderoben nu när det blir kyligare, då tar hon också på sig sin svarta, runda skinnmössa och de halvkorta stövlarna med blixtlås fram. Kappan stramar ordentligt framtill, hon måste hålla noga uppsikt över knapparna och så snart någon visar tendens att börja slinka syr hon fast hela raden lite bättre, för säkerhets skull. När hon ändå håller på. Så tror jag att hon gör. Men hon är så söt i mössan! Det gråvita håret sticker fram över pannan och burrar sig mjukt kring ansiktet, står vackert mot det svarta skinnbrämet. Hon ser alltid så glad ut där hon vickar fram med ganska god hastighet och stödd mot rullatorn. Vänlig och rar. Om inte ordet förnöjsam vore så förbjudet i tiden skulle jag gärna använda det. Jag vet ingenting om henne, hon bara figurerar i mina fantasier och där heter hon Olga.

Jag tror inte att Olga bor i någon av servicelägenheterna, det ser hon inte ut att ha råd med. Förmodligen har hon en tvåa i något hus på Hässjegatan, strax efter ålderdomshemmet, jag ser henne svänga rullatorn runt hörnet där, men så galen att jag spionerar på henne är jag inte. Jag bara föreställer mig. Det har hänt att jag har stått strax efter henne i kön på Ica och jag har lagt märke till att hon handlar sparsamt, men att hon brukar köpa mjöl och jäst och standardmjölk. Och smör ibland. Inga dyra exotiska frukter och just inga grönsaker, men bananer tycker hon om! Och inlagd gurka. Hon har inget kort utan betalar med småmynt och sedlar och hon har alltid en medförd tygkasse som hon placerar på rullatorn. Tyvärr händer det någon gång ibland att den som sitter i kassan visar tecken på viss otålighet, till och med himlar med ögonen och rycker på axlarna mot de bakomstående när min Olga så snällt letar i börsen efter jämna pengar; det tycker jag *inte* är acceptabelt! Men jag säger ingenting, försäkrar mig i stället om att mitt kontokort med hög kreditvärdighet ligger till reds i kappfickan och tänker: Försök du bara, fröken Nippertippa: mig skiter du minsann inte på näsan! Så skamligt dubbel är jag.

Jag vet vem Olga är fast jag känner inte just henne.

Hon har pelargonior och skräpande lyckoklöver i köksfönstret, broderad duk på soffbordet i rummet och små lampor hängande ner från gardinstången. Redan i farstun kan man dra in den välbehagliga doften av nybakta bullar... och kanske av kålpudding, eller –

*Stopp där! Det räcker med nostalgitrippar nu.*

Nostalgi? Hemresa... Ja, ja.

Självklart begriper jag att det inte handlar om en speciell

kvinna i trång, mörkröd kappa och rejäla halvstövlar, utan om någonting förlorat och saknat som jag måtte ha en djup, organiskt förankrad längtan efter. Och ändå inte. Jag ville vara hos henne. En liten stund. Jag ville sitta mittemot henne vid köksbordet och dricka kokkaffe och äta varm sockerkaka. Se hennes rörelser framför diskbänken. Känna hennes lukt. Berömma gardinerna. Höra hennes småprat. Bara en liten stund. En halvtimme räcker bra. Efter påtåren skulle jag vara ganska uttråkad och nöjd med att gå hem till mitt. Jag är inte hon, skulle inte vilja vara hon och inte kunna heller! Hur kan ett barn vara mor åt sig själv?

Sällan tycker jag särskilt synd om kvinnor.

*Vad säger du nu, Maliss? Läser du inte tidningar? Ser du inte på teve? Tar du inte till dig siffror som ändå är statistiskt säkerställda? Är du helt omedveten om hur kvinnor har det i dag? Runt hela jorden. Bara värre och värre blir det, rapporterna är fruktansvärda! Och så har du mage att säga att...*

Okej, jag passade mig inte, man säger inte så ens in privatum! Jag uttryckte mig farligt oövertänkt. Jag tänkte inte stort nog, inte globalt, inte rikstäckande ens, det är där jag brister, det vet du och jag. Jag utgick bara från mig själv och det jag har erfarenheter av. Mina ensidiga funderingar är lokaliserade här i Kobetet, mellan köpcentret, parkeringsplatsen och korsningen Hässjegatan-Stråvägen, det är där rullatorparaden defilerar. Jag vet nog allt det andra också! Jag har till och med sett med mina egna ögon. Och jag kunde slå knytnävarna blodiga i ilska, ifall det bara hjälpte.

Likafullt tror jag på det jag säger. Kvinnor är starkare i grund och botten. De har sig själva på ett annorlunda sätt. Mamina hade det. Hur kunde hon frodas och blomma, skär och mullig, så vitt jag kunde se utan att få vare sig gödning eller vatten eller påfyllning av jord? Jag begriper det inte. Hon strök sig belåtet över klänningshöften och svängde sig stolt i profil framför den skumma spegeln bakom kammardörren. Hon hackade lök och hon knådade deg, hon klippte till och skarvade ihop, hon pillade ner små morotsfrön i jorden, hon lade på en duk på lilla fönsterbordet och strök lensamt över ytan som var manglad blank. Om det kunde vara det? Att händerna gav njutning och sinnena gav fröjd. Kvinnor kan liksom boa i sig själva.

De ensamma männen däremot... De som inte har tillgång till dofterna. Som varken kan eller vill baka några bullar, och som med ens har börjat få så ömkligt stora tänder i förhållande till ansiktet och går omkring i gamla kostymbyxor av den enda orsaken att de faktiskt *duger*.

När jag går omkring i gallerian möter jag ofta dessa ensamma, kallnande herrar som rör sig där, med eller utan rullatorer. Som slocknade vekar. Eller med liderliga ögon som liksom kletar på en – nåja, inte på mig i första hand men på yngre upplagor. Vill men kan inte. En del är hopsjunkna och accepterande, vissa är småilskna, andra studsar omkring som tillkämpat virila ballonger. Gör sig gärna roliga. Flirtar med kassörskor. Pinsamt blir det och så ömkligt genomskinligt – ett enda nålstick och luften pyser ut. O, vad jag tycker att det är beklagansvärt.

Det händer ibland att jag ryser till för själva kalldraget. Ungkarlskylan och änklingskylan, invand och accepterad. Ibland lite inmängd. Huden har resignerat. Ögonen likaså. Stackars, stackars! Inga mjuka bröst att vila emellan, ingen hallonkräm, och plastblommor i fönstren.

Och ingen har jag lust att följa med hem!

*Nu generaliserar du grovt, Maliss!*

Naturligtvis. Jag ser de oskyddade och åt sidan ställda.

De andra behöver mig inte. Jag är ingen allmoder. De intellektuellt välslipade med stadig förankring i etablissemanget fryner naturligtvis på näsan åt mina dåligt underbyggda argument och slutsatser. Dem känner jag inte och petar inte på. De har sina skyddsvallar. På Rotary ler vi artigt mot varandra: *Trevligt att råkas!* Att ömka dem vore en grov förolämpning. Deras ironi skulle döda mig, men kickar mig också med en syrlig blandning av medlidande och triumf. Också hos dem uppstår med tiden en skälvning kring munnen av osäkerhet. Oberoende av intellekt och position utsöndrar huden samma slags doft av slapp ensamhet. Det blir brunfläckigt och kallt under skäggstubben. Morgonståndet uteblir och ögonen frågar den egna spegelbilden: Är det här jag? Vad ska det bli av mig? Nu.

Kvinnor kan famna sin egen mjukhet, sina ensamma kroppar. Men männen? De har sitt hårdhetskrav livet igenom. Det borde vara uppdelat, det hårda och det mjuka! Det borde vara rätt och riktigt också för männen att få gråta utan skam. Och få mjukna utan avdrag.

Jag har sett mycket, det har jag. Inom mitt område vill säga. Många chaufförer som jobbade hos oss var skriande ensamma och hade problem av olika slag. Ibland, när det krisade, fick vi rycka ut på hembesök, Parre och jag. Det hände faktiskt att han ville att jag skulle följa med, som vad vet jag egentligen inte, Parre var ju själv både chef och kompis och personlig vän med många, men ofta var det nödvändigt att göra ett handtag rent praktiskt med sopskyffel och bänktrasa. Bära ut sopor kunde jag också göra lite diskret medan Parre puffade och ruskade en nersjunken axel och körde med sin beprövade övertalningstaktik, som var en sensibel blandning av både det ena och det andra:

"Men för faan, Bengan, kom igen nu! Nu måste du för helvete ta å rycka opp dig! Vi klarar inte dina körningar, det fattar du väl? Ingen jävla nybörjare kan vända det där släpet på en femöring, och det vet du! Å Manfred har nog med sitt. Så nu tar du en dusch å går å lägger dig! Hör du vad jag säger? Du sätter oss på pottan, Bengan! Fattar du det? I morgon klockan elva kommer jag hit å hämtar opp dig å så äter vi en bit å resonerar. Kommer du bara i gång så – det andra får vi ta tag i sen... Jag ska hjälpa dig att fixa – det ordnar sig det här!"

Fläckiga bordsskivor, tomflaskor och ölburkar, kladdiga tallrikar, skrynkliga lakan och lager av porrtidningar under madrassen; hela köret har jag naturligtvis sett. Plus rörande småbarnsteckningar TILL PAPPA fastsatta med nyckelpigsmagneter på kylen och frysen. Men mest av allt tristess. Spindelgrå tristess som kröp uppefter väggarna och grät sig ner igen i solkiga rännilar.

Sprit, skilsmässor, otrohet, vårdnadstvister, ekonomiska trångmål, potensproblem, rädsla för sjukdom, rädsla för död, samvetskval för en överkörd hund.

"Hundfan bara dök opp från nåt jävla ingenstans! Tji att stoppa. Och så låg han där. Men icke att en människa, aldrig, aldrig, det har hängt på håret flera gånger, det ska jag säga dig, men aldrig, aldrig! Det var jävligt nära ögat nyss i Bräcke, det har du hört om, va? Det känns i armen än hur det liksom drog till, släpet ställde sig på tvärn... men... jag klara dom! Jävla idioter – å utan reflexer ens på ungarna... Nu är det fan som att jag knappast törs köra i mörker, dom bara dyker opp överallt, jag har fått rena nojan, fattar du det?

Bara för att nämna några vanligt förekommande orsaker till fylleförtvivlan.

Tänker också på hur det kunde gå över styr på de där årliga firmaresorna med någon av de skinande vita lyxfärjorna, höga som hotell... Det började alltid i tjoande uppsluppenhet och med gemensamma snålvattensvälj inför smörgåsbordet – Helan går, sjung hoppfaderallanlallanlej! Och Helan knallade förstås vidare i många omgångar – och kunde sluta precis hur som helst. Hur många stora, starka karlar har inte genom åren praktiskt taget legat med huvudet i knäet på mig, totalt glömska av att jag var fru Parre, den oåtkomliga korrekta fru Parre, chefens fru eller rentav chefen själv. Gråtit och snyftat fram sina förtroenden och frustrationer har många gjort när spriten fått alla dammluckor att bågna. Till och med de mest intima och mest förnedrande sanningar har jag fått ta del av.

"Det är ingen fjong på'n längre, han vill inte stå! Lögn i helvete å få opp 'en! Och gumman förstås – hon undrar väl vad man är för en karl. Fast man vill, så duger man inte till näge längre. Han viker sig, kompisen! Det är slut nu, förstår du det? Slut!"

Och så tårarna. Och snoret.

*Och?*

Och vad då?

*Vart vill du komma? Bevisar det här någonting, menar du? Ifråga om balansen mellan kvinnor och män. Vem som har det värst.*

Naturligtvis inte. Det har jag aldrig påstått. Det är bara en av många små filmrutor som ilar förbi bakom ögonen på mig, helheten har jag inte grepp om. Vissa sekvenser tycks ha tilldelats mig, mer än så är det inte. Utom möjligen det att när jag regisserar finns pappa med som ständig statist. Han skymtar i folkhopen.

* * *

Stolta bära de högt sina ollon.

*Vad sa du? Citerar du någon?*

Nej, nej! Det bara kom... vet inte varifrån. Det var plommonlundens karlar som hastigt drog förbi, jag såg dem komma gående på rad inunder krikonträden... sidovända och lätt bakåtböjda som spände de en båge. Och kvinnorna dansade. Solen hade strålar tjocka som ekrar, men bilden förtonade och sjönk ner i alggrön skugga...

När Naja strök med var det Parre som körde.

# Fläckarna

Det är märkligt, men i dag på förmiddagen hände en mycket oväntad sak. När jag kom hembärande med min matkasse i ena handen och de inplastade rullarna med hushållspapper i den andra och precis hade skjutit upp porten med hjälp av stöveltån, kom Greger ut från fotoateljén.

”Gomorron, fru Parre”, sa han. ”Får jag störa ett ögonblick? Det är en sak jag har tänkt att fråga om. Om det kanske går bra att titta in ett litet slag?”

Jaha, tänkte jag, nu är det färdigt! Nu vill han säga upp kontraktet. Det håller förstås inte längre, det här triangeldramat!

Men jag ställde ner mina saker på hallgolvet och steg in i själva butiken där han har sin disk och hyllorna med filmrullar och papper och annat som hör till. Fotoalbum också har han till försäljning. Och ramar av olika slag. Jag har ju aldrig köpt något av honom eftersom jag inte fotograferar och inte har några foton framställda hemma hos mig, varken på hyllor eller i fönsternischerna. De som en gång har funnits har jag lagt i en kartong och ställt upp i ett av skåpen i smatten utanför vindsvåningen. Att slänga dem direkt kunde jag inte förmå mig till. Inte just då.

På kortväggen i butiken sitter en dubbel rad med olika diplom och andra bevis på konstnärliga utmärkelser. Jag for hastigt över dem med ögonen och hann uppfatta att flera var avfattade på franska, men också på engelska, tyska, italienska – eller var det kanske spanska? Där hängde också två porträtt, svartvita givetvis, Greger arbetar bara i svartvitt. Jag vet att han är skicklig och har ett gott anseende inom yrket.

"Var så god och stig in", sa han och drog undan det blågrå draperiet som skiljer butiken från själva ateljén. Jag har ju varit därinne förr, naturligtvis, det är ju mitt hus, men det var nog i samband med att han skulle flytta in för nio år sedan. Då hade vi naturligtvis att gemensamt diskutera vissa nödvändiga förändringar, det var bland annat mellanväggar som antingen skulle sättas upp eller rivas ned, badkaret skulle ut, Greger behövde ju ett framkallningsrum. Ja, det var många sådana där detaljer. Men allt försiggick smidigt och utan större problem, jag hade tillgång till duktiga hantverkare, både snickare, rörmokare och målare – som jag sedan kunde kontakta igen när jag satte i gång med min egen renovering. Förutom Bockberg då. Han är en ny bekantskap.

Nu såg jag mig omkring med viss förundran. Två stora rum i fil med en öppen portal emellan. I det yttre stod alla fotograferingsattiraljerna. Kameror och skärmar av olika slag. Lampor naturligtvis, strålkastare. Ett bord, några enkla stolar och så låga arkivskåp. Sparsamt med bilder på väggarna. Lätta gardiner som kunde dras åt sidan.

Det inre rummet var mjukare inrett, med bekväma stolar, vit matta på golvet och en bred schäslong med kuddar i olika färger. Jag såg inte så värst mycket mer, men hann tänka: Jaha ja, det är på den där schäslongen som Kattis… Och hur ska det bli nu då, hur ska jag få en hyresgäst som passar till den här inredningen? Med framkallningsrummet och alla dessa sladdar och belysningsarrangemang. Måste jag börja om igen nu…

Vi stod i det yttre rummet, han bad mig inte sitta ned utan började direkt:

”Jo, fru Parre”, sa han. ”Jag har ju hållit till här länge nu och jag måste säga att den här ateljén är alldeles perfekt för mig. Jag trivs mycket bra här!”

Håll inte på och slingra nu, tänkte jag, du behöver inte bre på! Jag vet att du tänker säga upp kontraktet. Så kom till sak!

Och det gjorde han, men inte riktigt som jag hade föreställt mig.

”Jag är ju i första hand porträttfotograf.” Jag nickade lite otåligt och tänkte på matkassen i hallen, jag hade köpt djupfrysta räkor och en knippa färsk dill som slokade innanför plasten.

”Jag har iakttagit er, fru Parre, ursäkta mig, men jag har ju inte kunnat undvika att se er så gott som dagligen under många år. Ni har stil. Och ett mycket känsligt ansikte. Min fråga är: Skulle jag kunna få be er att vara min modell för en serie porträtt som jag har tänkt mig att ställa ut i London, eventuellt också i Paris?”

Jag stod helt handfallen. Fotografera mig? Maliss? Skojade han med mig eller var han inte riktigt klok? Inte blev det bättre när han fortsatte efter att han äntligen kommit sig för att be mig sitta ner. Vi satt alltså där på varsin stol, mycket enkla stålrörsstolar med läderklädda sittdynor, men eftersom jag har ett visst sinne för kvalitet och dessutom prenumererar på en tidning för färg och form och auktionsutbud visste jag ju att det inte var vilka stolar som helst.

Greger var klädd i svarta jeans, svart polotröja inunder

en mörkt grön skinnväst, han är inte så lång och inte precis vacker, men han är välproportionerad och har ett intressant ansikte. Kanske lite över femtio... ser en liten aning härjad ut. Ögonen ligger djupt. Visst kan jag förstå Kattis, men ändå...

Allt det där hann jag konstatera i ett svep medan Greger vände sig om efter en flaska mineralvatten och två glas. Jag satt som på nålar. Vad menade han med det här? Fotografera? Jag ryste till.

”Fru Parre”, fortsatte han medan han lutade sig framåt med glaset i handen. ”Som konstnär ser jag saker och ting på ett lite särskilt sätt. Det är nödvändigt. Kanske är det inte det som människor i allmänhet tycker är vackert, som intresserar mig.”

Tack för den du, tänkte jag, och gjorde mig beredd att resa mig innan han fortsatte:

”Jag tycker som sagt att ni har stil, fru Parre, ert ansikte är intressant, linjerna är vackra och rynkorna gör att det får karaktär. Men så är det en annan sak, en känslig sak förstår jag – och nu får ni inte bli förnärmad! – jag har ju lagt märke till när jag har mött er ute på gården och vinden har fläktat och lyft undan ert hår, att ni har ett födelsemärke nedanför höger öra – ”

Jag sträckte på ryggen och stirrade på honom. *Så o-förskämt!*

”– och det är det som fördjupar och förhöjer helhetsintrycket – gör det vackra vackrare. Jag skulle vilja fotografera ert ansikte ur olika vinklar, också med håret undanfört från kinden! Jag sårade er väl inte nu?

Han måste vara bög! Han måste absolut vara bög, for det genom skallen på mig. Som uttrycker sig så vackert, så mjukt och så hänsynsfullt! Ingen riktig karl kunde väl ha sådana ord, inte i den här burdusa tidsåldern åtminstone. Men Kattis då? Jag såg ju med egna ögon… nej, jag begriper ingenting!

Jag sänkte blicken ner i knäet. Tänka sig, de här poetiska utläggningarna kring mitt häxmärke – jo, det hade verkligen känts som ett häxmärke då när jag var liten – de här märkvärdiga orden hade jag hört förr. Herr Von sa ju… Minnena kom över mig, plötsligt blev jag rörd, bet mig i läppen, visste inte riktigt vad jag skulle säga. Så brast det bara ur mig utan närmare betänkande, samtidigt som leendet också brast fram:

”Men säg Maliss, Greger! Jag heter ju Maliss. Inte kan du väl hålla på att frua mig om vi nu ska samarbeta så pass nära, eller hur?”

Utan att jag hade betänkt mig var saken bestämd.

Greger bar upp min matkasse.

”Tack, Maliss”, sa han när jag stod med nyckeln beredd att stickas in i låset. ”Tack för att du vill ställa upp för mig! Jag ser fram emot att få sätta i gång. Jag hör av mig, så vi får bestämma tid för den första tagningen!”

När jag hade bubbat in räkorna i frysen tog jag mig faktiskt en liten whisky, det händer sällan men nu gjorde jag det. Och som jag satt där omtumlad och med en aning hetta i kinderna kom jag plötsligt fram till ett oväntat men glasklart beslut:

Blir de här fotona bra, då ringer jag till Urban! Urban Bockberg.

# Glaskyssen

I mötet med Greger återuppväcktes något som efter lång bearbetning bör och ska vara glömt och begravet, och är det också. Men det var orden Greger sa, jag kände igen *orden*... Jag hade hört dem förr. Och de välvde om.

Jag vet att jag har drömt nu i natt, säkert i anledning av det. Vet att jag har befunnit mig i ett långt och livligt pågående, där bilder slår emot mig och det också hörs röster, men jag minns ingenting, kan inte håva in en enda replik, allt är ett fladder och ett otydbart mummel. När jag vaknade i vargtimmen kände jag olust och en ålande saknad med säte i trakten av mellangärdet. Jag visste och vet att drömmen hade handlat om herr Von. Genansen som tidigare hade översköljt mig vid tanken på honom och det snöpliga och avslutande intermezzot på restaurangen, som bildligt talat slängde ner mig i en grop, är ingen huvudsak längre. Snarare känner jag ett vemod och en viss, försiktigt leende tacksamhet som också inrymmer en uppriktig saknad. Han tillförde mig mycket, herr Von. Dock icke kärlek av det slag jag så gärna velat ha. Det *var* ingenting oss emellan, om man säger så! Ändå var samvaron mera sammansatt än jag förstod då jag dröp ner under nollstrecket. Allting blir väl vad man gör det till, enligt gammal visdom, men det förutsätter ett målinriktat arbete. Jag har arbetat hårt med att befria mig från mina villfarelser och ännu hårdare med att ta mig ut ur min skam och mitt självförakt. Jag har lyckats utmärkt med det förra och riktigt hyggligt med det senare. Just nu känns det så.

Hur skulle Sanna kunna veta hur stort det hade varit när hon på förekommen anledning ruskade om mig och klådde på mig för att få mig att komma upp på benen och se det hela mer realistiskt?

Hon fick väl tro vad hon ville – även i fråga om det hon senare ville insinuera – men en sak är klar: Det var aldrig fattigt! Absolut inte fattigt. Även om det var vad man kallar ingenting.

En enda gång rörde han vid mig med särskildhet. Eller närapå två... andra gången ordlöst. Förresten, som jag ser saken, skulle jag nog kunna säga *tre*, om jag räknar in glaskyssen.

*Han tog mig runt hakan med sin vänstra hand, vände mitt ansikte i halvprofil, strök undan den silvriga hårslingan som dolde de brunröda födelsemärkena och smekte dem försiktigt med höger pekfinger. Det ilade igenom mig, jag stod med blicken sänkt, mina ansiktsmuskler darrade för mycket för att jag skulle våga le.*

*"Du är vacker, Maliss! Du skulle ha kunnat sitta modell för en Vermeer eller varför inte Rembrandt eller Renoir? Ditt hår skulle ha varit undandraget precis så här, så att örat lämnats fritt. Ditt öra är mycket välformat, Maliss. Som en liten snäcka. De där... flytande fläckarna ger åt ditt ansikte en särskild karaktär av* melancholie *– eller vad säger man på svenska? Vemod! Ja. Kontrast och skönhet. Kontrasten är skönhet. Tavlan skulle ha hetat Födelsemärket. Nicht wahr, Maliss?"*

Den sträva rösten med sin karakteristiska brytning kröp in under huden på mig.

Andra gången han rörde vid mig – förutom den obligatoriska handkyssen – befann vi oss tillsammans i en utställningslokal i Stockholm. Man visade en konstfilm med en känd kommentator, det var mycket folk och bara ståplatser fanns kvar. *Vi stod strax innanför dörren, jag framför honom, han hade lagt sina händer på mina axlar, det fanns en luftspalt oss emellan och det var som om någon hade hällt en glödande massa i den buktande formen mellan våra kroppar. Jag kände hans linjer och jag kände mina egna, hur de göts i samma form. Jag kände hur jag svullnade och hur fukten kom vällande ut som ett klonk, jag bad: gode Gud, låt det vara länge, länge…*

Det där är över nu. Det tog ett år, men nu är det över. Jag har gjort mitt bästa för att sudda ut. I minnet lyfter jag aldrig mina ögon till hans ansikte och midja, jag vet ändå hur de djupa fårorna breddar ut från näsan och omringar munnen, munnen som log, men aldrig vad jag minns drogs ut till bredden av ett skratt. Jag vet bältet som löpte genom spännet av åldrat silver med en rednött profil av någon grekisk gud; det ingav mig, tror jag, mera ömhet än lust eftersom midjan det omslöt var så rörande smal! Jag följer inte nackens linje under det sammanhållna håret och inte ryggens heller – han var en aning kutig, den förfinade herr Von. Det jag inte kan förtränga och förpassa till mitt undermedvetna är hans långa, vackra händer… hur han varsamt vänder bladen i en gammal foliant. Och rösten… de där r:en…

Men det var händerna på axlarna som kom mig att flöda.

I natt kom jag till klarhet om att han finns kvar. Så som allt finns kvar som någonsin har upplevts. Jag slängde aldrig glasen. Kunde inte förmå mig till det. Jag köpte två vackra och ganska dyrbara vinglas, 1700-tal, som bara skulle användas av herr Von och mig. De få gånger vi träffades hemma hos mig för att exempelvis diskutera ett eventuellt konstinköp, bjöd jag aldrig på middag utan hade enbart små snittar och frukt och vin som jag valt ut med den allra största omsorg.

*Förlåt, Maliss, men får jag skjuta in en fråga?*

Visst. Var så god!

*Var det kärlek, Maliss?*

Till herr Von?

*Just densamme.*

Nej. Nej... Förmodligen inte.

*Förälskelse?*

Ja!

*I vad? Av vilket skäl?*

En främmande fågel i ett högre träd. Jag behövde hans ögon.

*Du uttrycker dig luddigt. Får jag be om lite klarspråk.*

Okej! Jag blev imponerad. Jag kände mig beglänst. Jag behövde kontrasten.

*Till Parre?*

Ja, till Parre och till pappa och till allt! Till allt som fanns och funnits men inte var vad jag alltid trängtat efter.

*Det var fjädrarna du såg?*

Så ytlig du gör mig! Men okej. Det var fjädrarna jag såg men behovet var djupare. Min trängtan sträckte sig högre än så. Jag ville lyfta med hans vingar!

*Stopp lite nu! Poetisera inte. Du gjorde samma misstag som den gången när du var sjutton år. Inte sant?*

Jo. Jag hade samma törst! Efter konst och kunskap – det intellektuella –

*Och samma flathet! Hade du. Inte sant? Samma undergivenhet. Samma osäkerhet i fråga om dig själv.*

Ja! Men lika jävla snäll är jag inte längre! Förresten, påminn mig INTE! Jag vill inte minnas hur det var när jag var sjutton, jag är inte redo att se den där golfbyxan igen! Den stackarn hade inte några vingar… Ingen av dem hade några vingar!

*Inte herr Von heller?*

Nej. Inte för min räkning. Vingar får man nog hålla sig med själv.

Det kunde ha varit Sanna som ställde mig mot väggen med de här frågorna som jag nu ställer mig själv. Hennes upprördhet var absolut spontan den där hemska kvällen och lång tid efter, så pass att hon glömde sin skolning i psykologi och bara klådde på. Hon ville mig väl med sin utmålning, men vad hjälpte det i sak? Hon var för ung och oerfaren för att praktiskt kunna sätta sig in i att det tar tid att återupprätta en djupt sårad självkänsla, det tar tid att ruska av sig skam och förödmjukelse. Själv skulle hon säkert inte ha känt någon skam, hon skulle förmodligen ha blivit heligt förbannad. Men jag tillhör en annan generation med andra koder, andra värderingar och signalsystem. Felet var hur som helst mitt. Jag hade själv skrivit och regisserat pjäsen och när ridån drogs undan och verkligheten avslöjades fick jag en chock, som till lika delar bestod av besvikelse och skam. Hur kunde jag ha varit så enfaldig?

Nu efteråt ser jag förklaringen som mycket enkel. Jag hade sett det som inte fanns att se, jag hade hört det som aldrig hade blivit sagt, därför att *jag så gärna ville leva i förälskelsens olidliga spänningsfält.* Jag ville ha någon att beundra, någon att höja mig till, jag ville låta mig bedåras, ville vara utvald och bli lotsad in i en annan värld. En intellektuellt högtstående värld av kultur och förfining med en djupdimension som aldrig varit min och som jag i sanningens namn inte skulle ha orkat leva upp till annat än tillfälligt och även då under viss ansträngning. Vilken katastrof det kunde ha lett till om det hade gått längre än det gjorde, betänkte jag aldrig. Hur som helst tydde jag signalerna fel.

De där glasen... Ja, herregud! Vi satt vid lilla bordet i burspråket, det var den kvällen då jag hade bestämt mig för att köpa en sedan länge önskad och beundrad akvarell av Lars Lerin. Den fanns reserverad för mig genom herr Vons förmedling. Jag hade tvekat eftersom den betingade ett tämligen högt pris, men nu låg checken utskriven på sekretären. Jag hade anledning att fira mitt beslut, och som vanligt tänkte jag: Hur kan det vara möjligt att detta händer mig? Levande ljus i silverstakar, snittar med krabba, vinet kylskåpskallt. Herr Von hällde upp i de höga glasen. Jag sa: Välkommen! Och tack för hjälpen! Vi skålade och drack, såg varandra i ögonen, och ställde försiktigt ner glasen på duken, log mot varandra – då gjorde han plötsligt något helt oväntat: med sina händers elegans men med mycket långsamma rörelser lät han glasen byta plats, han flyttade dem så att hans blev mitt och mitt blev hans och han vände dem så att vid nästa klunk skulle avtrycken av våra läppar komma att beblandas med varandra! Jag skulle känna hans avtryck som vore det en kyss, en beröring av hans mun. Och likadant för honom, vi skulle mötas i en glaskyss tvärs över bordet. Jag var matt av lycka. Livet var en fest! En fest med vin och silverbestick, flämtande ljuslågor och den stora akvarellen med den snöfläckiga sänkan och de vita björkstammarna hängde i andanom redan på min vägg och var alldeles rätt!

Stunder av lycka är värda att bevara även om det kraschlandar efteråt. Jag lät mig i alla fall inte solochvåras! Absolut inte. Det handlade inte om det! Där protesterar jag *bestämt* – även om Sanna ville antyda något åt det hållet.

# Västgötaklimax

Lika bra att låta tankarna gå vidare och få det undanstökat. Jag var en idiot. Länge, länge har jag bearbetat skammen, och nu är jag äntligen fri och oförbittrad.

Herr Von heter eller hette – för mig existerar han nu enbart i *imperfektum* – i själva verket Hermann von Sager. Konstkännare, konst- och antikvitetshandlare. God föreläsare och kursledare i konsthistoria. Det var Sanna som satte på honom namnet herr Von. ”Herr Von med sin fåniga ponnytail”, brukade hon säga. Hon gillade honom inte, men förnekade inte hans kompetens, hon gick med på en del av hans föreläsningar när hon bodde hos mig.

I drygt två år hade jag samröre med honom, dels genom kurserna, dels privat. Jag upplevde det som att han hade intresse för mig, inte enbart som adept utan som kvinna. Jag brukade titta in då och då i det gamla huset vid ån där han hade sin konst- och antikvitetshandel. Det var mycket trångt där, i de inre environgerna hade han lagerutrymmen och en trappa upp fanns tydligen en bostad. Jag besökte den aldrig, den kan inte ha varit stor.

Han visade alltid stor glädje när jag kom, kysste på hand och bjöd oftast på ett glas sherry. Jag för min del var helt fascinerad av hans person och hans livsföring, han mystifierade mig och lockade mig och jag blev snabbt förälskad på ett bävande sätt. Jag byggde upp fantasier, gränslösa fantasier om hur vi två skulle kunna resa ut i världen, njuta av konst, arkitektur, musik och av varandra. Han hade ju kunskapen, jag hade pengarna. Allt gick stillsamt framåt, men enligt min uppfattning gick det ändå framåt. Jag bar på den förvissningen som på ett hemligt smycke, insvept i silke i en lika hemlig ask.

En dag när jag tittade in, sa han helt oförmodat att han gärna ville få bjuda ut mig på middag dagen efter – förresten sa han nog supé, om jag minns rätt.

"Det är något jag gärna vill tala med dig om, *liebste* Maliss", sa han, och hjärtat gjorde en volt i bröstet på mig. Äntligen! Han hade aldrig bjudit ut mig eller bjudit mig på något annat än sherry. Det måste handla om något särskilt, och vad annat än det som jag länge hade anat och hoppats på?

Det är onödigt att jag än en gång gräver mig igenom allt det här, jag har vridit och vänt på det hela så många, många gånger, pendlat mellan ilska och skam och stort självförakt. Gammal, enfaldig, oattraktiv, dumpad, dum, fjäskig, löjlig, lättimponerad osv. osv. Alla epiteten och fler därtill har jag klistrat på mig själv i tjocka lager. Helt i onödan har jag nu förstått att *skulden var inte min,* inte enbart min, herr Vons uppträdande var knappast *otadligt,* för att nu använda ett uttryck i hans stil.

Jag gjorde mig så fin jag kunde den där bedrövliga dagen. Ansiktsbehandling först och på eftermiddagen givetvis ett besök hos Ebba och Kattis. De vädrade genast att något var på gång och försökte luska ut vad det handlade om med hjälp av diverse knep, men jag lät dem undra! Jag seglade ut, omgiven av spraydoft och med ett leende på läpparna, njöt av att för en gångs skull få vara lite mystisk. Jag tror att jag prövade minst fyra olika omgångar kläder.

Vad vi åt minns jag inte, jag var så nervös, men jag tror det var fisk. Vinet minns jag som svalt. Jag satt mest hela tiden med nedslagna ögon och undrade lite hur han skulle säga det, förmodligen i gammaldags ordalag... och om han kanske hade köpt en ring, kanske tagit ut någon av de gamla antika som han hade i affären, jag hade beundrat en med pärlor, det visste han om... Efter sorbeten, medan vi läppjade på efterrättsvinet, tog han äntligen till orda. Böjde sig fram över bordet, log och såg mig djupt in i ögonen.

"Maliss", sa han, "du är min bästa och käraste väninna i den här staden, ja i hela det här landet! Du har kommit att stå mig *mycket, mycket* nära."

Jag drog efter andan och log försiktigt, förmodligen blygt och med slutna läppar.

"Därför ville jag att du skulle få bli den första att ta del av den stora nyheten som kommer att förändra hela mitt liv."

Nyheten? Nu spärrade jag upp ögonen, kände mig en aning frågande... Han gjorde en rörelse med handen mot innerfickan på den obligatoriska linnekavajen och jag virvlade runt i en centrifug, medan tanken blixtsnabbt såg framför sig ringen – nu tar han fram ringen, ett etui... och jag... Då fortsatte han, samtidigt som han tog fram ett långsmalt kuvert:

"Jag ska gifta mig, Maliss! Min fästmö har återvänt från USA och vi ska öppna ett gemensamt galleri i Stockholm – du ska få se henne på foto, jag har det här i kuvertet, hon är fransyska, en mycket vacker kvinna... konstnär själv, hon är skulptris..."

Jag tror inte att jag uppfattade någonting av vad han sa. Jag var som en katt nedsänkt i en vattentunna, förutom det att jag inte förmådde ruska på mig. Öronen var tilltäppta, det susade i dem medan andningen tilltog. Viljelös lät jag fotografiet skjutas fram under ögonen på mig och trots att jag ryggade tillbaka kunde jag inte undgå att skymta ett, i jämförelse med mitt, mycket ungdomligt ansikte med stora ögon, toppat av ett svart spretigt, hår, kort *à la mode* och oregelbundet klippt.

”Hon heter Yvonne S:t Clair”, hörde jag honom säga någonstans borta i dimman, ”och vi skulle så gärna vilja att du kom till invigningen av Galleri Les Trois – det ska ligga på Södermalm och kommer att bli ett galleri *exclusive*, något alldeles unikt!” Plötsligt ändrades röstläget, tonen blev densamma som han brukade använda på sina föreläsningar, fastare, distinktare och mer övertygande: ”Und – meine sehr geehrte Frau Parre – meine liebste Maliss – med det stora förtroende jag känner för dig som konstälskare och driftig företagare tvekar jag inte att ta steget fullt ut och erbjuda dig att gå in som delägare, som en av oss! Som Unsere Beschützerin – vad säger man på svenska? Vår beskyddarinna! Det vore en heder för oss och en god affär för dig...”

Då först kom jag tillbaka till mina sinnen. Jag reste mig vacklande, sköt undan stolen med en viss häftighet och råkade därvid stöta till bordet så att glaset välte och det söta, röda vinet spred sig över duken, mumlade ”ursäkta mig” och störtade ut som om jag var tvungen att spy i rödaste rappet. Och det var precis så jag kände mig.

# Sanna

”Herr Von? Nej!”

Så viskväste hon vid kinden på mig senare samma kväll, när jag hade kommit hemsnubblande från restaurangen så skamsen och så upprörd, så arg och så förtvivlad att jag inte hade märkt att min vackra sammetssjal glidit av mina axlar utanför lägenhetsdörren, och inte nog med det; jag hade fumlat runt i väskan efter nyckelknippan, kom inte ihåg att jag helt lättvindigt stoppat den i fickan när jag låste upp porten där nere. Så brukar jag aldrig göra, var sak på sin plats har alltid varit min princip. Eftersom spöket med det spetsnästa namnet ”Börjar du bli gaggig?” dessutom har fått en tendens att dyka upp lite då och då, har det blivit allt viktigare att hålla sig till fasta vanor ifråga om nycklar, glasögon, kontokort m.m. Men nu ville jag bara komma in och undan fort, fort, fort. Fick lov att vräka ut delar av väskans innehåll, läppstift, kam, näsduk och spegel och vad det nu var, och så bubba tillbaka alltihop igen, när jag kom på att visst ja – och trevade i jackfickan! Så kom det sig att även plånboken i hasten kom att hamna utanför på golvet, tillsammans med den körsbärsröda sammetssjalen.

Sanna gav sig inte när hon kom hem efter sitt sena kvällspass på sjukhuset och höll på att snubbla på effekterna utanför min dörr. Hon ringde på gång på gång, ihärdigt, bultade också och ropade mitt namn upprepade gånger och med allt högre röst. Hon skulle inte ge sig, jag visste att hon skulle ringa efter en låssmed, eller till polisen om inget annat hjälpte. Så jag öppnade till sist. Som jag ställt till det och som jag såg ut. Åh, Gud vad jag skäms bara jag tänker på det!

Jag minns att jag hade sparkat av mig skorna, slängt kappan på en stol, rusat in i mitt stora vardagsrum och hakat ner alla de nya tavlorna, lutat dem mot väggarna med baksidan utåt. Likadant i matsalen. Där tog jag också fram de vackra 1700-tals glasen ur vitrinen, bar in dem i köket i akt och mening att krossa dem, men hejdade mig, ställde ner dem på bänken och började vråla rakt ut, så att det sved i halsen, och bulta med knytnävarna i diskbänksplåten. Tills att jag föll ihop. Det var som om hela livssmärtan bröt ut. För en bagatell.

När Sanna blev insläppt hade jag ingenting på mig utom badrocken, jag hade suttit hopkurad på golvet under duschen jag vet inte hur länge, håret hängde blött i tunna, gråa testar, jag frös så jag hackade tänder, måtte ha sett för bedrövlig ut. Samtidigt var jag skrämd av mitt häftiga utspel. En gång tidigare i livet hade jag upplevt hysterins förfärande orkan, som bara tilltar och tilltar... Jag var hjälplös som ett barn.

Sanna tog av överkastet och ledde mig till sängen, letade fram ett nattlinne och en varm, mjuk handduk, frotterade mitt hår och stoppade om mig. Visste ännu ingenting om vad som hade hänt, men satte sig på en stol bredvid sängen, höll min hand och väntade ut mig.

Jag var tvungen att hacka ur mig hela historien, bit för bit, eftersom Sanna var mycket bestämd, hon nämnde ord som chock, kanhända en liten stroke, började tala om ambulans och akuten... För någonting så löjligt! Så jag fick lov att berätta, ville det också, jag ville få anförtro mig. Jag ville få knåda ihop och kavla ut sammanhanget inför en annan människa så att det skulle kunna bli någorlunda begripligt och överblickbart också för mig själv. Redan medan jag snyftade fram min historia började jag inse hur bagatellartad den faktiskt var jämfört med livets stora tragedier. Jag hade ju fått del av sådana också. Och då skämdes jag ännu mer. Gamla tossa! Som hade blivit så tokförälskad. Som hade inbillat sig... som hade väntat sig... höh! En förlovningsring! Med pärlor. *Flicka med pärlörhänge.* Nicht wahr?

Jag nämnde visserligen ingenting i detalj till Sanna om mina förhoppningar, tror att jag sa att jag kände mig så löjlig, så dum, att jag hade trott att han också... hade känt något för mig... men han... nu skulle han gifta sig med en ung, nå, relativt ung fransyska, ville bara ha mig som något slags kompanjon i deras konstgalleri!

Egentligen vet jag inte riktigt vad jag sa, men jag tror att hon begrep det mesta. Hon såg väl också att jag hade kräkts, det kom lite på mattan utanför badrummet, jag hann inte fram.

"Men Malissagumman..." Hon klappade min hand och smekte mina kinder.

"Den där fåniga herr Von, som går omkring och försöker se ut som något slags tragisk konstnärssjäl från anno dazumal, renässansmänniska typ – eller nånting i den stilen. En självupptagen blekfis, det är vad jag tycker. Okej, han är en bra föreläsare, men var sitter det attraktiva hos honom? Jag tycker han verkar bögig jag, med den där töntiga hästsvansen! Och den där lilla tofsen mitt på hakan. Nää, vet du vad, han är absolut ingenting att ödsla tårar på! Du är för bra för det, Maliss! Du har så mycket annat... Nu ska jag brygga te och rosta lite bröd! Du måste ha värme och sen ska du sova."

I dörröppningen vände hon sig om och sa: "Förresten tror jag inte han har så mycket att bjuda på! I byxorna, menar jag!"

O, att använda så grova ordalag om någonting så finstilt! Ibland är Sanna lite för *avant garde*.

Å andra sidan: Hur skulle Sannaflickan kunna veta hur lycklig jag var den kvällen då vi växlade en glaskyss tvärs över bordet, herr Von och jag? Sådana saker kan ingen begripa, det går inte för sig att i ord förmedla något så... eteriskt. Så subtilt.

Någon tid senare, kanske efter en vecka, då jag under Sannas dagliga tillsyn hade sovit ut och gråtit ut, ätit och druckit det jag som nödvändigast behövde, hade hängt tillbaka tavlorna och tvättat bort kräkset, men vägrat att gå utanför dörren eller svara i telefonen, lät Sanna mig i oförblommerade ordalag ta del av sin åsikt om herr Vons agerande. Det hade varit bättre om hon hade låtit bli.

Att herr doktor Hermann von Sager under en längre tid med utstuderad beräkning och total känslokyla skulle ha utnyttjat mig i ekonomiskt syfte, vägrar jag absolut att tro. Det skulle krympa ihop mig till en muslort och ta ifrån mig också det jag behöver få ha kvar. Och det tillåter jag inte!

# Mareld

Tänka sig bara: jag ska hänga i Paris! Jo, det ska jag.

Min profil ska hänga i London också. Redan nästa år, troligtvis.

Det är farligt att överdriva och att uppförstora betydelsen av saker, jag aktar mig för sådant numera, men det känns som om det börjar röra på sig och ljusna lite grann. Då menar jag ljusna över den inre horisonten, utanför tjocknar mörkret mer och mer för var dag som för oss närmare vintersolståndet, men rätt vad det är, precis som jag går och står här i något av mina rum eller strövar omkring på måfå i gallerian kan det plötsligt klicka till inuti mig, det fladdrar och hoppar som av en lätt lustighet. Samtidigt är det som att ett svagt blinksken skämmar till djupt framme i mynningen av tunneln, svårt att beskriva, möjligen kan jag tänka mig att likna det vid mareld. Inte för det att jag har sett ett sådant fenomen i verkligheten, bara läst om det... men själva ordet är så skrämmande och vackert. Det eggar fantasin.

"*Once upon a time...* Det var en gång en liten flicka som såg marelden blomma. Blommorna låg som stjärnor på vattnet, de gnistrade och glimmade som nedfallna från himlen och hon skörtade upp kjolen och gav sig åstad för att plocka en bukett. Mörkret hade fallit men marelden lyste och den lilla flickan steg frimodigt ut från den gråa stenen, blötte sina tår och prövade försiktigt det allra första steget. Hon trodde så säkert att hon kunde gå på vattnet och se – så märkligt var det att vattnet bar. Fältet med mareldens blinkande blommor låg ett stycke ut till havs, men flickan gick stadigt med blicken framåtriktad och snart var hon framme och böjde sig ner för att bryta första blomman till sin vackra bukett. Då såg hon plötsligt att allt var bara slem, alger och slem, hon brände sin hand när hon sträckte den mot stjälken, knäna vek sig inunder hennes kropp och hon sjönk ner i djupet... "

*"Vad hände henne då?"*

"Jo, havsängeln kom simmande och drog henne i land. Sedan låg hon länge och flämtade i sanden, hon grät lite också innan sömnen kom tassande uppifrån skogen och lade sig värmande nära hennes kropp, smekte och vaggade henne till ro. När solen gick upp vaknade flickan och såg att hon hade en blomma i handen. Den var bruten och vissnad men en liten knopp var ännu friskt bevarad. Blomman hette Tro."

*Var det Mamina som berättade sagan för dig?*

Jag vet inte. Jag tror inte det. Hon var lite skygg för det religiösa, Mamina. Förresten är det inte lätt att veta var alla sagor kommer ifrån. Man diktar kanske ihop dem själv, rätt upp och ner, för sin egen skull. Hela tillvaron är ju byggd på sagor!

Fotograferingen gick i alla fall bra. Jag behövde inte göra mig till särskilt mycket och absolut inte småle eller fåna mig på något annat sätt. Greger var bara intresserad av mitt ansikte och av halsen och örat, ett i taget. Det handlar om linjerna, sa han. Hållningen. Skallens uppbyggnad under huden. Han vred mitt huvud så som han ville ha det, dirigerade min blick i olika riktningar och var mycket omsorgsfull och mycket, mycket tålmodig. Jag har fått omvärdera honom ganska rejält, han är absolut ingen tönt! Han kan sin sak, spillde inte många ord medan han arbetade. På en del bilder fick jag stå framför fönstret med den tunna gardinen halvt fördragen, i andra tagningar skapade han ljuset med hjälp av olikfärgade lampor och skärmar. Skuggningen är viktig. Han använde sig av en hårborste av silver och inte ett ögonblick betvivlade jag att den var absolut ren. Läppstiftet ville han lägga på själv, använde ingen mascara men pudrade mig lätt. Det var inte obehagligt! Allting kändes ytterst seriöst. Det handlade om konst. Jag tror inte jag tänkte på Kattis en endaste gång.

Jag har sett resultatet nu. Fattar inte att det är mig själv jag ser. Att bilden är jag och att jag är bilden. Jag tror inte heller att det verkligen är så. Den konstnärliga bilden av mig är mer än jag och ändå inte helheten. Naturligtvis inte.

Greger är mycket nöjd, talar om eventuellt fortsatt samarbete. Men på en punkt har jag varit bestämd från första början: jag har absolut förbjudit honom att hänga ut mig i skyltskåpet innanför grinden och inte på biblioteket heller! Jag vill inte på några villkor bli uthängd här där folk känner igen mig. Men gärna i Paris, gärna i London, där är bilden en bild, ingenting annat.

* * *

*Maliss, hör på nu... du glömmer väl inte ditt löfte? Om fotona blev bra skulle du ringa till Bockberg.*

Ja, jag vet det.

*Tvekar du?*

Det är bara det att det inte känns så angeläget längre! Två veckor har gått, han har inte hört av sig och allt har kommit liksom på avstånd. Jag klarar mig bra ändå.

*Utmärkt! Avstånd är bra. Oangeläget är bra! Klarar sig är ändå bättre. Då är det läge att ringa, Maliss. Enkelt och självklart. Utan skam och utan risktagande. Det blir som det blir.*

Ja, jag vet det. När jag kan fnysa genom näsan och samtidigt le medan handen klottrar halvmeterhöga, svepande versaler runt alla mina väggar som tydligt annonserar i osynlig skrift (jag vill ju inte förstöra den äggskalsvita väven): Jag är jag! Jag är tillfreds i mig själv. Jag är inte beroende. Och jag behöver absolut ingen man! Då är det verkligen läge.

*Tycker det låter som ett credo av en coach i feministisk livskrishantering. Men är det sant, Maliss?*

I princip: ja. Men nej! Längst ner på golvsockeln skulle jag i sanningens namn ändå vilja skriva med mycket små, men fullt synliga bokstäver: Jag längtar efter dig, vem du nu är. Jag skulle vilja somna i sanden värmd av din kropp och vakna leende med en knopp i handen…

Innan alla sagorna har lämnat mig därhän.

## Vykortet

Det är söndag i dag. En söndagskväll i november. Veckan ligger framför. Inga stora bekymmer. Egentligen har jag det ganska bekvämt...

*Försök inte, Maliss! Nu eller aldrig. Ring nu! Hör du det!*

Njaa, neej – jag vet inte...

*Fegpotta. Du lovade dig själv och nu ringer du! Det gäller väl inte elektriska stolen heller? Vad har du att förlora? Va? Putt, putt, putt!*

Okej då!

"Urban Bockberg."

Han lät bestämd på rösten. Mitt hjärta bultade kännbart, jag blev torr i halsen, harklade mig lite:

"Jo – eh – Förlåt om jag stör, men det här är Maliss! Maliss Parre. Jag tänkte bara –"

"Åh – har du fått kortet?" Nu lät rösten glad.

"Kortet? Neej... Vilket kort?"

"Jag skickade ett vykort från Fuerteventura, det är nog en tio dar sen, men postgången, du vet – jag har varit där en vecka med min dotter och barnbarnen! Tänkte att jag skulle ringa innan jag åkte, men jag visste inte säkert, det kanske hade verkat påfluget..."

Orden lade sig mjukt som en dunboa kring axlarna på

mig. Han hade alltså varit bortrest! Nu gällde det att ta det lugnt – *easy, Maliss – easy*, och välja rätt ord så att ingenting förstördes.

”Påfluget? O, nej nej! Det blev ju så tokigt när du var här och jag har inte ens ringt och tackat för blommorna – och badrummet, det är alldeles underbart, jag tänkte att du kanske – ja, att du kanske kunde göra om besöket – om du vill förstås?”

”Självklart! Jag är glad att du ringer, jag visste inte riktigt om jag skulle våga, men –”

”Hur har du det på fredag till exempel? Eller på lördag?” (Var jag kanhända för het på gröten nu?)

”Tack, det passar vilket som, jag kommer gärna på fredag!”

”Klockan sju? Jag lagar lite mat!”

Nu märkte jag själv hur mitt röstläge hade förändrats under samtalets gång, det var nästan löjligt så jag mjukade, kuttrade nästan, som om jag i hasten blivit tjugo år yngre.

”Då tar jag med mig lite vin – såg ju att du har så vackra glas!”

”Okej, vad bra! Är det nånting du inte tål att äta, bäst att fråga – ”

”Nej, nej, det är inga problem. Och jag har ju ätit hos dig förr!”

Plötsligt var allting så enkelt och naturligt, som om vi hade känt varandra både länge och väl, och –

*Ajajaj! Ta det lugnt nu, Maliss, dra för helskotta inga växlar!*

Medan munnen ändå log försökte jag svälja så ljudlöst som möjligt, det tog väl en sekund innan jag sa:

”Då är du välkommen! På fredag. Klockan sju. Men du

– ta inte med dig några blommor den här gången! Jag har torkat rosorna jag fick, de hänger från gardinstången.”

Ett lågt skrockande i luren.

”Men då behöver du väl några som är färska!”

Jag kände att jag rodnade. Det jag sa om rosorna var ju nästan en kärleksförklaring. Men så underbart det kändes att höra ordet Du och att säga ordet Du. På det där intima sättet. Du – jo du – Urban!

Eftertankens kranka blekhet inställde sig naturligtvis. Den kom som ett skott så snart jag lagt på luren.

Vad har jag ställt till med? Jag, den respektabla fru Parre. En kvinna med stil och integritet. Snart sjuttiotre. Jag beter mig som en toka! Vad ska det kunna bli av det här – han är säkert mycket yngre också... han är nog inte pensionerad – jo, det kanske han är –

*Nu är det faktiskt inte ett bröllop det handlar om, Maliss. Förstora inte upp saker och ting! Hör du det! Ta det för vad det är. Förmodligen blir det bara en flopp, än sen då? Ligg lågt.*

Jaja. Jag vet. Jag ska inte lägga för stor vikt vid det här mötet. Det är bara en chansning. Ett försök. Men det är första gången – frågan är väl om det inte är enda gången – som jag verkligen vill, vill med *kroppen* för min egen skull. Och jag skulle så gärna vilja vara... försonad med mig själv. Då. När han kommer. För att kunna unna mig att känna och vara glad och fri.

Söndag (kväll). Måndag. Tisdag. Onsdag. Torsdag. Fredag? Fredag kan jag inte räkna med som utredningsdag.

Och jag har ett långt stycke kvar av vägen jag ska gå.

# Kåken

Jag ligger i mörkret. Natten till den 6 november 2007, som är en tisdag. Jag ligger på rygg med uppåtvända handflator, försöker beslutsamt att åkalla NU och vara i NU, totalt avslappnad och lugnt mottagande, jag har ju medvetet tränat på det sedan en längre tid. Men i natt tycks det omöjligt att mobilisera nödvändig koncentration. Kroppen är otålig, ryggen pockar på att jag ska lägga mig på sidan. Skjuta upp axlarna och krypa ihop. Det susar omkring mig. Brusar i huvudet. Jag har ännu inte tagit min lilla tablett, kanske gör jag det senare... I natt klarar jag inte av att balansera på den smala, upphöjda sandvall som är NU. Sanden är för lös, den tränger in mellan tårna och sjunker under hälarna, gång på gång glider foten och jag hamnar i vattnet. Dyningarna tar mig och jag låter det ske.

Sovrumsfönstret står på glänt, jag kan höra trafiken rusa förbi, men den är behagligt gles, nästan trivsamt lugnande så här i början på veckan. Långa intervaller. Ibland slänger ljuset från någon strålkastare in snabba blinkningar mellan persiennspringorna. Små, små tecken av pågående liv. Till stjärnorna är det obegripligt långt. Och människan *är* liten. Man kan undra vilket ärende hon har här på jorden...

Kommer ihåg hur jag lärde mig att ljuset är snabbare än ljudet. Det var i byskolan hemma. En av pojkarna blev utkommenderad till ett grindhål cirka hundra meter bort, medförande en plåthink och en hammare och tillsägelse om att vända hinken upp och ned. Vi övriga, kanske ett tjugotal, stod hopträngda innanför de öppna fönstren i skolsalen. Experimentet gick ut på att vi skulle anstränga oss noga att lägga märke till den lilla men dock faktiska tidsskillnaden mellan det att hammaren träffade plåthinkens botten och att ljudet av slaget nådde våra öron. Jag antar att det fungerade, minns inte, men kunskapen om ljusets hastighet i förhållande till ljudets har blivit bestående.

Människotanken är snabbare än ljudet och ljuset och är den allra friaste, den har inga gränser som är utsatta och kodade på förhand. Tanken flyger hit och dit, kors och tvärs, den borrar sig in, den hoppar, den är på olika platser och i olika tider med så snabba förflyttningar att det tycks som vore det på en och samma gång. Tanken flätar ihop och reder ut, knycklar ihop små bollar som bultar bakom pannbenet. Långa filmsekvenser ilar förbi, hela romaner låter sig skrivas i intervallet mellan det att nattlampan släckts och sista spåret på cd:n klingat ut. Så ligger jag och tänker medan sanden rasar under mina fötter och jag bara följer med.

Mitt nu kan inte tvinga mig. Jag får vara var jag vill. Jag kan vara var jag vill. Jag ligger i min sköna säng av ull och tagel och ändå är jag där, inne i töcknet... Att inventera kärlek är visserligen ett hopplöst företag, ändå står jag här. Utanför *adressen*.

En storvuxen lind med svartnat grenverk förbarmar sig över den grindlösa öppningen i planket – om det nu är ett plank eller delvis en häck... jo, en spretig häck bakom en staketstump leder fram till hörnet mot Järnvägsgatan, den är ljusgrön om våren, men då ser jag den sällan. Jag återkommer hit lite då och då, det är visserligen inte vinter jämt men oftast är det snöslask de gånger mitt till synes meningslösa utredartvång, eller vad det nu handlar om, drar iväg med mig hit och ställer mig här för att stå en stund och glo. Kanhända gå in... Kanhända den här dagen att jag verkligen går in och försöker känna efter. Hur han. Hur han och jag. Hur han. Ensam.

Med händerna djupt nere i trenchcoatfickorna står jag där som en våtblank staty med inåtvända ögon medan bilderna passerar och de lagrade sinnesintrycken småningom väcks till liv. Jag hör det skrikande ljudet i osmorda gångjärn och ser dörren i dasslängan skjutas upp inifrån, och jag vet att det är han, min pappa, som stiger ut på trappan. I doften av de blötbruna bräckta fjolårsstänglarna längs insidan av planket och i eftervinterns blågråa svävning mellan mörker och ljus, ser jag honom stå där och ännu dröjande i dörrhålet träda den mjuka tampen genom svångremsspännet och dra ihop med en knyck. Sedan vänder han kroppen ett halvvarv åt vänster, fångar åt sig haspen och lägger den i märlan. Innan han lunkar mot ingången till kåken, blir han stående stilla några ögonblick, tittar sig omkring, lyfter huvudet och spanar upp mot den bleka himlakupan ovanför hustaken, som om han spekulerade kring morgondagens väderleksutsikter. Samtidigt trevar han i blåblusfickan efter snusdosan, lägger in en pris och spottar i riktning mot en smutsig sträng av sönderfrätt snö som dröjt sig kvar i kylan längs väggen där också vattenpumpen och slasklåren står. När det är gjort går han in. Det är dags att ta kväll.

Om jag är tretton fyllda är han femtiofyra. Och vad har han för slags liv? Hur kan jag veta det ur hans synvinkel sett? Och åligger det mig att ha ansvar för den saken?

Under de där avundade realskoleåren gick jag och läste för en präst i stadsförsamlingen, en djupt andlig man. Han öppnade portar av hög helighet som jag ville bli värdig att skrida igenom. Med innerligt allvar talade han om den rena vackra kärleken, familjen, äktenskapet. Det andra budet och det sjätte bet sig in i mig med särskild intensitet, inte så mycket det sjätte ännu vid den tiden, men det andra desto mera, det skavde och gav skuld. *Du skall hedra din fader och din moder på det att det må dig väl gå.* Vilket betyder att osv. Du ska älska osv.

I församlingshemmets undervisningsrum för konfirmander fanns en låda av papp med en springa i locket som man kunde sticka små anonyma frågelappar i. Jag skrev en sådan lapp och frågan jag ställde plågar mig än: ”Kan Gud förlåta den som inte älskar sin pappa?”

För jag älskade inte, det kan man inte säga. Men nog hedrade jag.

Var han älskad av någon över huvud taget? Inte av Mamina, den saken är klar.

”Jag har aldrig tyckt om en”, sa Mamina, ”men vad hade man att välja på när man blev ställd på det viset? Han skulle väl haft bättre förstånd han, som var gamlare än jag. Nästan tio år gamlare! Och vart skulle jag ta vägen? Med en barnunge? Så det fick ju bli så då.”

Senare sa hon när vi gick hand i hand utmed stengärdsgården hemma:

”När du blir stor du med, Malissaflickan, då går jag!”

Men vart skulle hon gå?

Den här gatuadressen är inte en plats jag vill befinna mig på eller någonsin har längtat till.

Den gamla grågula tvåvåningskåken med avflagnad rappning och bruna fönsterbågar ligger platt mot marken med sin nedsjunkna trappsten framför dubbeldörren. Jag avskydde den dörren och farstun innanför. Unken, alltid unken luktade den såpa, uppflasad korkmatta och kaffe kokt på sump. Kanske också kålsoppa, men möjligt är att jag läste om kålstank i ett gammalt trapphus i någon rysk roman och sedan överförde den till min egen minnesbank; ibland är det svårt att hålla det lästa och det upplevda isär.

Men att nyckeln hängde naken i skrubben under trappan, det är visserligen sant. Sant är också att brevlådan var brun med en liten nyckeldörr och vertikala springor i plåten så man kunde se om det kommit något brev. Så vitt jag kan minnas låg där aldrig något, förutom en och annan välkomnande inbjudan från Frälsningsarmén i kvarteret längre bort, eller ett besked om att sotning skulle utföras på utsatt dag och tid.

"Det skiter vi i så lite som vi eldar", sa pappa och stack papperslappen i spisen. Den från Frälsningsarmén fick gå samma väg, dock utan kommentar.

Vågar jag nu äntligen öppna dörren slår tristessen emot mig omedelbart och jag ryggar tillbaka, särskilt för lukten från slaskhinken, som hur den än må skuras aldrig blir fri från sin inbitna pisslukt. Också ögonen plågas av ohemtrevligheten, kalt, fult och trist, brunmurrigt och nednött. Vatthink och slaskhink, en zinkplåt utan vask och i skafferiet, kallat skåpet, kilar glänsande små djur som heter silverfiskar. Ingen Mamina. Nej, ingen Mamina och inga mammadofter, inga mammahänder, ingen mammavärme och inte något småprat som bubblar i grytan.

Men det är inte Mamina det handlar om när jag blir

hitstyrd i tanken gång efter annan. Inte heller om mig själv, jag behöver sannerligen inte beklagas! Frågan är om ens pappa behöver mitt tvångsmässiga medlidande. Han beklagade sig aldrig, aldrig med ett ord, inte med en stavelse. Även om jag menar att han hade det för jävligt! Nu, efteråt, i det relativt långa tidsperspektivet ser jag det så och undrar: hur kunde han leva på det viset? Hur orkade han? Ådrorna ringlade som ormar på armarna, han hade lätt att droppa svett, skitiga blåkläder, unicaboxen med smörgåsar och kaffe, stora arbetshandskar och öronlappar mot den bitande kylan, mat i glasburkar som Mamina skickat med, fotogenkökets susande, ensamma kvällar med Aftonbladet, avlöningskuvertets tunna bekräftelse vecka efter vecka, år efter år... Men hur jag än lyssnar med inåtvända öron hör jag inte någon klagan.

Alla inomhusscener passerar i tystnad, jag hör sällan några ljud, undantagandes prasslet när tidningssidan vänds och slamret av gångjärn när spisluckan stängs efter sista vedpinnen, det är kvällens ljud. Uppvaknandets ljud, som är stingsligt oválkomna, består av strilandet i slaskhinken och mumlet genom väggen från grannarna omkring oss, liksom knarrandet i trappan från grannen ovanför, då är klockan sex. Spritköket pumpas, fotogenlukten kväljer. Jag känner kaffedoften, hör smörkniven skrapa och kaffeflaskan gurgla. Unican görs klar. Om det inte är svinkallt tänder han inte i vedspisen innan han ger sig iväg till bygget, men han ställer en kopp kaffe och en bulle framför min säng. På en fyrkantig björkpall som kallas taburetten. Det är en kärleksgärning. Men han säger ingenting, möjligen "ja hej då" innan dörren stängs.

Varje morgon, när jag har pinkat på hinken, tvättat mig i det gulemaljerade handfatet och gjort mig i ordning för skoldagen, går jag ner på knä och ber till Gud om kraft. Jag kämpar ensam, jag såväl som han, men den enas kamp liknar knappast den andras.

I drygt fem år bodde jag, MariE-LoUisE Lundgren, med det egenfunna namnet Maliss, på den där adressen. Tillsammans med pappa. Underställda fattigdomens villkor bodde vi där i främlingskap och tystnad. Enstavigt och blygt, respektive kärvt, växlade vi de nödvändigaste orden som måste bli sagda av praktiska skäl, men samtalade aldrig. Det vi hade gemensamt var i stort sett det, att vi tigande och tålmodigt genomsträvade, ja, rentav genomled veckans slit och möda var och en i sitt och med vattentäta skott, under tiden som vi båda längtade till lördan, längtade hem! Till stugan och Mamina respektive "morsan".

För mig var ordet lördag varmrött som en stugvägg och en frodig bondpion. Oavsett årstid värmde solen väggen och blommade pionen, så var det för mig. Och hur för honom? Hur såg hans längtan ut? Det vet jag inte, men längtade gjorde han. Kom hemfarande i ett huj på lördan när jobbet blåstes av, då var väskan redan packad sedan gårdagskvällen och rakningen hade han gjort ifrån sig tidigt på morgonen, men han tvättade sig noga och klädde sig propert i skjorta och slips, skorna var putsade och överrocken borstad. Så traskade vi iväg till stationen och bussen som skulle ta oss till vår längtans gemensamma mål. Han drog på i hög hastighet (han var en jäkel på att gå, pappa min!), jag kom några steg efter med portföljen och skolmössan med den blanka skärmen. Mamina stod alltid och väntade vid busshållplatsen på skogen, det var en outtalad men en gång för alla gällande *beordran* att hon skulle ledsaga honom både från och till, hur väglaget än var. Så ville han ha det, så såg hans fordran ut. Men något varmt mottagande, respektive avskedstagande när söndagskvällen kom, fick han dock aldrig från hennes sida. Aldrig en frivillig omfamning så vitt jag kan förstå. Han tog väl sitt i soffan och gladde sig åt maten, pepparrotsköttet och den inlagda sillen, suparna därtill. Det kanske räckte? Ryggen var rak och i likhet med den gråa felbhatten bar han också sin självkänsla högt.

Fyra år av dryga fem, åtta terminer, bodde jag med pappa i staden för Lärdomens skull. För mitt läshuvuds skull, och för pappas stolthets skull, blev jag satt i skola och det var mycket storartat, jag påstår inte annat, men alldeles för kostsamt när allt kom omkring. Visserligen, och så sant, förunnades jag en myckenhet av nåd. Terminsavgiften nedsatt, matstipendium dessutom, som gav mig lunch och middag gratis i ett präktigt skolhushåll, men bostad? O, nej! Därför bodde jag med pappa i hans förhyrda ”våning” (jag hörde honom använda den benämningen en gång när han var bra på lyset, och jag skämdes som en hund!), det vill säga ett spisrum, småningom utbytt mot kök och liten kammare i samma gamla kåk. Ingen större synd om mig, jag klarade mig bra – även om jag grät under stjärnorna ibland. Även om jag längtade hem så rakt förskräckligt! Även om jag ville ge upp alltihop. Så kändes det i slutet av den tredje terminen. Men Mamina höll emot. Pappa sa ingenting, blev aldrig inblandad, tror knappt att han visste hur dåligt jag mådde, men det må jag säga att Mamina var orubblig. Tårar hjälpte inte, inte den gången.

”Försök lite till du”, sa hon. ”Du är ju så duktig! Titta på betygen, det går ju så bra för dig. Försök ett tag till så blir det nog bättre, ska du se. Nu blir det jullov snart och sen dröjer det inte länge till sommarn…”

Det var alltså Mamina som höll mig kvar på den rätta vägen i fråga om lärdomen. På Kärleksstigen lyckades hon sämre, hon var över huvud taget inte informerad. Om kärlek och om Gud talade vi aldrig.

Kärlek? Älska. Vad är det för ord? Hur ska de tydas? Levde jag i en kärlek som jag inte förstod och inte värdesatte? Jag minns att sådana kvällar då jag hade haft en brasa tänd i kakelugnen, det hände inte ofta, brukade han smyga in i kammarn efter det jag hade släckt, då låg jag blick stilla och hörde hur han famlade i mörkret kring kakelugnsspjället. Vädrade os. Jag kunde sova tryggt.

Kanske är det så att jag inte behöver fundera så mycket över pappa? Mellan oss två var det okej. Till honom har jag ingen skuld. Och hur det var mellan honom och Mamina kan jag inte göra nånting åt, det kunde jag aldrig.

Men o, så gärna jag hade velat det.

## Tillfälligheter

Tisdag förmiddag den 6 november. Klart väder, några grader kallt och lite rimfrost på träden. Jag promenerar i skogen, ställde bilen i den vanliga fickan. Ögonen mot marken, inåtvänd i tanken, men uppmärksam på stigens knöliga rötter traskar jag omkring där jag befann mig i natt innan sömnen kom och tog mig, oförmärkt. Nu tar jag vid igen, jag måste igenom!

Jag avlade alltså min praktiska realexamen. Och den var mycket hedervärd, fast ingen från släkten stod och väntade på skolgården förutom pappa och Mamina – han hade faktiskt tagit ledigt från jobbet den dagen, han hade ju laga skäl, för sjuttsingen!

Ännu drygt ett år bodde jag kvar i kakelugnskammarn på den där adressen. Hade inte råd att hyra något eget, men närde mina uträkningar eller snarare drömmerier... som jag mycket snart, skyldig eller oskyldig, kom att bli väckt ifrån. Därefter huxflux – och till min smala lycka får man väl säga – befann jag mig förlovad med Parre Jansson, Hälsingeåkarn.

Det var som om en stormvind hade dragit fram över mitt unga liv, alla egna planer knäcktes som grova grenar knäcks. Dock icke stammen. Jag var sjutton år, närapå arton och pappastackarn sken.

”Jo, för fanken, jänta ska gifta sig med Parre hon – han körde in på gårn med bilen han, ett jäkla schabrak, å den ställde han hänne utanför kåken å kom in å drack kaffe, som vilken som helst! En bra karl, den där Parre, å en jävel till å jobba – han vet hur man gör pengar!”

Än i denna dag är jag så glad för att pappa blev så glad! Hur det egentligen förhöll sig visste han inte, men ifråga om Parres egenskaper prickade han till alla delar rätt.

*Raka slängar nu, Maliss! Det börjar brännas, eller hur? När du rotar igenom allt det här, förhoppningsvis för sista gången, ska du göra det kallt. Utan bortförklaringar och utan broderier. Lägg korten på bordet. Inför Herren Gud kan du ingenting dölja.*

Okej. Okej!

Jag var mycket religiöst och andligt sinnad. Det är sant. Jag deltog regelbundet i bibelstudier och andra aktiviteter i Kyrkliga ungdomsföreningen och jag vet att prästen som hade konfirmerat mig satte värde på mitt allvar och min nit, han trodde på mig, trodde att jag skulle *bli* någonting, om man säger så. Bland deltagarna fanns en ung man, Samuel, som allmänt kallades Sammy. Han var ett par och tjugo, läste teologi och skulle småningom bli präst, han kom från en prästsläkt i Östergötland och hade liksom vägen utstakad. I föreningen fungerade han som något slags bisittare och husvärd, han ledde en del studiekvällar, läste poesi – ”han läste som en präst” i sann bemärkelse – och han spelade piano också, om bra eller dåligt kan jag inte bedöma. Jag beundrade honom kolossalt, inte för det att han var särskilt snygg, det var han absolut inte! Han hade utskjutande lång haka, bakåtslickat hår och glasögon, och hans klädsel bestod alltid av skjorta, slips, slipover och ett par rutiga golfbyxor med tillhörande strumpor, också de var rutiga. På snedden. Det intressantaste med honom var väl att han var intresserad av *mig*, bevärdigade *mig* med sin uppmärksamhet, han var ju otvivelaktigt av en finare sort och var *intellektuell*. Han slöt oftast upp vid min sida efter sammankomsterna, marscherade bredvid mig iklädd halvlång trenchcoat och en sjaskig studentmössa. Alltid bar han några böcker under armen, om det regnade hade han dem i en brun portfölj. Vi gick tillsammans ner emot ån, han förde alltid ordet, föreläste för mig om religionerna och gudarna, kända som okända; teologiska spörsmål fick jag också ta del av, filosofiska likaså, och jag var uppmärksam och uppriktigt intresserad. Jag ansträngde mig att ställa intelligenta frågor, inpassade vid rätt tillfälle, men framför allt kände jag mig hedrad, för att inte säga vördnadsfull. Vi gick alltid jämsides, rörde aldrig vid varandra, varje gång sa vi hej och gonatt vid samma gamla järnbro, aldrig i livet att han skulle ha fått följa mig till grindhålet och se den där gamla kåken! Jag skämdes för att jag bodde där. Och tänk om pappa skulle ha kommit ut på väg till dasslängan med hängslena nedhasade! Själv bodde Sammy på prästseminariet, som jag antar fortfarande ligger på samma plats, det vill säga längs samma sida om ån där skolan jag gick i också låg, fast några tvärgator längre bort. Min skola, Prallan, finns inte längre kvar under sin gamla benämning.

På försommaren efter att jag tagit min examen sökte jag jobb för att ha övergångsvis – i det fördolda ruvade jag helt andra planer som gick ut på att fortsätta studera. Hur det skulle möjliggöras visste jag emellertid inte. Nu slumpade det sig så att pappa kom hem en kväll och sa – utan att se på mig, bara som i förbigående under det att han vände en sida i Aftonbladet – att han hade hört att Hälsingeåkarn höll på att öka ut och att han behövde ta in en till på kontoret. Jag kunde väl höra efter.

"På kontore, som sagt." Sa pappa och bladade vidare. "Det skadar väl inte å höra efter!"

Jag hade på mig en helveckad, svartvitrutig kjol med smalt svart skärp och en ljusblå blus den dagen jag cyklade ut till en för mig obekant del av staden, Industriområdet, som det med tiden kom att kallas. Tänkte att jag fick väl åka dit i alla fall och leta upp det där kontoret, så att pappa blev nöjd. Själv var jag inte entusiastisk. Ett lerstänkt och grusigt åkeriföretag, som på något sätt var lierat med pappa och hans tillvaro – nä, nä! – det ingick inte i mina mer högtflygande framtidsplaner. Det var milt i luften, minns jag, troligtvis var jag barbent och hade vita sandaletter. Det är förresten inte så svårt att komma ihåg hur jag var klädd, det fanns inte mycket att välja på i den smala skrubben bredvid kakelugnen. Men jag var sjutton år och smal kring midjan, håret var mörkblont och som vanligt lagt i page, de röda flasorna syntes inte mycket på min redan lätt solbruna försommarhy och jag skulle väl tro att jag var ganska söt. Betyget hade jag i axelremsväskan.

Jag blev tillsagd att vänta, chefen var inte inne för tillfället, men han skulle nog dyka upp när som helst...

Nu, i den här stunden, mer än femtio år senare, står jag lutad med ryggen mot en tallstam i en aldrig anad skog. Tystnad omkring mig, ögonen slutna, det gungar lite och samtidigt som jag står här är jag också där: precis på den plats och i det då, när jag för allra första gången mötte Parre Jansson.

Minns att jag fick sitta länge och vänta på det stökiga kontoret och att jag kände mig alltmer sur och obekväm.

Kan se framför mig att fönstren var smutsiga, korkmattan nött och vet att jag avskydde alltihop från allra första början. Hon som satt vid ena sidan av det stora överbelamrade skrivbordet såg inte särskilt tillmötesgående ut och jag bestämde henne grymt till medelålders tant och satt och småhatade henne! I själva verket var hon tjugoåtta och en mycket vänlig själ. Mittemot tjugoåttaårstanten fanns en tom stol framför ett urblekt grönt skrivunderlägg och jag tänkte: är det där jag i så fall ska sitta? Nää, usch nää – här vill jag då inte vara! Ingen brydde sig ett skvatt om mig, en massa karlar i olika åldrar men i mer eller mindre likartad arbetsmundering kom och gick hela tiden. Det fanns tydligen ett kafferum någonstans innanför, och flickan som skötte telefonerna bakom ett slags disk med antydan till skrank framför, hejade och tjoade på varenda en som passerade, alla tycktes vara tjenis med varann, det var bara jag som satt där som en nolla på en udda stol med ett fint betyg i väskan. Vad jag nu skulle med det till?

Jag försökte se så nonchalant ut som möjligt och fokuserade envist på något jag låtsades vara intresserad av utanför de dammiga fönstren, men utsikten hade knappast mycket att erbjuda, allting var så *fult* där ute på industriområdet, grusigt, dammigt, plåtigt och skräpigt med en massa öppna skjul och hallar längs långsidan av plattan där de stora, skrämmande lastfordonen stod. Det luktade olja, diesel och gummi, blandningen kväljde mig – jag minns än i dag hur motbjudande det hela tedde sig och att det var på vippen att jag reste mig och gick därifrån. *Tänk, om jag hade gjort det?* Några få steg bara, ut till cykeln och så iväg. Vem hade jag i så fall varit i dag? Inte Marie-Louise Parre i varje fall. Men vad tjänar det till att spekulera kring alla ödesdigra steg i livet, de som tas och inte tas? Vad är det som styr? Det vet jag inte, och förmodligen ingen annan heller. Tillfälligheter är vad det tycks handla om. Hur man handskas med de tillfällen som ramlar i ens väg är en annan sak – jag förmodar att det är, eller kan bli, vad man kallar levnadskonst.

Parre Jansson. Dubbeldörrarna pushades hårt när han kom infarande. Bredaxlad och satt, en rödlätt karl med ett fyrkantigt, brett och liksom hoptryckt ansikte mellan hårfäste och haka, sådan såg han ut när han äntligen dök upp, ropande ”Hej, har det vatt nåt? Jag blev lite sen på det där jäkla mötet!”

Ingen direktörstyp precis... Han var klädd i ljusgrå flanellbyxor och en slarvigt nedstoppad kortärmsskjorta, skorna var dammiga och han verkade jäktad, som på språng hela tiden.

Flickan bakom skranket nickade menande åt mitt håll.

”Jaså jaha”, sa han, ”hej! Och vad hade du för ärende då?” Rösten hade ett lågt tonläge, var lite skrapig och nu hördes dialekten också, så sant, han var ju Hälsingeåkarn.

Jag stod upprest med betygskuvertet i handen och var närapå lika lång som han. Egentligen var jag inte ett dugg intresserad längre, det hade helt runnit av mig under väntetiden, men när jag nu ändå var där kunde jag väl säga som det var. Att det var min pappa som hade hört att direktör Parre eventuellt behövde någon till kontoret... och att det var av den anledningen... som...

”Jag heter Parre”, avbröt han, ”ingenting annat. Och vem är din pappa då? Och vem är du själv? Kom med här så får vi prata lite i lugn och ro!”

Jag minns att många ryckte i honom på vägen till det inre kontorsrummet – och så skulle det ju alltid komma att bli, att man ryckte och slet och ställde sig bröstgänges för att få honom att hejda sig några sekunder – men så småningom satt vi ändå mittemot varandra. Parre Jansson och jag.

Det var varmt både inne och ute, det lockiga röda håret var fuktigt, de höga kindknotorna blänkte, men blicken var klart ljusblå och skarpt iakttagande. Det fanns något sugande, ja, faktiskt attraherande hos honom, det kände jag nog. Nånting starkt, karlaktigt. Men självklart såg jag honom som en gubbe! Vid den tidpunkten var han precis dubbelt så gammal som jag. Plus tre. Trettiosju år.

”Jaså du”, sa han. ”Maliss! Det var ju så du ville heta? Så du är Lunkans jänta du!”

Jag hade aldrig tidigare hört att pappa gick under namnet Lunkan på byggena. Lundgren. Lung-gren, som Mamina sa. Lätt att göra lite slängigare, naturligtvis, lite mer identifierande i gruppen, i laget. I sitt andra liv, hans egentliga liv som pågick dagar, veckor, månader och år utan insyn och delaktighet från min sida – liksom inte heller han hade någon delaktighet i mitt sånär som på husrummet – var han alltså Lunkan? Det kändes för mig som vore det fråga om en annan person, som ingick och rörde sig i ett sammanhang okänt för mig.

”Ja, det lär ju ska vara en seg rackare, har jag hört!” Fortsatte Parre. ”En jäkel på att jobba. Är du likadan?”

Jag minns det där att han berömde pappa. Och att han frågade om jag var likadan! Betyget tittade han inte på.

När jag efter en kvart eller så satte mig på cykeln och hjulade iväg med håret flygande i försommarvinden, var det bestämt att jag skulle börja jobba den första augusti. Den första augusti 1952. Skulle få börja med att gå omkring och lära mig. Solveig Mattsson (hon som jag tyckte såg ut som en tant) skulle vara tillbaka från semestern då och hon skulle ta hand om mig och sätta mig in i allt.

”Men ta nu lite ledigt först”, sa han när vi skildes, ”så ses vi sen! Och hälsa hem till Lunkan!”

Lönen hade vi över huvud taget inte diskuterat. Det oroade mig inte, han verkade bra, den där Parre. Han såg rar ut när han log. Handslaget var fast. Och i vilket fall som helst rörde det sig ju bara om något högst tillfälligt…

## Pinorummet

Om man har livlig fantasi, och det har jag märkligt nog – den tycks mitt radräta bokföringsliv inte ha lyckats förkväva – kan det vara svårt att skilja på vakendrömmar som man medvetet knypplar ihop åt sig och sådana drömmar som kommer till en i det hjälplösa sömntillståndet. Kanske är det ingen större skillnad? I det första fallet släpper det styrande medvetandet antagligen på tyglarna och låter skapandet dra iväg i hämningslösa vindlingar tills det domnar av. Men i nattens drömvärld sjunker man nog handlöst genom det redan förberedda. Inkvisitorerna kan finnas på plats, hånflinen också, likaväl som det *nästan* uppnådda salighetstillståndet. I båda fallen blir man väckt – till lättnad eller besvikelse.

I natt stod jag utanför ett rum, det var som i en kyrka eller krypta och där fanns en dörröppning, men den var inte rundad upptill. Överstycket låg rakt och bestod av en kraftig bjälke med tvärhuggna kanter och på bjälken stod ordet SKULD i urblekta, snirkliga bokstäver som på en gammalt allmogekista.

Innanför öppningen låg en smal, glesvävd gångmatta, som inte ledde fram till ett altare, utan till någonting obestämt färgrikt, fladdrande och ljust som jag gärna ville nå fram till. Men i mattan fanns invävt: STOPP! EJ TILLTRÄDE FÖR SKYLDIGA.

Hur det än må förhålla sig – om rummet och orden var skapade av mig själv som ett led i ett pågående självplågeri, eller om de kommit till mig ur okända okontrollerade djup, syns mig budskapet barnsligt enkelt.

Än sen? Det som händer i ett ordinärt människoliv är för det mesta utomordentligt enkelt i meningen banalt. Och ändå kan det vara så skrämmande allvarligt – eftersom konsekvenserna inte står i förhållande till banaliteten.

Den sommaren, den sista riktiga sommaren, plockade jag smultron i dikena och cyklade längs småvägar kors och tvärs, såg pionerna knoppas kring övergivna stuggrunder och fann en kopparorm i gruset som låg kluven mitt itu. Kroppen, min egen, gjorde sig dagligen påmind i blomdoften och värmen.

I mitten av juli, innan blåbären hunnit mogna, återvände jag till staden för att förbereda mig för mitt kommande arbete. Trots motvilja mot kåken skulle jag bo kvar hos pappa tills vidare – och jag tror inte han var missbelåten med det, han fick ju potatisen kokad och stångkorven stekt och tillika lite sällskap även om ordlöst – men jag hade beslutat mig för att göra en ordentlig storstädning in i minsta vrå, utrota silverfiskarna, köpa en ny slaskhink och sedan pigga upp interiören så gott jag kunde med några gamla gardiner hemifrån plus ett par nyvävda trasmattor. Resten av tiden fram till första augusti skulle jag tillbringa på stadsbibliotekets fackboksavdelning i akt och mening att tillägna mig en del kunskaper, dels om bilar och motorer i största allmänhet men med särskild inriktning på schaktmaskiner, kransläp och liknande, dels om åkerinäringens status och utveckling, om det nu gick att hitta några böcker i det ämnet. Städade gjorde jag nog enligt planen, men i fråga om mitt andra projekt gapade jag självklart över alldeles för mycket. Det var i alla fall svalt och tyst i läsesalarna, och jag antecknade flitigt och lärde mig ändå ord och begrepp så att jag inte skulle behöva vara alldeles rudis i mitt nya sammanhang. Jag var full av beslutsamhet och rustad till tänderna.

En eftermiddag stötte jag ihop med Sammy, teol.stud. Samuel Friman. Jag gick och slickade på en glasstrut, jag ägde inte många kronor men hade fått ett par femmor plus fyra tvåkronor av Mamina, som hon hade haft undanstoppade i en kaffeburk. Sammy blev uppenbarligen mycket glad åt att se mig, han hade återvänt från prästgården i Östergötland för att komplettera sina studier i grekiska, *privat*, genom egna (förmodligen prostpappans) kontakter. Och det var ju ganska tomt i stan, eller hur? Inte så många att slå följe med.

Han satte genast i gång att föreläsa, jag gick bredvid och log mitt uppmärksamma och lagom beundrande leende, det var ändå lite statusstärkande att gå längs ån i sällskap med en teol.stud. även om studentmössan som vanligt var sjaskig och sanningen att säga också onödig i värmen. Naturligtvis sa jag inte ett ord om mitt kommande arbete hos Hälsingeåkarn eller om mina "studier" i fordonsteknik med mera, det passade inte in i det akademiska sammanhanget. Jag sa inte mycket över huvud taget, det behövdes inte när man var med Sammy. Det gällde bara att inte slappna av och visa sig oskärpt.

Vi satte oss på en bänk under de överblommade kastanjerna, satt där ett par timmar eller så, det började skumna lite och jag sa att jag nog skulle tänka på att börja dra mig hemåt. Alltså vandrade vi iväg sida vid sida och kom helt naturligt med tanke på riktningen mot min hemadress, att vika in på den smala gatstump, ett slags genomfart, som leder förbi den kraftiga porten till prästseminariet. Då, när vi skulle säga hej och gonatt mellan husen i den smala gränden, sa Sammy plötsligt:

”Ska du inte följa med in och se hur jag bor? Det finns inga elever här än, möjligen nån vaktmästare, men jag tror knappt det heller.”

Vi kom ut på en innergård som vette mot ån, jag kände väl till den, hade sett den många gånger från motsatta sidan. Vi höll oss nära väggen och smög tysta över gruset fram till en annan mindre port som ledde in i en mörk och kylig korridor. Jag minns att jag ryste och fnittrade nog lite också, tyckte det var spännande. Jag visste mycket väl att ”flickor” inte fick förekomma på rummen.

Rummet var som en munkcell, det vill säga som jag föreställde mig en sådan. Trång, kall, mörk och spartansk. Genomandad av lärdom och gamla mossiga traditioner. Spännande i nuet med drivor av böcker på bordet och på stolar och uppställda i hyllor eller staplade på golvet. Ett krucifix satt givetvis uppspikat på den kala väggen, den pinade Kristus blickade nedåt på den smala, strikt bäddade sängen. Jag såg mig omkring med beundran och bävan, också lite avund – inte så lite heller förresten. Höga studier bedrevs alltså så här, i sådana här rum…

*Och sedan, Maliss? Vad hände sedan? Våldtog han dig? Våldtog Sammy dig!*

Det är en definitionsfråga. Och en samvetsfråga! Svaret har jag försökt klargöra för mig ända sedan dess, det vet du, men jag har inte lyckats.

*Kom till saken nu!*

Han blev en helt annan i skumrasket där inne, med den tjocka julikvällen som tryckte sig tät mot husets yttervägg. Som ett vilddjur blev han. Slet av sig glasögonen. Vräkte ner mig på sängen. Det var sommar, jag var klädd i bomullskjol och skära underbyxor. Lätt att komma åt.

”Sluta”, sa jag eller snarare kved, ”sluta nu, Sammy! Du får inte göra så här! Jag vill inte!”

Jag slingrade och vred, försökte få undan honom, försökte åla mig ut under hans tyngd och komma ner på golvet med fötterna, men han låg över mig hela tiden, orubblig, han kysste mig ivrigt och blött på kinderna och halsen, inte på munnen, den lyckades jag vrida undan. ”Du får inte göra så här, Sammy! Du får inte!” Han brydde sig inte om vad jag sa, han brydde sig inte om mina försök att komma undan. Han yttrade inte ett ord, bara stönade och flåsade medan han höll mig i ett fast grepp med högerarmen runt mina skuldror, samtidigt som han slet av mig de skära charmeusebyxorna med vänster hand, jag kände hur han fumlade medan han knäppte upp gylfen i de där brunrutiga golfbyxorna, flåsningarna tilltog och sedan – ja, sedan gick det så fort och det gjorde så ont och jag hade gett upp och det var som *ingenting*, bara overklighet, äcklig och svidande. En svidande öppning. Sprängande stötar. Könsdoft och svett. Sedan var det över.

*Varför tvekar du att kalla det våldtäkt, Maliss? Det var ju det!*

Jag smekte honom sedan. Han grät ju. Han var över sig given. Han klamrade intill mig och snorade och grät som ett klunsigt barn. Och jag smekte honom. Jag smekte hans huvud, kinderna och hjässan, jag lät honom ligga och vila vid mitt bröst. Inte smeker man väl sin våldtäktsman? Det gör man väl inte! Va?

*Och sedan? Inte slingra nu!*

Det hände en gång till. Att han fick ligga med mig. Och det var helt frivilligt från min sida. Knappt en vecka senare stod han och passade mig utanför biblioteket, visste fortfarande inte var jag bodde, men antog väl att jag skulle dyka upp förr eller senare. Vi återtog vandrandet som om ingenting hänt, gick bredvid varandra, sakta och långt. Han föreläste inte i vanlig ordning, var ganska tyst, försökte inte ta i mig, vi bara gick där jämsides med nedböjda huvuden. Inte minsta glädje oss emellan, ingen förälskelse, bara undran och förstämdhet. Djupt inne i Stadsskogen slog vi oss ner på en bänk och då började han tala, så trevande och annorlunda mot vad jag annars var van vid från hans sida. Han bad mig om förlåtelse om och om igen. Avbruten av snyftningar berättade han för mig hur han egentligen hade det. Att prosten, hans far, väntade sig mycket av honom, vägrade att se honom som annat än en stor begåvning och en framtidsman inom kyrkan. Var obeveklig, hård. Och modern för ängslig för att säga ifrån. Men han var ingen stor begåvning! Hade misslyckats, misslyckats! Hade kört i flera viktiga tentamina. Räckte inte till. Höll på att bli tokig! ”Vad ska jag ta mig till? Vad ska jag ta mig till!”

*Så du bjöd på ett snällknull?*

Ja, det gjorde jag!

Vi låg i en sänka, dolda av överblommade slånbärsbuskar. Jag flådde av byxorna själv och bredde ut mig. Smekte hans nacke. Det gjorde inte så ont som första gången, men jag kände heller ingen njutning, förutom det välbehag som min egen godhet gav mig, den skylde allt det andra och fick mig att stå ut. Jag hade viskat till honom, precis som han höll på och fubblade och trevade på väg att föra in den, att han måste vara försiktig, och han viskade otåligt tillbaka: ”Ja, ja, JA! Var inte orolig, jag vet hur Onan gjorde!!”

*Onan spillde sin säd på marken.* Men det lyckades inte Samuel med.

## Ruta ett

Nu är det svårt. Nu är det riktigt svårt!

*Jag vet det. Men försök! Du kommer igenom.*

Jag vet inte om det är riktigt nödvändigt att rota i det här! Det är ju över nu, för längesen...

*Jo, du måste se dig själv i ögonen. Förlåta dig själv ifall du handlade fel.*

Gjorde jag det? Kunde jag ha gjort annorlunda?

*Allt kan göras annorlunda, Maliss.*

Månadsblödningen uteblev. Jag tänkte inte så mycket på det i augusti, då var jag fullt upptagen med att sätta mig in i allt det nya på åkerikontoret, det var inte särskilt svårt och mycket roligare än jag hade föreställt mig, men det krävde energi. Parre sa att jag var ”en rekorderlig jänta” och det skrattade vi åt allihop. Jag stupade i säng om kvällarna. Pappa hade faktiskt blivit lite språksammare och frågade då och då om hur det gick för mig och hur det var med Parre. Han verkade belåten, det var som om vi hade kommit lite närmare varann.

Inte heller i september behövde jag ta fram några bindor och jag började också känna mig liksom lite konstig... mådde illa av vissa saker, kokosbollar till exempel, och äcklades av pölsan som jag värmde till pappa, men förstod ändå ingenting – inte förrän jag var tvungen att kräkas över hinken tidigt en morgon. Då var det plötsligt som en isklo grep till runt nacken på mig: *Herregud i himlen... det är väl inte så? Att jag är med barn!* Skräcken kväljde mig och fick magsäcken att vränga sig ut och in på nytt. Tills att gröna gallan kom.

Lyckligtvis hade pappa packat sin unica och hunnit ge sig iväg den morgonen jag spydde, sedan garderade jag mig med en bunke under sängen.

Jag hade ingen. Sammy hade åkt hem till Östergötland på en begravning, det hade jag hört på församlingshemmet. Pappa? Herregud! Absolut otänkbart. Mamina? Nej nej, inte hon heller. Visst hade jag väninnor, några få i alla fall, jag hade ju levt ett slags halvliv mellan stad och land och aldrig släppt in någon i mitt privatliv. Utom Ulla-Britt, som också var med i ungdomsföreningen, men inte ens till henne vågade jag yppa ett ord om mina farhågor, det var en sådan skam! En obegriplig skam. Kraschlandning och skam. Men jag var van att lita till mig själv, jag var väl stark då som nu. Jag ringde till sjukhuset från en telefonkiosk och fick anvisning om vart jag skulle vända mig. Jag bad att få ringa och höra efter om provsvaret, ville inte riskera att något kuvert skulle ligga och lysa mellan springorna i den bruna postlådan och att pappa skulle komma hem före mig och undra: Brev från sjukhuse? Va fan nu då?

Provet var positivt och fruktansvärt förfärande. Jag var gravid, ingen tvekan om det. Paniken växte över huvudet på mig, jag blev illamående och alldeles vettlös. *Vad ska jag göra? Vad ska jag ta mig till? Gode Gud i himlen, hjälp mig, hjälp mig! Vad ska jag ta mig till?*

Först och främst var jag tvungen att få tag på Sammy och säga som det var, vi måste prata med varandra! Jag lämnade ett brev på prästseminariet. Skrev att vi måste träffas i ett viktigt ärende, angav tid och plats men inte ett ord om vad saken gällde. Först på tredje kvällen kom han, och hade han inte kommit då hade jag marscherat till skolan och bultat på dörren, jag höll på att bli galen, hade legat sömnlös i flera nätter och vridit och vänt mig tills jag somnade utmattad frampå morgonsidan.

*Och vad hände, Maliss? Allt sitter kvar i dig, fast du helst vill glömma.*

Jo. Jo... Hela han blev som en stor geléklump. En dallrande *jelly*, den där äckliga gröna. Långhakan sjönk. Han värjde sig med händerna framför sig som om han hade sett en vålnad, böckerna han alltid bar under armen som ett slags signum och identitetsförsäkran, föll ner på trottoaren, vi stod på en av broarna, jag kunde ha puttat ner dem i ån med tåspetsen hur lätt som helst. Det gjorde jag inte. Jag rev av honom studentmössan i stället och trampade på den, medan jag väste: ”Skitstövel! Ynkrygg! Jävla svikare!”

*Började det så?*

Nej, jag var lugn i början. Mjuk. Allvarlig. Tog tag i slagen på hans trenchcoat. Såg honom i ögonen och sa som det var: ”Jag är med barn, Sammy!” Det var då han ryggade, det var då han släppte böckerna.

”Vad är det du säger?” Hakan föll ned, han glömde sig och svor till och med. Helvetes jävlar! Ur honom kom sedan ett enda långt, osammanhängande rabbel, som om han hade blivit gripen av polisen och skulle släpas till finkan och måste göra allt för att försvara sig och komma loss ur greppet och få schappa därifrån så fort det bara var möjligt:

”Nänänä! Det är ett misstag, det är omöjligt, det är inte jag i så fall, jag skulle aldrig, du har legat med nån annan och så skyller du på mig, jag skulle aldrig ha ställt till det så för mig, det fattar du väl, jag har ju min framtid att tänka på, min far, vad tror du *min far* skulle säga, han skulle förskjuta mig, det där är din sak, det var ju du som förförde mig, jag skulle aldrig kunna gifta mig med en flicka som du, komma hem till *min mor* och presentera *dig*, nej aldrig, jag nekar, stackars mamma, jag nekar till ALLT! Det där får du klara med den du låg med senast. Ge dig inte på *mig*! Försök *inte* med det!"

Det var då jag rev av honom mössan och stampade på den. Han var så rädd, så rädd, det såg jag, han hade fradga i mungiporna och jag föraktade honom.

"Ynkrygg! Hör du det? Skitstövel! Jag vill aldrig se dig mer!" Sedan rusade jag därifrån med tårarna sprutande. Jag var tillbaka på ruta ett. På mammas ruta. På mormors ruta. På förmödrarnas eviga, nötta gamla avstamp. Jag insåg det. Men jag tänkte inte gå i ån!

*Han* kanske gjorde det, Samuel Friman. Någonstans, någon gång. Längre fram. Han kanske inte klarade livet, han var dåligt rustad jämfört med mig. Jag återsåg honom aldrig. Har aldrig efterforskat. På Kyrkliga ungdomsföreningen visade jag mig inte mer, men Ulla-Britt sa att Sammy hade blivit sjuk och rest hem till Östergötland. Jag ömkade honom, det gjorde jag trots allt, han var en ynkrygg och hur blir man en sådan?

*Men ungen ville jag då inte ha!*

Senare inställde sig frågan: Vid vilket tillfälle hade befruktningen skett? Det första eller det andra. Beroende på svaret kom nästa fråga: Vem av oss bar ansvaret? Vem var skyldig?

Det vet jag inte. Och nu betyder det ingenting. Det dröjde inte länge förrän det i dubbel bemärkelse betydde: Absolut ingenting.

# Obemärkt

*Gå rakt på nu, Maliss! Den här frågan, som möjligen kan vara själva huvudfrågan, har du ju brottats med så mycket under många år. Inga omvägar behövs.*

Du menar frågan om jag utnyttjade Parre eller inte?

*Ja, det är delvis innehållet.*

Och vad mera?

*Om du var falsk, Maliss.*

Utnyttjande och falskhet hör väl ihop? Och jag var inte falsk!

*Alltså faller det första också. Varför känner du då skuld?*

För att jag inte älskade Parre så som han var värd. För att jag var så kall, så frusen och så obegripligt insnörd!

*!?!???! Och du kan inte tänka dig att han älskade dig så mycket att det räcker för er båda?*

Hur kan en människa ta till sig en sådan nåd? Det fungerar inte så människor emellan, det blir ojämlikt! Det fattar du väl?

Jag gjorde allt för att verka oberörd. Jag ansträngde mig till det yttersta för att ingen på jobbet skulle märka att något var på tok. En människa har alltid reservkrafter och jag naggade redan ordentligt på mina. Under tiden som jag naggade och log tänkte jag febrilt, sökte alla utvägar.

Det här var 1952. Man kunde inte så enkelt bli av med ett foster, jag ville visserligen inte för allt i världen ha den där äckliga klumpen som växte i mig, men jag vågade inte heller ta risken att experimentera eller gå till någon kvacksalvare.

Framför allt var det viktigt för mig att varken pappa eller Mamina skulle få veta någonting, jag var ju deras stolthet, och enligt Bibelns bud var jag också pålagd att vara dem till heder. Hur skulle jag då kunna utsätta dem för en sådan besvikelse, en sådan skam? Ekvationen gick inte ihop!

Vad skulle jag göra? Det enda jag kunde komma på var att svara på någon annons där flicka från landet, ”gärna obemärkt”, kunde få pigplats i utbyte mot kost och logi tills barnet hade fötts, sådana arrangemang förekom ännu på den tiden. Sedan kunde man ju lämna bort ungen och återgå till sitt vanliga liv. ”Obemärkt” betydde just en sådan som jag, en sån som hade slamsat och råkat i olycka. Men platsen måste finnas på annan ort. Jag gick till biblioteket och studerade annonser i flera Stockholmstidningar, svarade på några och ställde min adress till *Poste restante*. Fick flera svar – kanske hade min goda språkhantering och min vårdade handstil en viss betydelse? Nåväl. Jag bestämde mig för att pröva med en fru Antonsson på Hornsgatan – ringde och sa att jo, tack! – jag kunde komma om erbjudandet kvarstod. Hon lät lite snörpig, det gjorde hon, men egentligen var det lika bra, jag ville ha ett avstånd, ville vara anonym, inte ha någon inpå mig som var nyfiken och kanske skulle envisas att ta kontakt med mina föräldrar. Och ingen som gullade med mig heller.

”Om två veckor således? Jaha. Då är fröken välkommen!” (Tror fan det!) Men då hade väl ingenting börjat synas än? Så att man skulle hinna börja ana oråd på jobbet, menar jag.

Pappa och Mamina var ett svårt problem, men det skulle jag nog klara. Till exempel så här: "Jag ska gå en kurs i Stockholm, en vidareutbildning till sekreterare, privatsekreterare..." Eller, ännu bättre: "Jag har fått chansen att pröva ett nytt jobb! På Telegrafen i Stockholm, en massa förmåner och statligt! Jag blir statsanställd, förstår ni!" Jodå, det gäller bara att fabulera trovärdigt.

Jag hade ännu inget anställningskontrakt hos Parre, men jag kände ju till att man brukade iaktta en viss uppsägningstid, till fromma för båda parter. Under någon förevändning dröjde jag mig kvar på kontoret en kväll när jag visste att han skulle återkomma lite senare och hämta några papper som jag hade skrivit ut. Då haffade jag honom med förtvivlans mod.

Han såg rakt igenom mig när vi satt mittemot varandra i det inre rummet. Sen skakade han på huvudet.

"Det här är inte sanningen, Maliss", sa han. "Mig lurar du inte. Det vore bättre om du berättade sanningen för mig. Ta på dig kappan! Vi åker ut en sväng, vi kan ta en kopp kaffe nånstans, så reder vi ut det här!"

Så typiskt Parre! Så typiskt, typiskt Parre...

Det blev inget kaffe. När vi väl satt i bilen bröt jag ihop. Snyftade och snyftade. Parre körde långsamt och jag bara grät. Hackade ur mig alltihop, förutom att jag inte nämnde Sammys namn och ingenting om vem han var, sa bara att det var totalt omöjligt. Om platsen som "obemärkt" berättade jag förstås, det var ju därför jag hade sagt upp mig, jag skulle ge mig iväg till Stockholm så att ingen... och så tjöt jag igen.

Parre lät mig gråta, sa ingenting förrän mina snyftningar hade ebbat ut.

”Nu kör jag dig hem”, sa han.

”Nej, nej!” Jag blev alldeles förskräckt. ”Du får *inte* köra mig hem, jag går. Jag måste få lite luft och kyla ner kinderna, det syns att jag har gråtit och jag vill inte att pappa –”

”Okej! Men jag kör dig till närmsta tvärgata, det går väl bra? Eller hur? I morgon ska du jobba som vanligt och på lunchen följer du bara med mig när jag säger till, vi åker ut en bit och får lite mat, det angår ingen annan, jag snitsar till en bra förklaring ifall Solveig visar sig för nyfiken. Ta det lugnt nu, Malissa, det ordnar sig det här!”

Malissa, sa han. Precis som Mamina när det var riktigt rart.

# Samariten

Trots att jag praktiskt taget aldrig går i kyrkan, och inte har läst Bibeln sedan jag var ung och gick på Kyrkliga ungdomsföreningen, märker jag hur djupt inristade de gamla orden och berättelserna är i mig, de ingår i mitt tänkande och mina associationer på ett outrotligt sätt.

Tänker på honom, den barmhärtige samariten, hur han var och hur han tänkte? Särskilt hur han *var*, hur han var funtad som person, han tänkte kanske inte så mycket utan bara gick på och handlade direkt. Han ordnade ju med allt för den där stackarn som låg vid vägkanten och var svårt misshandlad. Han fixade vård och medicin och lämnade pengar till mat och uppehälle och sedan försvann han bara åt sitt håll utan tack, så vitt jag vet, och utan belöning. Vad fick han ut av det hela för egen del? Kan man undra. Finns det personer som är helt och hållet oegennyttiga? Som låter sig belönas av sina egna goda handlingar och är nöjda med det. Andlig självtillfredsställelse med andra ord.

Var Parre en sådan, en barmhärtig samarit? Njaa – inte rakt igenom väl? Han var en snäll människa, inte tu tal om det. Natursnäll skulle jag vilja säga. Men han var också väldigt mycket man, och när det gällde mig, Maliss, nog ville han ha mig! För sin kroppsliga tillfredsställelses skull. Också. På sikt. Men han gick ut försiktigt.

Det är klart att det var många som höjde på ögonbrynen när förlovningen tillkännagavs. Många förfasade sig också, mest på kvinnosidan. När det gällde chaufförerna och andra karlar som rörde sig i environgerna var det mera lustbetonat, jag kunde nästan fysiskt förnimma hur ordet *lammkött* spred sin skära blodlukt i luften runt omkring mig. Ingen sa det högt, visserligen, men minerna och de menande leendena var ju inte att misstolka.

”Grattis, Parre! Du var mig en frisking, du? Snabba slängar! Nu får du väl ligga i?” Och så vidare och grövre än så.

Mamina var lite misstänksam. Nästan som snopen. Sneglade på mitt midjemått, men det syntes ingenting, inte än.

”Bara han är snäll mot dig så... Och du får det ju bra!” Hon var lite mera avmätt än hon brukade vara. Det är möjligt att hon kände sig förvirrad och överspelad på något sätt, och det kan jag förstå. Vi var så förtroliga mot varandra annars, hade alltid varit, kanske särskilt hon mot mig, men om den här saken visste hon intet.

Den som däremot var odelat belåten var förstås pappa. Han sken som en sol. Tyckte nog också med viss rätt att alltihop egentligen var hans förtjänst, det var ju han som hade *rekommenderat* mig hos Hälsingeåkarn. En sanning med viss modifikation.

Nåja. Ingen av dem visste således hur saken i själva verket låg till, ingen fick någonsin veta det heller. När havandeskapet så småningom började avslöja sig självt såg jag pappa, med en både förtjust och knipslug min hålla handen för munnen och viska, som han trodde i smyg, till någon halvdöv granngubbe:

”Jo, jo – han var väl som lite het på gröten, Parre dänne!

Höhö! Men det är väl ingenting å säga om det! Hon får ju det bra, jänta."

Underförstått "oss karlar emellan" låg i de orden också en respektfull honorering av den gemensamt högt värderade, för könet så bekräftande manligheten. Regnar det på prästen så stänker det på klockarn: *Jäklar i det! En riktig karl tar vad han vill ha!*

Det var bara det att Parre inte tog.

"Jag ska inte röra dig, det lovar jag. Inte förrän alltihop är över och inte då heller om du inte vill själv. Det kan du lita på, jag brukar hålla det jag lovar."

Så sa han den där dagen när han till min stora häpnad, och motsvarande förskräckelse, lade fram sitt förslag. Vi satt på ett litet värdshus några mil utanför stan, han var mycket allvarlig, den ljusblå blicken fixerade mig, han slog inte ner ögonen när han talade, men det gjorde jag. Satt och snodde en plaskvåt näsduk mellan fingrarna.

"Jag vill ta hand om dig, Maliss! Hör du vad jag säger? Du är en jäkla duktig tjej. En hyvens stinta som du – och så *grann* – nej, nej – jag kan inte tänka mig att släppa iväg dig till nån snål stockholmskärring som ska hålla dig som piga i nåt gammalt kyffe! Nää du, du ska stanna hos mig du. Vi förlovar oss! Jag tar hand om både dig och barnungen, ingen behöver veta nånting utom du och jag. Det är jag som är pappan för det kommer jag att bli! Jag tycker om dig, Maliss, förstår du det? Jag skulle så gärna vilja hålla om dig och krama dig, men jag kräver ingenting. Jag vill inte ha betalt, om det är det du tror."

När vi hade satt oss i bilen igen slog jag armarna omkring honom helt frivilligt och jag grät mot hans bröst och han smekte mig och smekte mig och kysste mig på hjässan som om jag hade varit en prinsessa på en Bauerteckning, och jag kände att hans bröstkorg började skaka, nu grät han också! Parre Jansson grät och han höll om mig hårt.

* * *

*Frestaren förde honom upp på ett högt berg och visade honom all jordens härlighet och sa att han skulle få alltihop om han föll ned på knä och tillbad honom.* Ungefär så står det i Nya testamentet, hos Lukas om jag minns rätt. Men Jesus stod på sig, det gjorde inte jag. Jag var inte så stursk på den tiden. Inte så högfärdig och uppkäftig som jag är nu, i den rådande situationen var jag nog ganska ynklig om sanningen ska fram. Och vad jag skulle få eller inte få för utdelning av hela Härligheten visste jag för övrigt ingenting om, tänkte inte i de banorna heller.

Jag behövde någon som tog över ratten, när jag för tillfället inte kunde styra själv. Så jag tog emot. I den stunden, i det ögonblicket – och kanske aldrig mer – tillät jag mig själv att släppa greppet och lägga över ansvarsbördan på någon annan. Jag unnade mig det. Någon fick finnas som var starkare än jag. O, vad det kändes skönt!

Alltsedan dess har jag nog letat efter samma slags tillstånd.

## Ömkan?

*Och sedan? Hur utföll det hela?*

Jag vill inte rota i alla dessa känslor och självförebråelser igen! Jag orkar inte.

*Du behöver inte älta varenda detalj. Förloppet kan berättas rakt och enkelt, Maliss! Gör det!*

För vem? Inte för Bocken väl?

*Nä, nä... absolut inte. Det vore det dummaste!*

Tack för varningen!

*Okej! Men lyssna nu: Du ska göra det för dig själv! Se dig själv. Förlåta dig själv.*

– s – s – s – s – s – s –

*Maliss? Hör du vad jag säger?*

Ja, ja! Jävla tjat! Jävla kamp.

Nu, den dag som är NU och som snart ska försvinna in i natten till den 7 november i Nådens år 2007, sitter jag likväl i min låga gungstol, som exakt passar in i ett hörn av köket. Självklart är den försedd med ett lockigt fårskinn, jag är fascinerad av sådana, om det nu beror på Hälsingefällen med det ihopsydda fälltäcket vävt i munkabälte, eller om det bara är ett utslag av min medfödda smak – tja... allt behöver inte härledas. Bänklampan är tänd, min tekopp står bredvid mig på en liten pall som liknar ”taburetten” där pappa placerade kaffekopp och bulle tjugo över sex varenda morgon under de åren jag bodde på *adressen*. Men den här pallen är svartlackerad och inköpt på Svenskt Tenn.

Ibland, de senaste dagarna, har det liksom kunnat flasha till i skallen på mig och jag har tyckt mig vara nära att greppa tag i något slags *insikt* som tidigare dimmigt har flugit mig förbi. Jag tror jag vet vad det handlar om – det är det här med ömkan, min fallenhet för ömkan. Det finns ingen logik i den har jag upptäckt. Den tycks inte vara relaterad vare sig till kön eller klass eller till graden av mina sympatier. Har också tänkt på att det kan verka så kärleksfullt och vackert att ömka sig om människor, men nu är jag inte så säker på den saken längre. Jag tror snarare det handlar om styrkebalans. Överläge kontra underläge. Ömkan är nedåtriktad till sin natur. Det kan vara svårt att ömka sig om en jämbördig eller överlägsen. Ännu har jag inte helt lyckats klara ut hur man identifierar och graderar de egenskaper som är avgörande för uppkomsten av ömkan, kan bara exemplifiera utifrån mig själv och min egen begränsade erfarenhet.

Mamina, luffarungen kallad, hade haft det svårt ända sedan barndomen. När hon i brist på annan utväg fann sig hoplänkad med pappa från sitt sextonde år fick hon ju lov att ta skeden i vacker hand, vad fanns det att välja på? Hon satt där hon satt och kom aldrig tvärt ur stickan. Men jag ömkade henne inte. Jo, den lilla flickan med flätan ömkade jag, men inte den vuxna kvinnan Mamina. Nog är det bra underligt?

Pappa hade sitt torftiga slitliv och var som jag såg det utestängd från ”varma kammarn” hos den som utan tvivel var hans stora kärlek. Någon glad och frivillig inbjudan från hennes sida bestods honom aldrig. Men han var den som bestämde över plånboken och såg till att den blev påfylld, på det sättet manifesterade han *sin* överlägsenhet. Kompenserade sig. Han tog ut sin rätt i sänghalmen vare sig hon ville eller inte och enstaka gånger – de blev allt färre med åren – kunde han fara fram i fyllan och villan och injaga förskräckelse. Honom däremot ömkade jag djupt.

Vad är det för rim och reson i det ställningstagandet?

Svettiga ynkryggen, teol.stud. Samuel Friman, prostsonen, ömkade jag också tvärt emot allt förnuft.

Herr doktor Herman von Sager? Nej, absolut inte. Möjligen kunde jag känna en viss ömhet för hans förfinade men bräckliga gestalt. Men ömhet – den som jag för all del också kunde ha besparat mig! – är inte detsamma som ömkan.

*Och Parre då, Maliss?*

Parre var ingen ömkansvärd person! Parre var stark – trubbig och stark. Om ömkan ska kopplas till svaghet fanns det ingen anledning att ömka honom. Även om min känslokyla gjorde honom illa behöll han i grund och botten sin styrka. Han var starkare än jag. Vi var starka båda två! Och kanske var det en bidragande anledning till min tjurskallighet, jag vet inte – hur ska jag kunna utforska alla kringelikrokar? Jag inser hur som helst att när jag tidigare fick den där sprängande ingivelsen att ställa mig rakt upp och ner mitt ibland folk och skrika: ”tyck inte synd om mig, det var Parre det var synd om!” handlade det i grund och botten om mina egna skuldkänslor. *För guds skull – ge mig inte något som jag inte har förtjänat*! Det var innebörden. Inte ömkan om Parre. Han fick inte vara ynklig!

Om jag ändå kunde ha tillåtit mig att vila mot hans bröst som jag gjorde den där gången i bilen när jag var sjutton år och allting blev beslutat. Jag borde ha unnat honom den överlägsenhet som ligger i att ta hand om någon annan. Det kunde jag ha bjudit på. I stället har jag envisats med mitt obstinata självplågeri – hör du det Gud, att jag inser det nu! Så fast besluten har jag varit att bära min tvärbjälke att jag till sist har växt ihop med den. På den där bjälken står ordet SKULD inristat. Och en skuld ska betalas. Det är också en drivkraft.

Men den saken är klar: Jag skulle aldrig vilja leva med en ömklig typ. En björn vill jag ha att stånga emot!

När styrkan småningom svek Parre, när olyckan hände och Naja dog och han mer och mer tog sin tillflykt till flaskan och hemföll till tårar i samband med det, vämjdes jag bara och hårdnade till. Han föll ut ur sin roll. Och jag? Jag fick spela ensam på den scen som är livet.

## Uppehållstillstånd

Vi förlovade oss den första advent 1952. Under mellandagarna packade jag ihop det lilla jag ägde, lämnade kakelugnskammarn hos pappa och flyttade in i Parres moderna och rymliga lägenhet. Jag tror att det var först då som jag förstod att han levde under helt andra ekonomiska villkor än vad jag hade varit van vid, han såg ju inte sådan ut i sin nötta skinnjacka och de dammiga skorna. Parre var skild sedan åtta år, hans två döttrar, tretton respektive femton, hade kvar sina rum i bostaden, kunde komma och gå som de ville. De blev minst sagt ett gissel för mig under de nära två år jag ändå bodde där, och det kan jag väl förstå, den äldsta dottern och jag var närapå jämnåriga. "Kontorsråttan", kallade de mig sinsemellan och gärna så att jag skulle höra det. "Häxan", var ett ord som också nådde fram, liksom "Golddiggern". Det senare lät influerat av mamman, hon som var delägare i en av stadens skoaffärer, där jag givetvis aldrig satte min fot. Uppriktigt sagt var jag inte det minsta intresserad av Parres fru och deras gemensamma liv, jag var heller inte nyfiken och frågvis när det gällde hans förhållande med andra kvinnor under de åtta år han hade levt ensam. Det var som att det inte angick mig, och det berodde nog på att jag inte tog det som hände riktigt på allvar. Jag var i en saga, ond eller god, den höll just på att berättas och jag visste inte slutet. Jag hade flyttat in, så långt var sagan kommen, jag bodde hos Parre, gick på hans golv, men upplevde det som om jag bara hade ett tillfälligt uppehållstillstånd. Jag befann mig absolut i ett övergångsskede. När det hela var över – det där hemska som jag inte ens ville tänka på! – skulle livet bli verkligt igen och återgå till – ja, återgå till – vad? Den frågan fick än så länge vara obesvarad.

Vi gifte oss en vecka efter min artonårsdag, borgerlig vigsel, vilket pappa tyckte var rejält och hederligt, varför skulle man behöva anlita en präst för att läsa ihop? Bröllopsmiddagen var vad jag numera skulle kalla vräkig. Varken pappa eller Mamina hade varit på restaurang tidigare, på sin höjd på Mjölkbaren vid torget någon gång, och jag var ganska nervös för att pappa skulle göra bort sig i sin oförställda förtjusning. Mamina såg mest generad ut där hon satt, uppklädd och nyfriserad och långt fram på stolsitsen. Restaurangen var stadens bästa. Parre hade beställt ett avskilt rum för vår räkning och han var absolut toppen i sina varma omsorger om de nyblivna svärföräldrarna. Pappa skulle komma att tala om den där middagen gång på gång under resten av sitt liv, särskilt konjaken till kaffet.

”Det ni – det var en riktig konjagare det!”

Naturligtvis hade jag tagit Parre till mig redan före bröllopsnatten. Det skedde helt frivilligt och berodde inte på att han utsatte mig för påtryckningar av något slag. När jag flyttade in före nyåret frågade han mig om jag ville att vi skulle sova i varsitt rum men jag skakade på huvudet, jag ville inte sova ensam i den stora dubbelsängen i det främmande rummet! Han låg bredvid mig. Vi hade varsitt täcke. Första natten kysste han mig på hjässan och pannan, låg och höll min hand tills jag försiktigt lösgjorde fingrarna ur hans grepp och vände mig på sida utåt kanten för att försöka sova. Andra natten kröp jag in under hans täcke bara en kort stund efter den lätta påpannankyssen, jag hade beslutat mig, det måste ju ändå bli så i sinom tid. Det minsta jag kunde göra var väl att visa tillbörlig tacksamhet, och i så fall på vilket annat sätt? Med andra ord: Jag hade sålt mig och fullbordade köpet. På så sätt var jag schysst.

Vem var Parre för mig? Skyddsängeln med de korta, breda vingarna. Det är det närmaste jag kan komma. Och vem var jag för honom? Den som behövde skydd men inte lät sig skyddas. Självklart åtrådde han också min unga kropp, det dröjde ju en tid innan havandeskapet förgrovade mig och fick brösten att svälla och bli blåådriga. Han var mycket hänsynsfull men ändå snabb och obehärskad när det kom till skott. Rörande kärleksfull efteråt, det var det bästa. Annars kände jag det inte som något särskilt märkvärdigt, jag fungerade konstigt nog, fick inte kramp eller så, men för egen del fick jag inte ut mycket, av det hela, vare sig då eller senare. De gånger jag uppnådde orgasm tillsammans med Parre kan nog räknas på mina tio fingrar plus några tår kanhända, och alla gångerna inträffade under den period när vi ändå trodde på möjlighet av liv. Att generera liv.

*Ursäkta ett inlägg – men vad räknar du med nu då, Maliss? Hur kan du tro att nu... när du snart är sjuttiotre – va? Att du nu ska kunna uppleva den hisnande förlösningen! Fullständigt otränad.*

Nejnejnej! Glöm det! Jag tror ingenting. Jag börjar inse

att det här med Bockberg är ett enda stort skämt! Ett slags dödsryckning. Döskallarna dansar, hahaha! Det är inte för sent att ringa återbud. Urban Bockberg! Stilig, kraftfull. Jag är ju inte riktigt klok, jag känner knappast karln! Och det där med orgasmerna – det är inte det... Egentligen. Vete sjutton vad det är jag vill ha!

Jag fortsatte att arbeta medan magen växte. "Välsignade tillstånd" skulle hållas diskreta på den tiden, det var ingenting man gick omkring och pöste med precis, även om man hade anledning till stolthet, vilket jag inte hade. Tackochlov var jag inte den typen som snabbt blev jättetjock och löst hängande jackor skulle man ju ha, det skaffade jag mig också när det kom så långt att det påfordrades. Jag ville absolut fortsätta på åkerikontoret, bara tanken på att vanka omkring hela dagarna i Parres lägenhet var outhärdlig, jag skulle ha känt mig som en klunsig hålldam. Ingen i personalen behandlade mig fränt men lite frågande och osäkert, som om ingen riktigt kunde begripa vad som hade hänt och hur situationen skulle hanteras, nu när jag, en artonårig slyna helt plötsligt hade gått och blivit chefens fru! Redan då började den glasmonter monteras upp, vars osynliga väggar skulle vara såväl hinder som skydd genom hela min långa yrkeskarriär.

Förutom att arbetet höll tankarna i schack intresserade det mig verkligen. Företaget befann sig under stark utveckling, Parre hade förtroende för mig, han lät mig ta del av sina planer och höll mig väl insatt redan från första början, trots min ungdom och bristande erfarenhet. Så skulle det alltid komma att vara även när ungdomen inte längre var en faktor att räkna med i sammanhanget; i fråga om arbetet skulle vi komma att bli samkörda som ett par ärliga parhästar. Dock kom jag inte särskilt långt i det första träningspasset.

I början av februari, då jag enligt egen vetskap borde ha gått in i sjunde månaden, fick jag plötsligt svåra smärtor i rygg och buk. Jag stod dubbelvikt på toaletten och jämrade mig hörbart fast jag bet ihop käkarna så hårt att tänderna sprängde. Det var som om ett stämjärn och en skruvmejsel jobbade i mig. Svetten rann. Parre fanns inte inne men mina bestörta kamrater insåg ju att nånting var på tok. Ambulansen kom och tjöt sig genom staden. Sedan minns jag bara smärta och brådska och ett barmhärtigt mörker.

När jag vaknade till medvetande satt Parre bredvid sängen, djupt allvarlig. Det oönskade barnet hade vänt på vägen, det hade framkommit dödfött, hade tydligen legat dött i min livmoder sedan någon tid, det fick jag veta sedan. Ett gossebarn, sa man. Som skulle obduceras.

*Jag ville aldrig ha honom, jag ville aldrig ha honom!* JAG VILLE ALDRIG HA HONOM! *Hör du det?* Och Mamina sa någonstans långt borta i ett luddigt mörker:

”Han fick det nog bäst han, lillstackarn! Han slapp unnan mycke!”

# Smärtstigen

Jag, Marie-Louise Parre, född 1935, anser mig vara en mycket förnuftig och rationell person. Ockultism och parapsykologi, och de mer eller mindre flummiga trender och läror som uppträder då och då i olika varianter och under olika namn, har jag inte mycket till övers för och framför allt inget behov av. Jag inser att ett för mig icke fattbart men universellt framåtriktat skeende ständigt pågår runt omkring mig där jag virvlar runt som en knappt och nätt synlig, förmodligen också försumbar partikel. Jag förnekar inte heller att det kan finnas oupptäckta dimensioner där sammanhangen framstår klarare än glas och vyer uppenbaras som ska slå mig med häpnad, men uppriktigt sagt: i nuläget är jag inte intresserad! Det visar sig väl. Eller också inte.

Under den senaste tiden har det likväl hänt vid upprepade tillfällen att jag har blivit väckt av en hög och tydlig telefonsignal. Men inget nummer är synligt på presentatören, ingen har ringt fast jag hörde det så tydligt. Och flera gånger, senast nu i morse, har Mamina ropat på mig. Det rör sig alltid om korta uppmaningar som ”Skynda dig nu!” eller ”Kom nu då!” I morse hörde jag henne mycket tydligt:

"Det e dags å vakna nu, Maliss. Klocka är sex!" Klockan visade verkligen på sex, men jag låg kvar i sängen, inte rädd men undrande: Vad är det som händer? Är det dags för mig att dö? Det skrämde mig inte men jag tänkte att jag kanske borde se till att ordna vissa saker.

Tankarna fick sedan flaxa som de ville medan jag låg halvvaken i mitt mjuka rede. De sänkte sig trötta över morgondagen, då var det fredag, jag skulle förbereda min romantiska supé! Hur skulle jag orka? Och var det någon mening? Ville jag egentligen?

Uggliga ugglor satte sig på rad och fixerade mig med runda gulglasögon. Mossig var grenen. Det bärnstensgula drog mig. Drog mig inåt som en insekt som skulle förstenas och bli instängd i miljarder år. Hittas någon gång... Kanske somnade jag om?

* * *

Jag hade kommit hem från sjukhuset, Mamina kom till mig. Hon satt och strök mig över händerna och armarna medan jag grät.

"Lugna dig nu, Maliss lilla! Det är sånt här som händer. Det var väl näge fel på barnungen kanhända, och då är det bäst som sker. Vill du att jag ska koka lite klimpvälling åt dig? Med sirapsslinger på, sån som du tyckte om?"

Jag skakade på huvudet. Mamina kände sig obekväm i Parres kök, det visste jag, hon var inte van vid elektrisk spis, och för övrigt ville jag inte ha någonting. Ingenting, inte ens barndomsvällingen skulle jag ha kunnat äta med glädje.

Det var så märkligt stumt mellan mig och Mamina. Det fanns ingenting att säga. Jag såg att hon var undrande och misstänksam, alla de outtalade frågorna studsade emellan oss men fick återvända till henne utan svar. Aldrig, aldrig skulle jag avslöja sanningen!

”Pappa hälsa till dig”, sa hon innan hon gick vid fyratiden, hon skulle bli kvar i stan över natten, kanske sova i min gamla turistsäng i kakelugnskammarn eller ligga hopträngd med pappa i köket – vad rörde det mig? Det var inte min sak. Hon erbjöd sig att komma tillbaka på förmiddan nästa dag, men det ville jag inte. Jag behövde vara ensam med mina tankar.

När hon hade fått på sig kappan och bottinerna och den svarta skinnmössan kom hon tillbaka till sängen och smekte mig på kinden medan hon sa:

”Å det vet du, Malissa lilla, att om det är näge så kan du alltid komma hem, inte värre med det! Vila dig nu. Han kommer väl snart, Parre.”

Jag blundade och grät. Mamma var inte dum och inte lätt att föra bakom ljuset.

Dagen därpå steg jag upp vid tiotiden på förmiddan och började packa ihop mina saker. Jag hade beslutat mig. Det fanns ingen anledning till att jag skulle stanna längre! Intermezzot var över, Parre behövde inte ställa upp som skyddsängel, jag skulle klara mig själv. Jag kunde återvända till kammarn hos pappa... nej, det kunde jag inte! Jag kunde inte göra honom så förkrossad, inte låta honom stå där utskämd inför grannarna så som han hade braverat med mågen och med jäntan som hade fått det så sjangdobelt. Bättre att ta bussen hem till Mamina, där kunde jag vistas mera ouppmärksammad till dess att jag fått jobb och kunde sticka iväg. Det är klart att jag skulle hitta ett jobb! Nu var jag inte en ”obemärkt” längre, som fick ta vad skit som helst!

Jag sörjde inte barnet. Jag sörjde inte klumpen som jag inte ville ha. Ändå gjorde det så ont! Så in i helvete ont! *Han* kunde ju inte rå för. Han skulle ha blivit en levande pojke, men han fick inte leva och det var mitt fel, det var jag som höll emot, jag ville inte ha honom, han dog av brist på kärlek – o herre Gud i himlen –

Jag kröp in under dubbelsängen, resväskan låg packad och öppen på mattan, jag låg platt på golvet och bölade och grät, jämrade ur mig alla mina självanklagelser: det var mitt fel att han över huvud taget hade börjat leva! Om det var andra gången livsgnistan tändes, då, när jag för snällhets skull bredde ut mig för Sammy bland slånbärsbuskarna, ja, då var det *absolut* mitt fel. Och första gången – under krucifixet – hade jag kanske ändå kunnat komma undan om jag hade skrikit vildare, *jag skrek ju inte!* Sammy hade sagt att skolan var tom. Ömsom bad jag där jag låg, ömsom förbannade, bankade med knytnävarna, frös, frös och hetsade upp mig tills jag blev alldeles utsjasad, antar att det var ett slags hysteri som tog över självkontrollen. Jag hade behövt hjälp naturligtvis, professionell hjälp, men det här var 1953 och det var inte så. Då.

Parre kom. Han bar mig till badrummet och sänkte ner mig i det varma vattnet. Han tvättade mig varsamt, sköljde mitt hår. Min bröstkorg stillnade. Gråten ebbade långsamt ut. Han svepte in mig i ett badlakan och bar mig tillbaka till sängen, bredde över en filt och lade sig bredvid mig med armen runt mina axlar, jag låg som ett väl inslaget paket. Jag minns inte ordagrant vad han sa, men vissa meningar hör jag som om de hade blivit sagda i dag:

”Tro inte att jag släpper iväg dig! Du ska stanna hos mig! Du ska lita på mig, Maliss, jag överger dig aldrig. Jag ska ge dig nya barn, så många du vill ha! Den här lille var skadad, han hade ett hjärtfel, det var inte ditt fel, det var ingens fel! Jag tycker så mycket om dig... jag vill ge dig allt, Maliss..."

Om jag ändå hade kunnat vila i hans kärlek! Om jag hade kunnat frigöra mig från känslan av skuld! Skuld till den ofödde, skuld till Gud, men först och främst till Parre, en ökande skuld som jag måste betala av med de medel som stod mig till buds. Det visade sig att jag inte kunde ge honom några barn. Två gånger var jag på väg med ett par års mellanrum. Båda gångerna gick det snett, i tredje månaden fick jag missfall.

Det var inget fel på Parre, han var ju redan tvåbarnsfar och han lät också undersöka livskraften hos sina spermier, det krävde jag av honom därför att det kunde, *kanske*, ha lastat av mig bördan. Men Parre var frisk. Jag var också frisk, så vitt man kunde finna, och ändå... nej.

Parres omsorger ökade bara min skuldkänsla. *Var inte så jävla snäll mot mig! Jag har redan en pappa, jag behöver inte en till! Ruska mig i stället! Jag vill vara en kvinna, jag vill vara en jämbördig! Och jag vill vara en beroende...* Ja både och!

En möjlighet återstod. Jag arbetade. Jag arbetade och arbetade. Utbildade mig. Fortbildade mig. Blev strongare och tuffare och alltmer förtvivlad och känslomässigt instängd. Vad tjänade det till att vi låg tillsammans, Parre och jag? Jag var ju ändå inte kapabel att föda några barn.

*Så du menar, Maliss, att förmågan att föda barn skulle vara avgörande för en kärleksrelation? I så fall är du ju uträknad för länge, länge sen!*

Nej, så menar jag inte. Det handlar om min specifika roll gentemot Parre. Vad hade jag för roll? Han var som en far för mig, han var den godaste människa! Men jag åtrådde honom aldrig. Kåtheten, den svällande lusten som kan sätta åt mig nu och kännas som ett hån, den kickade aldrig i gång av sig självt från min sida när det gällde Parre. Inte heller hade han behov av min ömkan och min moderlighet. Man skulle kunna tro att han, som hade blivit övergiven av sin mamma när han var fyra år, skulle ha just det behovet, men så var det inte. Jag var aldrig hans mamma, han var sin egen trygghet och den räckte och blev över också åt mig. Vad återstod? Jag blev hans arbetskamrat och samarbetspartner. Där hade jag en uppgift. Men båda två längtade vi förtvivlat och alltmer förstenat efter det som kallas kärlek. Hängivenhet. Ömsesidig, ogarderad hängivenhet. Han längtade att få och jag att kunna ge. Men jag klarade inte av att hitta öppningsmekanismen.

Det gick ändå, år efter år. För många är det så att det får gå ändå. Bli ganska hyggligt till och med. Men så hände det med Naja och sen gick allting sönder.

## Naja

*Var ärlig nu, Maliss! Hänsynslöst ärlig.*

Ja, jag tyckte inte om henne. Jo, jag tyckte om henne, mycket! Men jag var avundsjuk på Parre. På henne. Och Parre. Svartsjuk! Inte med några sexuella förtecken, absolut inte, Parre skulle aldrig ha petat på henne i den bemärkelsen. Men hon älskade honom, hon såg knappt mig. De var som bästa kompisar mer än som far och dotter. Han blev aldrig hennes far. När adoptionen kom på tal bromsade jag. Lika bra var väl det.

Vi bodde här i det här huset. Huset som numera är behängt med de gammaldags skyltarna Frisör och Fotoateljé. Vi bodde här, det var här hon skuttade omkring som en kalv mellan rummen... det långa svarta håret fladdrade och slängde och hennes ögonvitor glänste som emalj.

Knappt två år efter det där som jag knappast vill minnas, bröt vi upp från min gamla hemstad och etablerade oss här, det blev i rätt väderstreck med tanke på Parre. Det var flera orsaker som gjorde att han bestämde sig för en nyetablering, han hade ett utvecklat väderkorn ifråga om affärer, tycktes känna på sig vart vinden blåste och han var inte rädd. Han såg möjligheterna, *potentialen* som man säger nu för tiden. Flyttningen av företaget blev ju också mycket lyckosam ur ekonomisk synvinkel. Ändå tror jag att det var särskilt för min skull som han beslöt sig för att ta det stora steget.

Jag mådde inte särskilt bra även om jag till det yttre såg återhämtad ut. En anledning var att jag blev ganska illfundigt trakasserad av Parres båda döttrar, de hade bestämt sig för att hata mig, och sina triumferande miner när "den där ungen" aldrig kom, gjorde de inte minsta ansats att dölja. Jag skvallrade aldrig på dem, så beroende ville jag inte göra mig, men Parre var inte blind, trots att han månade om sina barn. En större anledning till min otrivsel var att jag hade svårt att ta mig ut och gå omkring i affärer och på gator där jag hade brukat gå i mitt förra liv, innan min tillvaro vändes upp och ner. Jag ville fara raka vägen ut till åkeriet om mornarna och sedan hem igen efter en arbetsdag som helst borde vara så intensiv och så lång som möjligt. Alltför många platser runt centrum påminde mig om det jag inte ville minnas och pappas adress vägrade jag helt. Parre brukade oftast hämta pappa vid halvtvåtiden på lördagseftermiddan och tio minuter senare tog han upp mig utanför porten där vi bodde, jag stod alltid färdig innanför glasdörrarna. Jag njöt av pappas lycka när jag kröp in i baksätet, aldrig ska jag glömma hans stolt belåtna min och den sammansatta doften av hårvatten och tvål kryddad med lukten av nyinlagt snus. Jag gladde mig också åt att få komma *hem,* hem till Mamina och hennes mat och bullar. Tacksamt befriad från sin misstänksamhet hade också hon börjat älska Parre. Och vem gjorde inte det?

*Inte du, Maliss!*

Det är en fråga om definitionen av begreppet älska. Det vet du likaväl som jag. Du *är* ju jag. Eller är du den som jag var då, och jag är den som jag är nu? Man förändras, det vet du.

När Parres och mitt äktenskap var inne på sitt fjärde år fick jag mitt andra missfall, nu i tolfte veckan.

Jag hade redan tagit körkort vid den tiden, men bestämde mig omgående för att också ta trafikkort, samtidigt som jag anmälde mig till en kurs i affärsengelska, som dessutom inkluderade en två veckors vistelse i London.

Parre gnodde på med åkeriet, det gjorde vi båda två i bästa samförstånd och allting gick vidare ungefär som vanligt. Utom det att företaget expanderade. Kraftigt. Det skulle byggas vägar, det betydde också broar och tillfarter och tunnlar. Parre var skicklig när det gällde anbud. Vi anställde folk, körde i gång utbildningar, lade ut offerter på nya bilar plus last- och grävmaskiner. Grytan kokade och när den bubblade som värst mådde vi som bäst. Jag var mager som en sticka, Parre började bli en aning kutig, men lika bred och med samma energi.

*Fick ni tid att älska?*

Vadå älska?

*Låg ni med varann?*

Jodå, det hände. Sanningen att säga var nog den här tiden den bästa vi hade.

Nu, i detta NU, kan jag plötsligt känna hur ett leende drar mina mungipor uppåt! Jag kom att tänka på Sanna, de samtal vi hade eller snarare de föreläsningar hon höll enbart för mig. Det var strax efter den försmädliga episoden med herr Von, då hon var fast besluten att mixtra ihop det som fallit isär och få i gång mig igen, så fort som möjligt.

Hennes förslag var legio. Jag kunde hela raddan alltifrån sjukhusvärdinna, frivillig rödakorsare, låtsasmormor och hundpromenerare till taxiförare med terapeutiska möjligheter. På deltid.

"Du kan ju köra bil för sjuttsingen! Nån som lyssnar är vad folk behöver! Inkomsterna kan du skänka bort i så fall, det blir ju ett extraplus, va?"

Joodå. Visst. Men jag kunde branschen också, visste att man inte kör taxi yrkesmässigt efter fyllda sjuttio och att det dessutom är ett tungt slitjobb där man har annat att göra än att agera biktmor. Nej, jag var inte särskilt lättstartad och Sannas blåklintsblå ögon blixtrade emellanåt av indignation.

"Du måste *engagera* dig", sa hon. "Du får inte tänka så *egoistiskt* och *improduktivt*! Inte bryr dig? Inte kan förändra? Inte påverka? Vad är det för dumsnack?"

Därefter kunde följa en påläst och högst seriös föredragning, kanhända inledd med de *faktiskt* ökande miljöproblemen, som *verkligen* måste tas på allvar. Eller kanske skulle hon starta direkt med världsorättvisan i största allmänhet och fortsätta med en kraftfull propå om individens möjlighet och ansvar både för sig själv och för samhället. Avslutningsvis skulle hon som vanligt försöka knacka in i skallen på mig *nödvändigheten* av en aldrig sviktande tilltro till förändring och utveckling, den måste hållas vid liv hos var och en av oss. Inklusive fru Marie-Louise Jansson Parre! Särskilt hos henne.

Jag blev så trött, så trött!

Sanna kunde inte acceptera att jag inte brydde mig om eller hade protesterat när det gällde den nya infarten till den likaså nyanlagda motorvägen.

"Du får inte lägga dig platt, Maliss! Du måste protestera

när det gäller din miljö. Som är allas miljö! Du måste protestera mot allt som är snett och som gynnar storfinansens gubbvälde och den orättvisa fördelningen av jordens tillgångar! Somliga skor sig och andra får svälta..."

Sanna. Lilla doktorn! Sanna med den tjocka flätan och de rosiga kinderna (faktiskt ganska lik Spara i den gamla Lyckoslanten!) var onekligen högt begåvad och ändå så naiv, då vill säga, på den tiden hon bodde här, jag kan inte veta hur det är i nuläget. Men trosvissheten var en viktig del av hennes unga charm och inte ville jag rubba den. Därför gick jag inte in på den beska sanningen, nämligen att för Parre, och därmed också för mig, hade hela den här nybyggnationen varit det stora klippet, det som gjorde honom till en av de tyngsta inom branschen. Satsningen att flytta hit och etablera sig här visade sig vara helt rätt. Han gjorde riktigt grova pengar när behovet av last- och grävmaskiner så lägligt exploderade, och man kackar inte i eget bo. Jag fick min del av vinsten och mer därtill. Praktiskt taget allt. Resonemanget om pengar kontra idealism aktade jag mig för, då som nu. Inte ens på den punkten kan jag förklaras oskyldig.

Var jag också skyldig till min ofruktsamhet? Var den mitt straff?

Jag blev alltså gravid för tredje gången. Då var jag trettio år fyllda, Parre fyrtioåtta. Åldersskillnaden mellan oss hade krympt ihop. Pappa dog det året. Tillvaron var skör. Vi vågade varken glädjas eller hoppas, höll andan och teg. Parre klappade min hand. Alla åtgärder vidtogs i bevarande syfte, det hjälpte inte – jag kastade ändå som en undermålig ko.

Då gav jag upp. Nedfrysningen började. Jag ville inte

ligga med Parre längre! Vad tjänade det till?

Jag avvisade honom. Jag avvisade tröst. Låste in mig i mig själv.

Då steg Naja in på scenen. Hon var elva när hon kom och sexton när hon gick.

# Nej!

Han kallades Gandhi. Han var från Bangladesh och hade ett annat mera svåruttalat namn, men ingen sa något annat än Gandhi.

”Ha’ru sett till den där jävla Gandhi? Hör med Gandhi, han fixar det där åt dig! Tjena Gandhi – läget? Ska’ru hänga med på en fika!” Men Gandhi lade sällan ner sina verktyg.

Han var en svartmuskig bilmek i hängig overall med ”**PARRES**” i kraftiga bokstäver på ryggen. Oljig om fingrarna, mager och tystlåten, en sann naturbegåvning i fråga om motorer och maskinteknik. Han hade varit med oss nästan från början när vi startade här, och även om han aldrig lärde sig tala en helt begriplig svenska var han ett fynd. Alla gillade Gandhi, i varje fall godtog honom, men ingen kände honom, utom Lisbeth förstås, om ens hon gjorde det. De hade i varje fall barn tillsammans och bodde ihop. Lisbeth städade kontoren, fikarummet, toaletterna och allt, slängde käft med chaufförerna och var måhända, måhända en liten aning ”efter”, om man säger så. Hon var glad och överviktig, skrattade mycket. Gandhi skrattade aldrig, han bara såg på henne med uppmärksamma ögon, tycktes alltid ha koll från varje utkikspunkt. Han var hos oss först, Lisbeth blev anställd något år senare, och ingen kunde begripa hur det egentligen gick till eftersom Gandhi aldrig log och knappast yttrade ett flerstavigt ord förutom *fixa* naturligtvis, men plötsligt var de ihop och Lisbeth blev på smällen – det var hans eget uttryck, förmodligen trodde han att det var helt korrekt.

Naja var ett sådant där barn, en sagans Tummelisa, som får en att undra: Varifrån kom hon egentligen? En striphårig morsa med blekrosa armar och för mycket fläsk, en benig och svartmuskig farsa med insjunken bröstkorg, och så denna ljuvlighet! Den ljusbruna huden, de graciösa lemmarna! Ögonen, munnen, allt var så *intagande*. Ofta var hon med sin mamma på jobbet. Hon charmade alla och hon gillade oss alla, utom Parre – honom älskade hon. Honom hängde hon i hälarna som en liten hundvalp, han lyfte henne och satte henne högt upp på sätet i någon av de stora, förskräckande maskinerna. Då hände det att Gandhi reste sig till stående med skiftnyckeln i handen, stod rätt upp och ned och gned sig i svanken, det fanns de som påstod att han nästan log.

När Naja var tio dog Gandhis far. Han reste till begravningen och återkom aldrig. Så var det med det. Efterforskningar gav inga resultat.

Vid den tiden hade Naja fått en liten bror som till det yttre bråddes mera på sin mamma. Han var två år på det tredje när pappan försvann. Det blev för mycket för Lisbeth att klara av ensam, hon började gå ner sig successivt, bilringarna svällde, hon flamsade för mycket, när hon inte grät förstås och beklagade sig över Gandhi, som hon trodde hade stuckit sig undan med flit. Socialen ryckte in. Och Parre förstås! Det var så det gick till att Naja blev boende i det här huset, till en början över helgerna men undan för undan mera permanent. Hon fick sitt eget rum och Parre började mycket försiktigt, först lite rufsigt, säga ”våran flicka”. Och ordet *adoption.* Det senare smög sig in helt lätt som i förbigående, som en retorisk fråga framkastad på skämt, men jag märkte nog manövern och stelnade till. Alla mina sämsta sidor kom fram.

*Du ville alltså inte?*

Nej!

*Varför? Du tyckte inte om henne?*

Jo.

*Men du satte klackarna i backen. Varför gjorde du det, Maliss?*

Jag är ingen god människa. Jag har dåliga egenskaper. Jag tål inte underbetyg! Jag upplevde det som en kränkning att Parre skulle behöva adoptera ett främmande barn. Jag kände mig oduglig. Jag var ett påhäng från första början, han fick ingen utdelning på satsningen!

*Är det hela sanningen?*

Jag tålde inte se hur glada de var i varann! Jag ställde mig utanför. Frivilligt.

*Njuter du av att gissla dig själv? Se dig i spegeln, Maliss, se dig i ögonen! Svara på frågan.*

Jag har aldrig sett på saken så... men kanske har du rätt... Det är obegripligt, men... jo, jag gjorde nog det! Jag måste alltid gardera mig. För säkerhets skull.

*Har du någonsin vågat lita på någon annan än dig själv?*

Nej.

*På pappa?*

Nej.

*På Mamina?*

Nej.

# Berättelse från sidan
## N:O 4

*Ett, två, tre, på det fjärde ska det ske! Spring efter vatten, spring efter vatten, spring hem, spring hem! Pita, pita liten gris – pi tit, pi tit! Krallan kommer, krallan går... krallan kommer – å nu kommer hon å tar dig! Ha-há, ha-há! Ku-kú, ku-kú! Så låter göken. Bulleri bulleri bock, hur många horn står opp? Fyra du sa, fem det var, bulleri bulleri bock...*

En gång för länge sedan, *once upon a time,* var det en liten flicka som lekte med sin mamma. De skrattade och ramsade och hade mycket roligt. Flickan hade långt svart hår och var knubbig kring magen. De bodde i en hydda av skinn som hette Wigwam. Vid öppningen hängde en vass tomahawk, de var ofta ensamma i den där hyddan. Det fanns ett hål i taket och där gick röken ut.

Flickans pappa var hövding, han var borta och jobbade på andra sidan skogen och sjön och hundra mil bort. En dag kom han hem, knattrande längs stigen på sin lättviktsmotorcykel. Han hade inte på sig den vackra fjäderkronan i regnbågens alla färger, han var omlindad med trasor för han hade kört omkull. Mamman gav honom soppa i en gammal träskål, men hon var mycket arg, han kunde knappast stå på benen och han luktade konstigt.

Sen sov han framåt kvällen, då satte han sig upp och

öppnade sin väska som var sydd av bäverskinn och prydd med röda tofsar och små silverpinglor. Ur väskan tog han fram ett fotografi som låg i pappomslag med ett extra skydd av prassligt silkespapper, som man måste vika undan för att kunna se. Fotografiet var ganska stort och blankt, det föreställde en kvinna som flickan aldrig sett, men hon liknade en filmstjärna med mjukt vågigt hår. Nedtill stod det skrivet: Till minne av Karin.

Då blev mamman rasande men hövdingen reste sig och tog tomahawken och skrek Luder och Kärring, du är ingenting att ha! Då blev hunden hemskt arg och gav sig på mamman och bet henne på armarna fast det var pappans fel. Flickan sprang genast och gömde sig för hon blev mycket rädd.

Två nätter efter det att hövdingen hade åkt iväg igen på lättviktsmotorcykeln kom Tjocka björn på besök. Hunden skällde inte, det var därför som flickan förstod att det var han. Hon låg inunder fällen, men hon hörde hur det tjåttrade och tjåttrade i det lilla svepet framför ingången till hyddan. Hon ropade på mamman men ingen mamma kom. Då steg hon upp för att se efter vad som hade hänt. Hon var alldeles naken sånär som på armbandet av pärlor, elden hade slocknat, det glödde bara lite men månen sken klar. När hon vek undan fliken för öppningen såg hon något som hon inte förstod. De låg där i svepet. Mamman stod på knä över Tjocka björn, hon rörde sig så konstigt och håret hängde ner. Sedan sa mamman att flickan sett i syne och det var månens fel.

Dagen därpå när flickan hade tvättat sig i bäcken, letade hon fram fotografiet som hövdingen gömt undan i en gammal riskorg. Hon slängde det på elden. Sedan tog hon hunden och gick in i skogen och kom aldrig mera hem.

# Stenar

När Najas kompisar – den mån hon hade några – i löpande ordning var mest intresserade av hästar, popidoler, kläder, smink och killar, bibehöll hon envist sin stora fascination för motorer och motorfordon. Hon gillade att vistas nere på firman också efter det att Gandhi så spårlöst försvunnit. Om hon saknade honom, om han varit som en pappa, blivit upplevd som en pappa är inte gott att veta, hon sa aldrig något som tydde på det. Eller tänkte hon på honom som tillfälligt försvunnen, okej Bangladesh, det okända landet… han finns väl där tills han kommer tillbaka? När Lisbeth grät och rasade vände hon sig bort.

Behovet av en far blev tillfredsställt av Parre, så vitt jag kan förstå. Iklädd trånga jeans och någon tröja som alltid blivit smutsig, släntrade hon dagligen omkring där ute på plattan tills Parre lät beställa en firmaoverall, storlek XXS. Jag minns att hon fick den på sin fjortonårsdag – Naja, som borde ha svävat fram i slöjor!

När hon fyllde femton fick hon en moped.

Jag tyckte inte om att Parre tog med henne på sin motorcykel! Trots att jag själv med åren hade blivit en skicklig bilförare, till och med ganska tuff – om nu det är nånting att skryta med – var jag rädd för det där tunga, blänkande vidundret som vrålade iväg så att knäna kändes såriga bara av ljudet. Men för Parre stod hans BMW för allt som kunde kopplas till begreppet frihet.

”Jag måste få bli lite urblåst”, sa han, när motorn oljemjukt brummade i gång och han gled ut på genomfarten med vänsterhanden uppsträckt. Jag brukade vinka, jag är lärd att vinka, Mamina vinkade alltid när någon gav sig av.

Det var oftast på söndagsförmiddagarna Parre tillät sig att njuta av den välbehövliga friheten, han bad mig aldrig följa med, han visste hur jag kände det; i grund och botten tror jag förresten att han ville vara ensam. Men Naja tjatade förstås: Snälla, snälla Parre! Snälla, *snälla*...

För egen del hade Parre kostat på sig det bästa när det gällde utrustning, hans skinnkläder och hjälm var av högsta kvalitet. Alla säkerhetsanordningar tillfredsställande. När Naja fyllde sexton lät han prova ut en likadan svart kostymering åt henne. Stövlar, handskar, hjälm, allt inkluderat.

Jävlars jävlar!

* * *

Jag stod här, i det här köket vars inredning numera är designad i ljusgrått och stål med glasdörrar i skåpen och hjortronfärgat kakel. Bänkskivan är utbytt till massivt trä, men skåpen är desamma, finns på samma plats. Jag stod just här, vid den här bänken, och förberedde lunchen när polisbilen kom körande in på gården. Det var i april, den första späda knoppande ljusgröna april.

Det går nog inte att i minnet klart återkalla en upplevelse av det här slaget, den kunde nog inte i sin helhet uppfattas ens när den pågick. Som när ett fönster plötsligt krossas av en inslungad sten, vassa skärvor blixtrar och flyger omkring, rispar naken hud – så kan jag minnas den. Smärtan skar genom kroppen, genom smalben, rygg och mage, allt blev iskallt och sprängande, genom huvudet flaxade och skränade ett vilset tumult, en flock skrämda sädgäss bröt upp från ett fält, sökte efter ordningen, formationen. Vad skulle jag göra? Nu. Allra först? Ringa sjukhuset? Nej, vad tjänade det till. Åka dit naturligtvis, direkt till Parre – men Lisbeth då, hade hon fått veta?

Jo, mamman var underrättad, det fanns hjälp hos henne nu. Sa poliserna innan de gick.

Stängde jag av ugnen? Jo, det gjorde jag väl. Fick på mig kappa och skor, grep nycklarna och väskan. Händerna darrade när jag vred om tändningsnyckeln. Parre hade fått lindriga skador, sa de, ett ben var brutet. Men flickan hon – vi beklagar, fru Parre – hon dog ögonblickligen. *Dog ögonblickligen, dog ögonblickligen,* det var som att ett eko fyllde hela rummet, hela huset, hela stora utrymmet mellan jord och himmel. Paret i bilen hade klarat sig helt utan fysiska skador, men var svårt chockade.

Sa polismännen allt det där? Eller är det utökat med sådant som stod i tidningen dagen därpå? Kan inte svara för fakta, men känslan är min.

När jag körde i riktning mot lasarettet kände jag att NEJ! – jag måste till Lisbeth, det fick bli hur det ville, det var hennes barn och vi hade ansvar, Parre hade ansvar – o, gode Gud!

Jag hade blivit insläppt i tamburen av en kvinnlig polis. När Lisbeth fick syn på mig i öppningen till vardagsrummet for hon på mig direkt, som en rasande furie. Kloade i axlarna, skakade mig, bankade med knytnävarna mot bröstet på mig medan hon vrålade: ”Det är ni som har tagit livet av henne! Det är Parre och du, ni hade ingenting med henne att göra och nu har ni tagit livet av henne! Jag ska döda er båda två!”

Ungefär så minns jag hennes ord. De orden minns jag, andra har försvunnit, kanske hörde jag dem aldrig?

Ett äldre par på väg till förmiddagsgudstjänsten i en närbelägen kyrka hade kört ut från en mindre skogsväg på höger sida utan att stoppa för korsande trafik. Mannen vid ratten, som var i åttioårsåldern, hade inte uppmärksammat den svarta motorcykeln. Vårsolen låg på. Parre hade bromsat in enligt alla konstens regler, försökt väja till höger, lyckades undgå att toucha bilen men slirade i gruset vid vägkanten och fortsatte nerför slänten. En sten låg i vägen, cykeln välte, Parre fick benet inunder, det bröts på två ställen. Men Naja hade flugit i sin egen bana, det fanns stenar och trädstammar, hon slog i med hjässan före som en riktad projektil. Nacken knäcktes. Hon dog ögonblickligen, dog *ögonblickligen*... En bruten lilja.

Det hade kanske varit bättre om jag hade åkt raka vägen till sjukhuset utan att utsätta mig för Lisbeths raseri och bittra anklagelser. Jag vet inte om det hade gjort någon skillnad, men jag tror att om jag hade fokuserat på Parre, och vi hade mötts direkt, han och jag utan några omvägar, skulle jag kanske... kanske ha bemött hans förtvivlan på ett annorlunda sätt. Med ängslan, mjukhet och kärleksfull förståelse. Nu blev det inte så.

När jag såg honom ligga där i sjukhussängen med sitt brutna ben och den stukade handen – så ynkligt, så patetiskt i förhållande till DÖDEN – blek i det annars så rödlätta ansiktet och med ögonen under den buckliga pannan insjunkna av sorg och uppgivenhet, blev jag rasande inombords.

Vad skulle han ta med sig henne för? Jag hade ju sagt tusen gånger att han inte borde ge efter för hennes tjat. Vad skulle han köpa de där svindyra skinnkläderna för? Och hjälmen, den hade ju inte hjälpt ett skvatt! Varför hade han skämt bort henne så in i norden, hon var ju så bortskämd så det var inte klokt! Och han hade fjantat sig – han hade dyrkat henne, den jäveln! Men jag då – vad jag sa betydde ingenting.

Vreden kom över mig som en het våg, men jag behärskade mig, jag uttalade inte det som skrek genom öronen på mig, men det syntes naturligtvis på mitt ansikte, det var hopbitet och stelt. Parre fick inte det han behövde, jag avskydde honom, allt var ett enda svek, mitt svek mot honom som jag omprogrammerade till ett svek mot mig.

Jag vände på klacken och gick ut och grät.

När Petrus, Klippan, hade förnekat Jesus, visst var det så att han gick ut och grät? Grät bitterligen.

# Vågskålarna

I natt gick jag in och lade mig på Hälsingefällen i Parres direktörsrum.

De senaste kvällarna har jag inte tagit den lilla vita insomningstabletten som vanligt klockan elva, jag har inte velat bevilja mig något slags flyktväg. Sömn kan jag knappa in på, men tankarna behöver få ha sin tid.

Jag vet inte vilken impuls som drev mig att stiga upp nu vid tretiden i morse och tassa iväg till den stängda dörren på andra sidan korridoren, det var som att fötterna gick av sig själva. Det är ju inte så att jag aldrig går in i det där rummet, jag dammar emellanåt och vattnar de tåliga växterna i fönstren, jag brukar ha orkidéer som bara behöver ett snapsglas var fjortonde dag, värmen är lågställd och de tycks trivas bra. Över den ena soffkarmen ligger det alltid en hopvikt pläd i mjuka jordfärger och det finns flera kuddar med hemvävda överdrag. Jag tände lampan på skrivbordet, en svartnad Strindbergslampa med glaskupa i grönt, knölade ihop kuddarna och bredde pläden över mig. Lammskinnen värmde min sida och rygg.

Det är tyst i det där rummet, det ligger in mot gården, och inget urverk tickar och inga timmar slår. Det gamla golvuret ställde jag av för femton år sedan.

*Tror du på andar, Maliss?*

Absolut inte! Jag vidhåller bestämt att jag inte är vare sig fjollig eller flummig. Enkla genvägar är ingenting för mig. Frälsningsupplevelser ser jag på med skepsis.

*Vad tror du på då?*

Inte på sånt i varje fall! Men jag kan tro på *andning* och på tankens kraft och på tidens förmåga att smeka fram försoning.

*Du kan inte tro på Nåden?*

Du menar att när fan blir gammal blir han religiös? Eller hon. Fan kan väl lika gärna vara en hon?

Jag var hård mot Parre, det kan jag aldrig förneka. Det var som att jag inte kunde se honom svag, då föll han undan och klev ut ur sin roll och det klarade jag inte. Gu'vet varför. Men jag har aldrig varit ute efter att få övertag, ett sådant läge skulle ta fram mina sämsta sidor, det känner jag intuitivt. Likvärdighet är det absolut bästa, balans är kanske ett bildligare ord, då ser man vågskålarna och de kan vara lastade med olika innehåll med olika specifik vikt, men ändå fås att väga något så när jämnt. Bra! Hyggligt. Då blir det hyggligt bra. Men när Parre gick ner sig efter olyckan tippade skålarna definitivt.

Han blev aldrig mera sitt gamla jag, inte den glada trygga Hälsingeåkarn, optimisten som fixade allt. Nej nej. Han åldrades snabbt. Även om han blev totalt frikänd vid rättegången kunde han aldrig fria sig själv från det moraliska ansvaret, det hjälpte inte vad folk sa. Den äldre mannen som körde den korsande bilen förklarades skyldig till vållande av annans död. På grund av hans ålder blev det inte fråga om något frihetsberövande, men han förlorade körkortet och blev också ålagd att betala ett ganska stort skadestånd till den förolyckades mor, det vill säga Lisbeth. I sällskap med mig åkte Parre ut till den lilla gården i skogskanten där det gamla paret bodde och erbjöd sig att stå för skadeståndet, men det ville de inte höra talas om, tvärtom var de tårögt och skuldmedvetet tacksamma mot Parre som hade lyckats undvika att krocka den gamla Saaben och kanske räddat deras liv. Men det hjälpte inte Parre ut ur hans förkrosselse, inte heller det faktum att han bistod Lisbeth och den lille sonen på ett mycket ansvarskännande sätt genom att betala in en generös livränta. Ingenting hjälpte, särskilt inte pengar. Naja var död och sorgen och skuldkänslan hade kommit för att stanna.

Jag kunde ha lullat honom som ett barn. Jag kunde ha vaggat och lullat honom nätterna igenom. Om och om igen kunde jag ha ömmat fram och viskat samma räcka ord utan att förtröttas: *Det var inte ditt fel, Parre, det var inte ditt fel! Du gjorde allt du kunde...* Hur trött och uttjatad jag än var skulle jag ha lyssnat varenda gång han hade behov av att älta det som hade hänt. Lyssnat, smekt och uppmuntrat. Det gjorde jag inte. Jag skötte firman. När han undan för undan började supa blev jag i stort sett ensam om den uppgiften. Men han var fortfarande direktör Parre, en benämning som han aldrig hade brytt sig om. Han stod för firman och representerade den fram till sin död. Då fick jag hans plats också officiellt, allt var ordnat genom testamente.

Han drog med sig några betalspringor hem på den tiden det begav sig, okej, det är sant. De levde om i det här rummet med den gröna lampan. Men vad betydde det? Ingenting, när jag tänker efter. Han sökte sig till mig, det var mig han behövde. När vi låg i vårt sovrum båda två, vilket hände alltmer sällan, kom han ofta krälande över mittlinjen, klappade och trevade. Jag vände ryggen till. Hans hjälplöshet och vädjan äcklade mig, jag hade hellre haft en slagbjörn att hålla stånd emot! En gång när jag var riktigt elak sa jag: "Hur kan du tro att jag skulle vilja ligga med dig? Vem vet vad för slags skit du kan ha dragit på dig? Du med dina horor!" Som om jag skulle ha varit av bättre sort? Då sa han någonting som har bitit sig fast. På sitt raka sätt och med sitt otämjda ordval sa han: "Det är bara du, Maliss, som har fått kuken naken. Du är den enda jag har litat på."

En gång under den här tiden gav jag ändå med mig och lät honom få komma till, någon särskild anledning till det kan jag inte minnas. Om jag plötsligt kände en våg av mjukhet och gav efter för den? Kåt var jag då inte, den saken är säker, men jag minns att han grät efteråt när han nått sin utlösning och då grät jag också, vi låg och klamrade oss fast vid varandra och grät båda två. Den stunden kan jag väl få unna mig att minnas? Även om jag avskyr det sentimentala och inte kan ta till mig förlåtelsens nåd.

Bara några dagar senare stöp han ute på plattan. Dog knall och fall. Sjuttioett år gammal och fullt manbar.

Mamina var borta sedan flera år. Hon fick aldrig veta hur saker och ting verkligen låg till och jag fick inte heller svar på frågor som jag aldrig hade ställt. Jag blev min ensamma kropp i dubbel bemärkelse. På både gott och ont. Jag lät mig bli den jag är. Men jag beklagar mig inte! Det är ingen synd om mig.

# Kommatecken

När jag öppnade dörren kände jag först inte igen honom. Det tog kanske någon sekund innan mitt leende tog över och suddade ut det spontana och ilsnabba draget av förvåning, som han tydligen ändå hunnit observera.

”Känner du inte igen mig”, sa han och log, utan att ännu ha stigit över tröskeln.

”Jovisst – naturligtvis! Stig in – stig in för all del – välkommen! Det var bara det...”

”Att jag har klippt mig?” Med ena handen strök han sig långsamt över hjässan, medan de mörkblå ögonen fixerade mig på ett spjuveraktigt sätt. ”Gillar du det inte?”

Joo. Jo! Det gjorde jag verkligen.

”Jag tyckte det var dags att göra mig av med raggen”, fortsatte han medan han ställde ner en kasse innanför tröskeln och drog fram ett knippe ännu helt tillslutna tulpaner med nedhasat, fuktigt silkespapper runt stjälkarna.

Urban Bockberg. Bocken! De gråstrimmade lockarna var borta och ersatta av en mycket kortklippt, tät hårfäll med snibb ner i pannan och markerade vinklar. Det gjorde honom tio år yngre i mina ögon, han var solbränd och snygg och jag tänkte: Nää! *Nääå*... vad kan han vilja mig?

Samtidigt kom lusten tillbaka och sköljde igenom mig, överrumplande och mycket påtagligt, glädjen kom i följe som en ringlande bäck och därmed också modet. Jag vände mig bort och lade blommorna på den låga byrån – bli hur det vill! Jag kände mer än tänkte fram det hisnande beslutet – slog armarna kring honom utan att han ens hunnit få av sig sin mjuka skinnrock. Inte enligt reglerna om stil och etikett och inte värdigt heller, inte värdigt fru Parre och mycket olikt henne, men alldeles rätt. Rätt för mig, Maliss.

Natten innan hade jag småningom somnat på soffan i direktörsrummet med pläden över mig och skrivbordslampan tänd. Det kom ingen ängel med korta, breda vingar och stod vid huvudgaveln, jag har inget minne av några drömmar heller, jag hörde ingen röst som kallade på mig, men vaknade huttrande av att jag frös. När jag strax därpå låg nedsänkt i det nästan outhärdligt varma badvattnet kom sorgen och hemsökte mig. Jag kände mig sjunken till trötthetens botten, utsjasad och slapp men ändå lättad, som efter att ha genomfört ett drygt arbetspass. Något tycktes ändå ha passerat under natten utanför mitt minne – något som löpt fram och summerats under lång, lång tid, fast kvittensen inte hade nått mig förrän nu. Det var som att jag hade kämpat mig fram genom en lång, trång gång, den fanns bakom mig i dimman med mynningen förbommad, jag kunde inte vända och börja om igen. Och jag kände sorg för att någonting var lämnat! Jag var lämnad tomhänt. Utan skuldbagaget, det fanns någonstans, men jag hade ställt ifrån mig. Hur skulle det bli nu? Också fångenskapen i skulden hade varit en tillflykt.

Vem hade frigett mig förresten? Om inte jag själv, vem hade gjort det då?

Med slutna ögon låg jag försjunken så länge i vattnet

att det började kännas kallt. När jag en aning omtöcknad lyfte ögonlocken satt en glänsande koltrast fastklamrad ovanpå strilen med huvudet upplyft och vänt i profil. Vad hade koltrasten där att göra? Denna snösvarta vinterfågel, som sitter tungt på marken och pickar i sig äppelbitar och utsprättade frön från fågelbordet, men plötsligt en dag lyfter och förvandlas till den rödklibbiga granskogens grandiosa flöjtsolist – varför kom han för mig?

Ensamhetens fågel... Koltrastkvällar kom, en avlägsen musik, som gjorde mig svårmodig och rädd, men på samma gång sprittande förväntansfull! Det som hände – det som måtte ha hänt under natten – kanske handlade det om en för mig helt obekant, mystisk absolution, syndernas förlåtelse, den sista smörjelsen – *kanske en förvarning om att jag snart skulle dö??* Ljuvligt återbördad. Måttbandet var slitet. Inte många centimeter –

*Nej, så sjuttsingen heller! Vakna nu, Maliss – kom tillbaka till förnuftet! Du ska inte dö!*

Jag ruskade av mig och klev skyndsamt upp ur badkaret, ställde mig i den runda duschkabinen och lät mig överflödas tills jag blev genomvarm igen. Frotterade mig hårt. Masserade in oljan med den svaga rosendoften. Vad var det där för dumheter? Det är klart jag skulle leva! Jag levde i min kropp. Skinnet blev skärt under min hårdhänta behandling... trots blåa ådror och slappa gäddhäng.

Hur som helst skulle jag ringa advokaten redan på måndag, det skulle jag göra. Tummis på det! Se till att testamentet äntligen blev skrivet, nu visste jag precis, nu *tyckte* jag att jag visste precis, och lika bra att smida medan järnet var varmt.

Men nu var det fråga om dagen NU. Och det brådskade lite, jag var på efterkälken.

Ingenting blev som jag diffust hade föreställt mig. Det blir det aldrig, ett levande förlopp kan omöjligt följa några manualer. Jag ställde tulpanerna i vatten i en vågig Alvar Aalto-vas, det lilla bordet i burspråket hade jag dukat med serveringsvagn intill; när det gäller praktiska värdinneplikter är jag högst kapabel. Stämningen var stillsam, inte helt avspänd, det vill jag inte påstå, snarare avvaktande. Tickande. Jag ursäktade mig med lite sistaminutenpyssel i köket, Urban Bockberg, F:a Bockbergs Plattsättning & Våtrumsinredning, gick omkring i svarta inneskor som hade rymts i kassen tillsammans med blommorna och två flaskor vin. Han smuttade på drinken, en dry martini med oliv på pinne – helt konventionellt. Han såg på mina tavlor och sa inte mycket, jag tror inte att han är särskilt hemma på konst.

Han ser mycket bra ut.

På eftermiddagen när jag dukade hade jag först tagit fram de vackra 1700-talsglasen, stått med ett i vardera handen... men efter kort tvekan hade jag ställt in dem i skåpet igen. Nej! Inga repriser. Inget försök att liva upp något gammalt och inte att ersätta det heller. Glasen: herr Von. Skinnfällen: Parre. Punkt slut. Förresten slog ingivelsen ner i mig som en blixt när jag stängde vitrindörren och den var så självklar att jag måste nicka och mmmah belåtet för mig själv: ”Sanna ska få herr Von-glasen! Naturligtvis ska hon det. Som tack för hjälpen.” Att jag inte hade kommit på det förr? När hon kom upp hit på besök, som hon hade lovat att göra till våren, skulle hon få ta dem med sig. Hon kunde få reservera några tavlor eller andra föremål också ifall hon ville, hon skulle ju inte få ärva några pengar, det hade jag kommit fram till medan jag låg i badkaret i morse. *Men hon skulle absolut gilla det jag hade tänkt ut*!

Så snart helgen var över skulle jag sätta i gång med de förberedande åtgärderna. Parres välsignelse hade jag med mig, det kände jag starkt.

Det är för väl att vi i gemen inte är utsatta för privat intrång i det här landet, att vi till exempel inte blir avlyssnade och kameraövervakade. Så *outhärdligt pinsamt* det skulle ha varit om jag hade blivit filmad de här senaste dagarna! Som i morse till exempel när jag vädrade duntäcket och puffade upp kuddarna och bytte till crèmefärgade sidenlakan i sängen, med ett mycket diskret, höstfärgat bladmönster utstrött på påsens översida och så ljusblå örngott för kontrastens skull. Lite sommarhimmel i överkanten – tja, varför inte? Ännu värre hade det varit om någon registrerat mig i förrgår – jag blir generad bara av att tänka på saken! Då tog jag bilen och körde till andra sidan stan eftersom jag absolut inte ville ha mina inköp uppmärksammade av apotekspersonalen här nere i gallerian. Där vet man förmodligen vem jag är, även om mina besök har varit sparsamma har jag ändå varit kund ända sedan filialen öppnade för runt tjugo år sedan. Vad skulle lilla Maj eller fru Segerblad eller någon annan av farmaceuterna tänka om jag, en respektabel kvinna i min ålder, skulle ha stått där vid kassan och skjutit fram en förpackning Alvedon och en rejäl kartong pappersnäsdukar i det uppenbara syftet att överskyla en blåglänsande tub med ordet KLICK i tydliga, vita bokstäver? Ja, herregud, jag skulle ha skämts ifall någon hade nickat och smålett mot mig, *konspiratoriskt!* (Är hon inte änka hon, fru Parre? Visst bor hon ensam i det där gamla huset med frisersalongen? Joo du, ser man på! Det är aldrig för sent! I det lugnaste vattnet går de största fiskarna...)

Jag är en mästare i fråga om inbillningar.

Förresten hade jag kunnat bespara mig mina förberedande åtgärder, förstulet vidtagna *för säkerhets skull* – ifall situationer... naturligtvis *inte*, men *eventuellt* skulle kunna tänkas uppstå... det vill säga avseende kvällen/natten den nionde november. Redan det vågade i själva arrangemangen hade ändå givit mig små lustfyllda stötar, och mina sidenlakan kunde jag njuta av ensam, det skulle egentligen bli ganska skönt! Tuben med glidmedel låg visserligen oöppnad i lådan i nattduksbordet men kändes inte meningslös och inte generande heller. Varför skulle jag skämmas?

Vi åt och skålade mycket städat mittemot varandra vid burspråksbordet, det är lagom stort för två. Maten var inte överdådig men riklig och god, om jag får säga det själv, sjötunga Walewska med pressad potatis, äppelflan till dessert och en skål med mjuktinad glass. Jag hade piffat upp mig med alla medel, min klänning var vacker och följsam, lagom diskret. Ändå kände jag mig inte helt bekväm och det tror jag inte att Urban gjorde heller. Samtalet flöt för all del någorlunda bra utan att bottna i någonting väsentligt, det var trevligt, mycket *trevligt*, nästan som med damerna – Eliza och Margret och de söta andra – *och det ville jag inte!* Det var på vippen att bli alldeles fel.

Förstulet såg jag på hans händer. Lät blicken fladdra undersökande då och då utan att låta det märkas. De var stora och kraftiga. Såg mjuka ut och vårdade. Han måtte vara noga med att smörja in sig om kvällarna, tänkte jag, fogmassan och greppen kring verktygen torkar säkert ut huden... samtidigt undrade jag hur det kunde vara med hans knän... Han blev så tydlig för mig, hur han låg på knä i mitt badrum med profilen vänd emot mig och hur jag gick förbi titt som tätt, bara för att se. Njuta anblicken av honom. Och så bjöd jag på lunch i köket några gånger, rakt upp och ner utan något fjäsk, tyckte det var onödigt att han skulle behöva gå ner till gallerian varje dag för att få nånting i sig. Han berättade då att han bodde ensam sedan några år och sällan gav sig tid att laga riktig mat, även om han gillade att dona bland kastrullerna och tyckte det var roligt när han, som sagt, gav sig tid.

Jag tänkte på det där och hur det var då. Och som vi satt där och petade med gafflarna i äppelflanet, som ska vara lite segt och mycket riktigt också var det, började jag plötsligt fnittra. Det kändes så löjligt uppstyltat alltihop! Urban såg förvånat på mig, han höjde ögonbrynen medan jag höjde glaset med efterrättsvin:

”Skål, Bocken! Jag är så glad att du kom!”

Då började Urban också att skratta, men skakade på huvudet och sa:

”Skål, Maliss! Men kalla mig inte Bocken är du snäll! *Du* får inte kalla mig Bocken...”

Så sa han, med betoningen på DU, och det gjorde mig glad. Det gjorde mig varm. Du. Du. DU? Gode Gud, låt mig vara lycklig åtminstone en stund!

Vi hjälptes åt att bära ut porslin och glas i köket, jag var en aning darrig när jag förberedde kaffet och dukade en bricka. Medan bryggaren puttrade strosade vi omkring i lägenheten, han inspekterade badrummet och nämnde om igen att ett bubbelbad väl inte vore dumt! När vi gick genom det jag brukar kalla ”korridoren” lade han armen runt min rygg och handen hamnade i naturligt läge ovanpå min höft. Jag vred mig som en flöjel som drivs runt av vinden.

I den stora spegeln mittemellan dörrarna till gästrummen

mötte vi oss själva i det som för stunden var en verklighet: även om speglade och felvända stod vi ändå där. Om det nu var jag? Jag såg så annorlunda ut. Så glad... nästan lite ung... Men belysningen var dämpad, man får räkna med den faktorn.

Urban är åtta år yngre än jag. Åtta år – betyder det så mycket?

Efter någon timme när kaffet var drucket och samtalet stillnat såg Urban på klockan, reste sig och sa:

"Det börjar bli dags för mig att bryta upp nu, Maliss! Jag tänkte jag skulle *gå* hem, jag tog taxi hit men det kan vara bra med en promenad, det är inte så långt, tar nog en halvtimme drygt. Möjligen tre kvart."

Jag reste mig också, leende naturligtvis, artigt förekommande, medan en iskall orm blixtsnabbt tog vägen genom min mage upp mot mellangärdet; det var ensamheten som gjorde sig påmind. Ett styng av besvikelse, svidet högg till. Slut nu? Då sa Urban:

"Du – jag tänkte på... Om du inte har nåt särskilt för dig på söndag, i övermorron alltså, kanske vi kunde åka ut en sväng – det finns ett ställe jag skulle vilja visa dig! Vi kunde äta lunch nånstans – om det passar, vill säga?"

Passar? Jag log.

* * *

Natten till den 10 november 2007. Månen i nedan.

*Über allen Gipfeln ist Ruh.*

Från sovrumsfönstret ser jag honom gå tvärsöver den stora ödsliga parkeringen framför gallerian, jag ser hans ryggtavla försvinna i diset under lamporna. Staden sover inte, men trafiken har glesnat. Det är lugnt. En klunga ungdomar är på drag ner emot centrum. Ett äldre par skyndar sig framåt arm i arm. Jag tänker på tyskhararna som lekte på betongplattan en natt… de parade sig nog samtidigt som de skuttade och tumlade runt… Kär lek, det heter ju så, men för djurens del är det antagligen bara drift. Biologi, om man säger så. Det är annat för människan. Särskilt för mig.

Jag tänker på Ebba och Kattis, och Kattis och Greger. Undrar hur det ska gå med deras kärleksrelationer? Jag har inte kunnat låta bli att kika lite bakom gardinen i burspråket och jag har sett Kattis komma smygande flera torsdagskvällar. Hm! Hon hinner nog inte särskilt mycket på den där tovningskursen. Men – det kanske kan fungera med tre också, och på olika sätt, vad vet jag? Jag känner bara mig själv.

Olga, eller vad hon nu kan heta i verkligheten, har nog somnat för länge sedan… kanske sover hon med rullar i håret…

Och här står jag. Och är glad. Milt förväntansfull.

Varför blir det så olika? Och hur kan man fastställa det sammanlagda värdet? Vad är bättre och vad är sämre? Jämförelser håller inte.

*Många får inte vad de har förtjänat och många får vad de inte har förtjänat.* Jag tyckte det var ett bra axiom jag hade totat ihop åt mig. Okej? Men förmodligen handlar det inte om förtjänster.

Jag blundar nu. Släpper bottenkänningen med stortån… Flyter.

*Men var försiktig, Maliss! Jag säger dig det! Var nollställd. Strategisk. Och framför allt: Ligg lågt!*

Ja, jag vet! Jag vet. Men tråka inte ner mig helt och hållet! Tappa inte ur mig det blod jag ändå har. Jag har bara NU. Jag måste unna mig. Nu.

*Jo, men du är väl medveten om...*

Att det är farligt att tro? Tro, Hopp och Kärlek, det är farligt hela skiten! För att inte tala om Nåden, den är ju helt hämningslös!

*Nå, nå, nå! Ta inte i! Det är en stor* risk *att göra sig sårbar. Menar jag. Du får räkna med besvikelsen.*

Jag vet det. Men jag VILL riskera! Jag måste få riskera så länge jag har liv, jag har inte mycket att spela med. När det är dags får väl ödet sätta punkt. Ödet eller Gud eller min genetiska förprogrammering – men inte blir det jag! Jag gillar kommatecken,

* * *

Undrar vad det är för ställe han vill visa mig? På söndag